Die 17 Krimi-Erzählungen von Bestseller-Autor Klaus-Peter Wolf versprechen einen wirklich spannenden Sommer. Die Geschichten handeln von durchtriebenen Kerlen und zwielichtigen Gestalten, von raffinierten Mordplänen und einem mörderischen Dinner mit Ann Kathrin Klaasen und Frank Weller. Die Leser von Klaus-Peter Wolf müssen also die schönsten Tage im Jahr nicht ohne spannende Lektüre im Strandkorb verbringen.

Klaus-Peter Wolf, 1954 in Gelsenkirchen geboren, lebt als freier Schriftsteller in der ostfriesischen Stadt Norden, im gleichen Viertel wie seine Kommissarin Ann Kathrin Klaasen. Wie sie ist er nach langen Jahren im Ruhrgebiet, im Westerwald und in Köln, an die Küste gezogen und Wahl-Ostfriese geworden. Seine Bücher und Filme wurden mit zahlreichen Preisen ausgezeichnet. Bislang sind seine Bücher in 24 Sprachen übersetzt und über neun Millionen Mal verkauft worden. Mehr als 60 seiner Drehbücher wurden verfilmt, darunter viele für »Tatort« und »Polizeiruf 110«. Sein Roman »Ostfriesensünde« wurde von den Lesern der ›Krimi-Couch‹ zum »Besten Kriminalroman des Jahres 2010« gewählt. »Ostfriesenangst« und »Ostfriesenmoor« standen wochenlang unter den TOP TEN auf der Spiegel-Bestsellerliste, dem achten Band, »Ostfriesenfeuer«, gelang dann gleich der Sprung auf Platz 1.

Besuchen Sie auch die Websits des Autors:
www.klauspeterwolf.de und *www.ostfrieslandkrimis.de*

Weitere Informationen, auch zu E-Book-Ausgaben, finden Sie bei www.fischerverlage.de

KLAUS-PETER WOLF

Mord am LEUCHTTURM

17 Krimi-Erzählungen

FISCHER Taschenbuch

Die Ann-Kathrin-Klaasen-Serie
im FISCHER Taschenbuch:

Ostfriesenkiller	(Bd. 16667)
Ostfriesenblut	(Bd. 16668)
Ostfriesengrab	(Bd. 18049)
Ostfriesensünde	(Bd. 18050)
Ostfriesenfalle	(Bd. 18083)
Ostfriesenangst	(Bd. 19041)
Ostfriesenmoor	(Bd. 19042)
Ostfriesenfeuer	(Bd. 19043)

MIX
Papier aus verantwortungsvollen Quellen
FSC® C083411
FSC www.fsc.org

3. Auflage: November 2015

Erschienen bei FISCHER Taschenbuch
Frankfurt am Main, August 2014

Satz: Dörlemann Satz, Lemförde
Druck und Bindung: CPI books GmbH, Leck
Printed in Germany
ISBN 978-3-596-19725-5

Inhaltsverzeichnis

Das mörderische Krimidinner

Schlimmer hätte es nicht kommen können. Greg wäre am liebsten sofort wieder umgedreht, aber so leicht kam er aus dieser Nummer ohne Gesichtsverlust nicht mehr heraus.

Okay, das Risiko, sich zu blamieren, war groß. Auf hoher See, vor Gericht und beim Fernsehen war man ganz in Gottes Hand, das wusste er nur zu gut. Aber er hatte sich trotzdem entschieden mitzumachen.

Die Regeln waren einfach: Fünf Menschen, die im weitesten Sinne etwas mit Kriminalliteratur zu tun hatten, sollten abwechselnd füreinander kochen. Die jeweiligen Gäste beurteilten dann den Gastgeber nach Punkten.

Der Gewinner sollte einen Geldpreis bekommen und eine Traumreise. Aber deshalb machte er es nicht. Den Preis wollte er als Kriminalschriftsteller ohnehin an den Weißen Ring spenden. Er unterstützte die Organisation schon lange. Sie kümmerte sich um Opfer von Gewaltverbrechen.

Traumreisen interessierten ihn nicht. Die schönsten Orte der Welt hatte er längst gesehen und sich dann dort ein Haus gekauft, wo es ihm am besten gefiel: in Ostfriesland, nicht weit entfernt vom Deich.

Er hatte zugesagt, weil es die Lieblingssendung seiner Tante Mia war. Er war bei ihr aufgewachsen, und diese Sendereihe, die seit gefühlten zwanzig Jahren lief, war ihr absoluter Fernsehliebling. Sie verpasste nie eine Sendung, nicht mal, als sie mit Lungenentzündung im Krankenhaus lag. Damals traten fünf Leute an der Kochfront an, die alle etwas mit Pferden zu tun hatten. Ein Springreiter. Ein Pferdezüchter. Ein Schauspieler, der mit Ritterfilmen bekannt geworden war. Ein Pferdeflüsterer. Und ein Pferdemetzger.

Er hatte am Bett neben ihr gesessen, und er musste ihr versprechen, wenn sich irgendwann mal die Chance bieten sollte, dann würde er mitmachen. Er hatte ihr lachend zugesagt, so, wie man sich verspricht, sich bald mal wieder zu besuchen. Doch sie hatte ihn kritisch angesehen, mit diesem Tante-Mia-Blick. Sie musste nicht viel sprechen, sie konnte vielsagend gucken, und damals sagte ihr Blick, dass sie ihm den Sprung in diese Sendung im Grunde nicht zutraute. Ja, er hatte in Talkshows Politiker beleidigt, sich mit Kritikern gestritten und war mit seinen Büchern häufig in Kultursendungen besprochen worden. Das alles zählte für Tante Mia nicht viel. Es war nett, erfreulich, aber auch langweilig. Das guckte sie nur aus Pflichtbewusstsein ihm gegenüber, wenn sie wusste, dass er in der Sendung war. Aber Spaß gemacht hatte ihr das nie. Dem *Dinner* hingegen fieberte sie täglich entgegen.

Im Grunde nahm er nur teil, um seiner Tante Mia zu beweisen, dass doch noch etwas aus ihm geworden war, dem Schulversager und Berufsausbildungsabbrecher.

Und jetzt das hier! Die Katastrophe. Der SuperGAU.

Gleich am ersten Abend waren sie bei Markus Speer zu Gast, dem großen Spötter vor dem Herrn. Dem narzisstischen Berufsintriganten. Sein Angstgegner.

Verdammt, wenn er das gewusst hätte … Niemals hätte er

sich dieser Situation ausgesetzt. Für kein Geld in der Welt und nicht einmal für Tante Mia.

Aber die Namen aller Teilnehmer waren wirklich bis zum Schluss geheim gehalten worden. Er wusste nur, dass er am ersten Abend nach Leer kommen sollte. Dort wartete am Bahnhof ein Fahrzeug der Filmproduktion auf ihn, und er wurde zum ersten Ort kutschiert.

»Eine großzügig ausgebaute Altbauwohnung mit Blick auf den Museumshafen«, schwärmte Brigitte, die Redakteurin, die hier *Realisatorin* genannt wurde, und fügte strahlend hinzu: »Sie werden staunen, Herr Lee, wen wir da als ersten Gastgeber ausgesucht haben. Heute ist der Kennenlernabend. Da geht die Kamera praktisch mit Ihnen in die Wohnung, und wir filmen das erste Zusammentreffen. Benehmen Sie sich also ganz ungezwungen, tun Sie so, als ob wir nicht da wären. Soll ich Sie eigentlich mit Ihrem Pseudonym anreden oder mit Ihrem richtigen Namen?«

»Ich schreibe schon lange nicht mehr unter Greg Lee«, hatte er wie traumwandlerisch geantwortet.

Als er den Namen auf der Klingel sah, wollte sich sein Finger weigern, auf den Knopf zu drücken. Da stand *Speer.* Noch hoffte er auf eine zufällige Namensgleichheit. Sein Speer wohnte doch in Köln, in der großen Medienstadt. Nicht in Leer.

Dann schaffte er es doch zu klingeln.

»Halt!«, schimpfte der Kameramann. »Halt! Ich hab hier ein Problem, ich sehe in der Spiegelung der Tür den Tonarm.«

»Ich muss das aber angeln«, behauptete der Tontechniker.

»Nein, das geht nicht. Verkabel ihn.«

Während er noch fast paralysiert dastand, wurde sein Hemd aus der Hose gezogen und ein Kabel an seinem Bauch entlanggeschoben. Dann ein Mikro an seinem Kragen angebracht.

Er versuchte, diese Bilder von Speer aus dem Kopf zu kriegen, um fröhlich und unbefangen in den ersten Abend zu gehen. Aber verdammt, er wurde von Speers Sätzen geflutet, wie der Medientausendsassa ihm als Regisseur für seinen neuen Film präsentiert worden war. Er sollte sein »Tatort«-Drehbuch verfilmen.

»Es ist«, hatte Speer gesagt, »im Prinzip ein gutes Buch mit zum Teil erstaunlich guten Dialogen. Aber etwas stimmt nicht ... Ich kann das jetzt noch gar nicht genau spezifizieren ... Also, bitte nageln Sie mich jetzt nicht auf Details fest, aber ... Die Figuren stimmen einfach noch nicht ... Sie fassen mich einfach noch nicht wirklich an ... Ich hätte da ein paar kleine Änderungsvorschläge ... Also, jetzt mal so ganz ungeschützt aus dem Bauch heraus gesagt ... Wie wäre es denn, wenn das Opfer – also, die erste Leiche – nicht das Opfer wäre, sondern der Täter? Ja, da staunen Sie, was? Nicht sie bringt ihn um, sondern er sie! Man muss das Ganze ergebnisoffen diskutieren. Darauf wären Sie bestimmt gar nicht gekommen, stimmt's? Wir kleben aber ja hier nicht am Text, wir sind ja nicht in der Schule. Schließlich soll der Film ja gut werden ...«

Fast zwei Jahre lang hatte er an dem Stoff gearbeitet und für seine Durchsetzung in der Fernsehredaktion und in der Produktionsfirma gekämpft. In wenigen Sekunden rann die mühsam erbaute Sandburg durch seine Finger.

Er machte ein paar Versuche, seinen Stoff zu retten, aber es endete damit, dass Speers Name als Regisseur *und* Drehbuchautor genannt wurde. Ihm hatte man großzügig eine kleine Abfindung gezahlt und ihn im Abspann genannt: *Frei nach einer Idee von ...*

Das war der Anfang einer langen Feindschaft. Immer wieder waren sie aneinandergerasselt, und jedes Duell hatte er verloren.

»Würden Sie jetzt bitte noch einmal klingeln? Wir sind soweit«, forderte der Kameramann.

Brigitte, die Realisatorin, rief: »Nein, stopp, sein Hemd hängt noch aus der Hose. Wie sieht das denn aus?!«

Er richtete seine Kleidung und klingelte noch einmal. Und Speer öffnete tatsächlich die Tür.

Er trug den üblichen Anzug in kloblau, und sein breites Gebiss leuchtete in raubtierweiß.

»Halt! Stopp! Noch mal zurück! Ich hab hier ein Brennweitenproblem. Wenn wir von außen reinkommen, säuft mir hinten das Bild ab.«

Er war dem Kameramann dankbar. Die Tür wurde noch einmal geschlossen. Er durfte erneut klingeln.

Er hatte jetzt noch eine letzte Chance zu fliehen. Er empfand diese Tür plötzlich als Tor zur Hölle, und er fragte sich: Wer geht freiwillig da durch?

»So, jetzt bitte noch einmal klingeln. Und denken Sie daran: Sie haben keine Ahnung, bei wem Sie heute zu Gast sind. Sie sind völlig überrascht!«

Er sah seinen Finger den Klingelknopf drücken. Er dachte: *Hau besser ab* und: *Hätte ich mich doch nie darauf eingelassen.* Aber sein Verstand regierte gerade dieses Raumschiff, das er seinen Körper nannte, nicht mehr. Eine unbekannte außerirdische Macht gab seinen Muskeln Befehle. Und statt wegzurennen, lieferte er seinen Blumenstrauß ab und gab Speer brav die Hand.

Der machte gleich ganz auf gute alte Freundschaft und umarmte ihn.

»Mensch, wer hätte das gedacht? Greg Lee! Welch unverhofftes Wiedersehen! Schreibst du immer noch diese Heftchengeschichten?«

»M... Meine Romane erscheinen nicht in Heftchenform.«

Speer klopfte ihm anerkennend auf die Schultern: »Na, super, Mensch! Machst du jetzt richtige Bücher?! Na, komm rein! Du bist der Letzte, die anderen sind schon da.«

Er nahm am Tisch Platz.

Scheinwerfer waren aufgebaut. Das Fernsehteam bestand aus vier Leuten, die er sah, aber da war noch ein zweites Team in der Küche, das gleich Speer beim Zubereiten der Mahlzeit filmen sollte.

Sie begrüßten sich. Speer servierte seinen Aperitif, Champagner mit einer – vermutlich tiefgefrorenen – Himbeere, die so groß und formschön war, dass sie im Glas unecht wirkte.

Er hatte Mühe, die anderen Gäste wirklich wahrzunehmen: Ann Kathrin, eine Kriminalkommissarin, die ein sympathisches Lächeln hatte, und Ludger, ein ehemaliger Häftling, der aber, wie er betonte, seine Strafe bereits abgebrummt hatte und jetzt auf der Suche nach einem Neuanfang war. Außerdem eine Schauspielerin, Julia, die schon viermal in Krimis die Leiche gespielt hatte und nun in einer großen Rolle vor der Kamera stand, aber das war noch geheim.

Sitz hier nicht steif rum, sagte er sich. *Reagiere auf die anderen! Interessiere dich für sie! Überlass diesem Blender nicht wieder das Feld! Er hat schon zu oft gegen dich gewonnen ... Alle haben schon ihren Aperitif ausgetrunken, nur du noch nicht ...*

Da nahm Speer ihm das Glas auch schon ab. »Soll ich dir lieber eine Dose Bier bringen, Greg? Champagner ist doch sowieso nicht so dein Ding, hm?« Wieder klopfte er ihm auf die

Schultern. »Aber Currywurst mit Pommes rotweiß gibt's heute bei mir nicht.«

Markus Speer verschwand in der Küche, um die Vorspeise vorzubereiten. Die vier Gäste durften sich die Wohnung ansehen und sollten dabei Rückschlüsse auf die Persönlichkeit von Speer ziehen.

Greg ging mit dem Exknacki, der eigentlich nur aus dem Fenster sehen wollte und die Aussicht »Hammer!« fand oder »Affengeil! So ein Blick und dann ganz ohne Gitter!«

Als Kriminalschriftsteller hätte Greg eigentlich gerne gewusst, warum Ludger im Gefängnis gesessen hatte. Aber er wollte ihn nicht mit so einer Frage bloßstellen. Er sah sich stattdessen Markus Speers Buchregal an. Der Mann las keine Taschenbücher, oder er entsorgte sie gleich danach im Papiermüll. Hier standen nur Hardcover-Ausgaben und Filme.

Beeindruckend fand Greg Speers Grafiksammlung. Vermutlich hatten ein paar Künstler ihm die Bilder geschenkt, mutmaßte Greg. Er sah zwei Holzschnitte von Horst Dieter Gölzenleuchter. Einen Ole West. Einen Grieshaber. Einen Reinhard Michel. Und Wolfgang Gerlach, der Erfinder der Mainzelmännchen, hatte auch eine Zeichnung beigesteuert.

An der gegenüberliegenden Wand hingen ein Matisse, ein Klee und ein kleiner Picasso. Entweder Originale oder sehr gelungene Fälschungen.

Als die Vorspeise serviert wurde, einigten alle sich darauf, sich zu duzen; auch das Filmteam wollte nur noch mit Vornamen angeredet werden.

Es gab Teriyaki-Lachs an Honig-Limetten-Senfsauce und Rucolasalat im Parmesankörbchen mit einer Sylter Auster obendrauf.

Dieses Parmesankörbchen hätten sie und ihr Mann auch schon mal versucht, sagte Ann Kathrin, die Kommissarin. Aber es sei ihnen damals misslungen.

Ob man das fertig kaufen könne oder ob es selbstgemacht sei, fragte Julia, die Schauspielerin, und zog sich damit einen verächtlichen Blick von Markus Speer zu.

Es könne, betonte er, nur mit frisch geriebenem Parmesan gelingen, nie mit diesem Trockenpulver aus der Tüte. Dann – mit frisch geriebenem Parmesan – sei es allerdings gar kein Problem. Einfach mit ein bisschen Mehl vermengen und dann pfannkuchenförmig in einer fettlosen, nicht zu heißen Pfanne, anschmelzen, dann vorsichtig herausheben und über einer umgedrehten Tasse erkalten lassen.

Er sah sich nach seinen Ausführungen selbstverliebt in der Runde um, als hätte er gerade die Relativitätstheorie massentauglich unters Volk gestreut und hoffe nun darauf, verstanden zu werden.

Speer gab damit an, dass er den Autor ja kenne. Er habe mal ein verunglücktes Drehbuch von ihm retten dürfen. Als Drehbuchdoktor sozusagen. Es sei dann doch noch ein ganz netter Film geworden.

»Ich weiß«, sagte Julia, »ich war die Leiche am Anfang. Ich wurde umgebracht, bevor ich etwas sagen konnte.«

Ein kurzes, betretenes Schweigen trat ein, weil weder der Regisseur noch der Autor des Films sich an sie erinnert hatten.

Dann hoffte Greg Lee, seinen Kopf als Autor aus der Schlinge ziehen zu können und den Schwarzen Peter an den Regisseur weiterzureichen, indem er sagte: »In meiner ursprünglichen Fassung gingen dem Mord zwei Szenen im Biergarten voraus. Da hättest du Text gehabt, Julia.«

Markus Speer lachte mit vollem Lachsmund: »Ja, ja, das Drehbuch war viel zu verquatscht, darüber waren wir uns alle von Anfang an einig.«

Ludger gab dem Gastgeber recht: »Also, ich finde es auch immer besser, wenn es in Filmen richtig zur Sache geht. Dieses endlose Gelabere gehört doch ins Stadttheater.«

»In meiner Ursprungsfassung war sie die Täterin, nicht das Opfer. Das wäre eine große Rolle gewesen«, stellte Greg klar.

Julia sah aus, als könne sie jeden Moment anfangen zu heulen.

Die Filmbeleuchtung heizte den Raum enorm auf, fand Greg und fuhr sich mit dem Finger zwischen Hals und Kragen entlang. Doch das gefiel dem Tontechniker nicht.

Jetzt nahm Markus Speer Julias Hand, sah sie an und sagte: »Wenn ich es recht bedenke, war das damals eine Fehlentscheidung. Du hättest eine größere Rolle verdient. Aber damals, als ich diese belanglosen Sätze aus dem Buch gestrichen hatte, da kannte ich dich ja noch nicht. Außerdem hast du etwas Besseres verdient. Eine richtig gute Rolle in einem Kinofilm. Mir schwebt da auch schon etwas vor.«

Julia wusste nicht, wie ihr geschah. Sie wurde unterm Make-up rot.

Die Realisatorin sagte: »Schade, das war gerade sehr anrührend, aber leider hat Ann Kathrin in die Kamera geguckt. Ihr sollt doch so tun, als ob wir nicht da wären.«

Ann Kathrin entschuldigte sich und sah jetzt zu Ludger, der sein Parmesankörbchen mit dem Finger hielt und daran herumknusperte.

»Ja ... äh ... darf man das denn nicht? Ist das jetzt so, als würde ich die Dekoration mitessen?«

»Als würde man die Pommes mit Schale auffressen? Nein,

so ist es nicht«, lachte Speer. »Bei mir kann alles, was auf dem Teller ist, mitgegessen werden.«

Julia hatte ihre Auster nicht angerührt.

»Das«, so erklärte Speer ihr, »ist sozusagen die Hauptspeise bei jedem guten Filmfestival. Ich kenne ein paar Stars, die bestellen sich zum Frühstück zwölf Austern und einen schwarzen Kaffee.«

Ludger grinste. »Ja, weil Austern wie Viagra wirken, aber keine Kopfschmerzen machen.«

»Ach«, konterte Speer, »macht Viagra Kopfschmerzen? Da hast du wohl mehr Erfahrung als ich.«

Ludger verzog sauer die Lippen. Greg sah sehr wohl, dass seine Faust sich um die Gabel ballte, bis die Knöchel seiner Finger weiß wurden.

Der Kameramann nahm alles dankbar mit. Davon lebte die Sendung. Der Programmdirektor hatte es seinen Leuten immer wieder gepredigt: *Für einen spannenden Fernsehabend braucht man drei Dinge: Konflikt! Konflikt! Konflikt!*

Nun, da hatten sie mit Speer genau den richtigen Mann ausgesucht, um mit seiner provozierenden, selbstherrlichen Art Konflikte heraufzubeschwören.

Er setzte bei Ludger gleich noch eins drauf: »Zu einem Krimidinner gehört natürlich auch ein echter Ganove wie du. Aber sag mir, weshalb hast du gesessen?«

Weil Ludger nicht sofort antwortete, versuchte die Kommissarin der Situation die Peinlichkeit zu nehmen und sagte: »Mich interessiert mehr, auf was für einen tollen Hauptgang wir uns nach dieser köstlichen Vorspeise freuen dürfen.«

Julia nickte, aber Speer spottete: »Jedenfalls warst du kein Kunstdieb, sonst wäre dir bestimmt aufgefallen, dass hier ein paar wertvolle Originale an den Wänden hängen.«

»Sind die echt?«, fragte Ann Kathrin, froh darüber, dass das Thema gewechselt wurde. »Einen Gölzenleuchter und einen Ole West habe ich auch zu Hause. Die konnte ich mir leisten, die anderen wohl eher nicht.«

Speer nickte gewichtig, und Greg zischte: »Die anderen sind echte Kujaus.«

Aber den Gag verstanden nur Ann Kathrin, die darüber lachen konnte, und Speer, der ihn als Attacke auf seine Kunstsammlerehre ansah.

Die Realisatorin brach das Gespräch ab: »Tut mir leid, aber so schön eure Unterhaltung auch läuft ... Markus muss jetzt in die Küche. Wir kommen sonst voll aus dem Zeitplan.«

Markus Speer tat ausnahmsweise widerspruchslos, was eine Frau ihm sagte.

Der Kameramann forderte von Greg: »Kann ich das mit den echten Kujaus noch mal haben? Wir hatten Probleme mit dem Licht. Ich nehm dich jetzt am besten ganz close.«

Es war ein Freudenfest für Greg. Er holte tief Luft und schoss die zwei Worte wie Giftpfeile ab.

Es standen edle Weine auf dem Tisch, aber Julia brauchte ein Glas Wasser und Ludger ein Bier.

Nach dem Hauptgang, *Languste Bellevue mit Scheiben von Schwarzer Trüffel* und einer langatmigen Erzählung, wo und wann Speer diesen Klassiker der Meeresfrüchteküche zum ersten Mal probiert hatte und wie es ihm dann doch gelang, dieses Gericht raffiniert zu verfeinern, zog sich jeweils ein Kamerateam mit zwei Gästen zum Gespräch zurück.

Greg wurde zusammen mit der Kommissarin Ann Kathrin im Schlafzimmer befragt. Die zwei lagen auf dem Wasserbett zwischen dicken Kissen mit Samtbezügen. Eine riesige Fototapete, schwarzweiß, mit dem Kopf von Humphrey Bogart, dominierte den Raum.

Nachdem die Kamera ihre Position gefunden hatte, bat die Realisatorin Ann Kathrin und Greg, sie mit *Klaus* anzureden.

Ann Kathrin lachte: »Mit Klaus?«

»Ja, der kommentiert doch immer das Geschehen, aber man sieht ihn nie. Er ist auch nie wirklich beim Dreh mit dabei. Aber die Leute sollen denken, dass er alle Fragen stellt.«

Für Greg war das eine Selbstverständlichkeit. Aber Ann Kathrin war ein bisschen enttäuscht. »Ich fand den immer so besonders klasse. Auch seine Fragen und seine kleinen Scherze …«

Brigitte, die Realisatorin setzte sich neben den Kameramann. »Ich hoffe, ihr zwei fühlt euch wohl, so gemeinsam im Wasserbett …«

Beide lachten.

»So, dann erzählt mir doch mal. Was habt ihr denn für einen Eindruck von eurem Gastgeber? Wie ist der denn so?«

Greg und Ann Kathrin sahen sich an. Dann begann Ann Kathrin: »Also, er ist selbstbewusst. Ich glaube auch, er kocht wirklich gerne …«

»Obwohl er sich normalerweise lieber bekochen lässt«, warf Greg ein.

»Ja«, bestätigte Ann Kathrin, »er ist schon ein Lebemann, denke ich.«

»Er ist«, sagte Greg, »ein typischer Fernsehmensch. Alles ist auf Wirkung bedacht. Mehr Oberfläche als Tiefgang. Er will halt beeindrucken, und er möchte gerne bewundert werden.«

Brigitte fragte nach: »Höre ich da eine gewisse Kritik heraus?«

»Hm ... kann man wohl sagen. Mir geht seine ganze aufgeblasene Art mächtig auf den Keks. Also, ich hab mich ja auch aus der Fernseharbeit wesentlich zurückgezogen und konzentriere mich jetzt voll auf meine Romane, weil ich mit Typen wir ihm nie wieder etwas zu tun haben wollte. Das ist mir heute Abend erst richtig klargeworden.«

Die Realisatorin freute sich. Greg mochte ihre professionelle Art sehr. Sie war klar und genau, und sie wusste, was sie wollte.

»Heißt das, du wirst ihm weniger Punkte fürs Essen geben, weil dir seine Art nicht gefällt oder weil ihr euch von früher her kennt? Er hat mal ein Drehbuch von dir gerettet, sagt er.«

»Gerettet? Verunstaltet hat er es! Verwüstet! Er ist vermutlich mehr ein Krimineller als Ludger. Er hat mir mein Buch ja im Grunde gestohlen.«

Ann Kathrin rutschte ein Stückchen von Greg weg, um ihn besser anschauen zu können. Sie hatte sich eigentlich auf einen schönen Abend gefreut, auf ein aufregendes, aber konfliktfreies Miteinander. Dieser Traum zerschellte gerade.

»Aber es gibt«, sagte sie, »doch ein Urheberrecht.«

Greg nickte. »Ja, gibt es. Aber seine Buchrechte verliert man beim Film schneller als fünf Euro beim Hütchenspiel hinterm Hauptbahnhof.«

Brigitte hakte nach: »Wie wirst du ihn also bewerten, Greg?«

»Ich warte erst mal das Dessert ab. Ich vermute, es wird wieder aus dem Versuch bestehen, mehr zu scheinen als zu sein.«

»Also, mir hat es bisher sehr gut geschmeckt«, sagte Ann Kathrin und versuchte einzurenken. Die Rolle der Streitschlichterin spielte sie im Kommissariat öfter. Manchmal, so hatte sie gelernt, konnte eine Frau ganz gut zwischen den Kampfhähnen vermitteln. In der Dienststelle galt sie als Mediatorin, ja, in Krisensituationen wurde sie oft zur Deeskalation eingesetzt.

»Ich finde, er kocht ganz ausgezeichnet, und er ist eben, wie er ist«, fügte sie hinzu.

Plötzlich legte Greg los. Brigitte ahnte es Sekunden zuvor und gab dem Kameramann einen Wink. Gregs Körper straffte sich, und er räusperte sich. Solche Momente sagten der Realisatorin, dass gleich jemand mit etwas Unangenehmem herausplatzen könnte. Genau so war es.

»Das Ganze heißt doch Krimidinner. Da vermisse ich das – nun ja, das Kriminelle. Dieses Foto von Bogart da an der Wand, das reicht mir nicht. Ich meine … Markus hat ein paar mehr oder weniger gute Kriminalfilme gedreht. Aber ich hätte mir einfach mehr von ihm erhofft. Irgendeine Inszenierung.«

»Was denn zum Beispiel?«, wollte Brigitte wissen.

»Naja, eine kleine Showeinlage oder wenigstens ein bisschen Dekoration.«

»Du hast also so etwas geplant, Greg?«

»Na klar.«

»Ich auch«, sagte Ann Kathrin.

Das Dessert bestand aus einem selbstgemachten Vanilleeis mit Schwarzbrotbröckchen darin, auf einem Fruchtspiegel aus Waldbeeren. Auf den ersten Blick sah es aus wie ein Stracciatella, schmeckte dann aber auf eine irritierende Art anders. Neu. Besser.

Greg gestand sich grummelnd ein, dass er dieses Eis mochte. Es war verdammt das beste Eis, das er in den letzten Jahren gegessen hatte.

Jeder Gast sollte jetzt einzeln und von den anderen unbeobachtet, draußen vor dem Haus seine Wertung abgeben und danach mit einem Taxi nach Hause fahren, das von der Filmproduktion gerufen und bezahlt wurde. Auf jeden Fall sollte verhindert werden, dass ein Gast nach ein paar Gläsern Wein noch selbst Auto fuhr. Die erfolgreiche Fernsehreihe sollte nicht durch solche Schlagzeilen in schlechten Ruf gebracht werden.

Auf einer Skala von Null bis Zehn sollte Greg jetzt den Gastgeber bewerten, wobei Zehn die beste und Null die schlechteste Note war.

Menschlich, dachte Greg, müsste er eine Null minus bekommen, aber tiefer als Null ging es ja leider nicht.

Für die nicht vorhandene Krimidinner-Dekoration war sowieso eine Null fällig. Das Essen war bis auf den Nachtisch aufgeblasene Mittelmäßigkeit, also höchstens eine Fünf.

Aber dann vor der Kamera draußen, als der ostfriesische Wind an seinem nassgeschwitzten Hemd zerrte und der Sauerstoff der Lunge guttat, da hörte er sich sagen: »Ich gebe unserem Gastgeber für seine Bemühungen acht Punkte.«

Er stieg ins Taxi und fragte sich: Habe ich gerade wirklich acht Punkte gesagt? Nicht null? Was ist mit mir los? Warum stehe ich nicht klar zu mir? Warum nutze ich nicht endlich meine Chance, es ihm heimzuzahlen? Will ich mich bei ihm einschleimen, weil er ja später auch wieder über mich urteilen wird? Aber er erfährt doch erst am Ende des Spiels, wie alles gelaufen ist. Was bin ich nur für ein feiger Versager? Ich lehne mich einmal kurz auf, und dann klappe ich gleich wieder zusammen.

Greg wollte noch nicht nach Hause. Er konnte sich nicht vorstellen, in seinem Bett zu liegen. Undenkbar, jetzt zu schlafen. Er war hellwach, und die Gefühle fuhren Achterbahn in ihm. Er war voller Hass auf Speer und Wut auf sich selbst. Am liebsten wäre er zurückgefahren, um die Punktevergabe noch einmal zu wiederholen.

Er ließ sich nach Norddeich bringen und stieg an der Mole aus. Auf den Dalben saßen Möwen und beäugten ihn. Er hielt den Kopf in den Wind und ging zum Deichkamm.

Es war Ebbe. Der Mond spiegelte sich tausendfach in Prielen und Pfützen. Greg setzte sich. Etwas krabbelte schnell weg. Er nahm nur die Bewegung langer Beine wahr.

Der Wind brachte Klarheit in seinen Kopf, und plötzlich hatte alles eine Logik. Die losen roten Fäden verknüpften sich wie von selbst zu einem kunstvollen Tuch.

Ja, er würde Speer umbringen. Darauf lief alles hinaus.

Der miese Selbstdarsteller, der selbstgefällige Intrigant, musste sterben. Bei einem Krimidinner. Wenn das nicht originell war!

Plötzlich fand er es lustig. Der ganze Verlauf dieses Abends bekam einen Sinn.

Markus Speer hatte sich kein bisschen verändert. Er war dasselbe alte Ekel geblieben. Er bat praktisch darum, dass ihn endlich jemand beseitigte.

Greg dachte an seine ersten Manuskripte, als es noch gar keine Computer gab. Abgetippt auf einer alten Olivetti und vorgeschrieben mit spitzen Bleistiften in ein Heft. Damals gehörte der Radiergummi – mit einer harten blauen und einer weichen roten Seite – zu seiner Standardausrüstung. So wie er falsche Worte aus dem Text radierte, durch Kürzen und Streichen mieser Stellen seine Erzählung schliff und durch das Tilgen von überflüssigen Adjektiven der Sprache Klarheit gab statt Schwülstigkeit, genau so musste Speer ausradiert werden, um die Welt schöner und liebenswerter zu machen.

Er hatte nie Gewissensbisse, wenn er ein störendes Wort aus dem Text entfernte. Im Gegenteil. Er fühlte sich danach großartig. Durch konsequente Reduktion entstanden die spannendsten Storys und die würzigsten Saucen. Warum sollte er sich jetzt dabei schlecht fühlen? War nicht sein ganzes Leben ein fast geradliniges Zusteuern auf genau diese Tat?

Er lachte laut gegen den Wind und hörte sich an wie die Möwe, die den kleinen Krebs, der gerade vor ihm geflohen war, drei Meter weiter in Stücke hackte. Ja, so war die Natur.

Wie viele Morde hatte er schon begangen? Also, in seinem Werk. Literarische und filmische. Er wusste es nicht.

Er begann nachzuzählen und ging jeden einzelnen Mord durch. Dabei überprüfte er die jeweilige Mordart auf ihre Brauchbarkeit in Bezug auf Markus Speer.

Er kam auf vierundfünfzig Morde an Menschen. Er hatte Äxte, Pfeile, Stahlschlingen und natürlich Messer und Schusswaffen benutzt. Er war wahrlich ein Fachmann des Tötens.

In einer Talkshow hatte Speer gesagt, dass er sich nach der Lektüre des letzten Greg-Lee-Thrillers Sorgen um die geistige Gesundheit des Autors mache.

Greg hatte nicht darauf reagieren können, er war nicht zu Gast in dieser Talkshow gewesen. Er hatte sie zu Hause im Fernsehsessel angesehen.

Speer hatte die Chance wahrlich genutzt, um auszuteilen.

»Die Kulturszene, gerade im Krimi- und Thrillerbereich, wird von Psychopathen beherrscht, die, statt in Therapie zu gehen, dicke Bücher schreiben«, hatte er behauptet.

Greg wog ab, was für Speers Tod die angemessene Waffe war. Er selbst war am letzten Tag als Gastgeber dran. Diesen Abend sollte Speer nicht überleben. Ein bisschen Arsen in den Nachtisch, und der große Regisseur würde unter Schmerzen den Löffel abgeben. In einem Dessert mit Mandeln und Marzipan ließ sich Arsen wunderbar geschmacklich verstecken.

Er sah der Möwe zu, die den Krebs verspeiste und sich gegen die Fresskonkurrenten zur Wehr setzen musste, die versuchten, ihr die Beute abzujagen.

Das Leben, dachte Greg, ist ein einziges Hauen und Stechen. Du warst viel zu lange Opfer. Jetzt bricht eine neue Ära an.

Das Flügelschlagen der kämpfenden Möwen hörte sich für ihn an wie frenetischer Beifall eines begeisterten Publikums.

Er fühlte sich leichter, durchströmt, ja beseelt von diesem Gedanken. Er flanierte jetzt auf dem Deichkamm. Es war, als sei er erst jetzt wirklich Teil dieser Welt geworden. Endlich bereit, seinen Platz nicht nur einzunehmen, sondern auch zu verteidigen.

An der Tötungsmethode wollte er noch ein bisschen arbeiten. Sie war ihm noch nicht ausgereift genug. Zu unspektakulär. Zu wenig raffiniert. Aber vielleicht auch gerade deswegen perfekt. Niemand würde überhaupt an Giftmord denken. Immerhin aßen sie alle die gleichen Speisen, und die Kamera hätte ihm sogar beim Kochen zugesehen. Ein Mord, der gar nicht als solcher erkannt wurde, löste keine Ermittlungen aus und blieb folglich unentdeckt.

Ja, er, der Krimiautor, würde den perfekten Mord begehen. Und zwar vor laufender Kamera.

Der nächste Abend fand in der ältesten ostfriesischen Stadt, Norden, statt. Die Kriminalkommissarin Ann Kathrin Klaasen, über die Markus Speer inzwischen per Internetrecherche einiges in Erfahrung gebracht hatte, hatte offensichtlich bei ihrer Vorstellung tiefgestapelt. Sie galt als Verhörspezialistin der ostfriesischen Polizei und hatte mehrere Serienkiller dingfest gemacht. Im Grunde war sie eine Berühmtheit.

Markus Speer ahnte, dass sie ihm heute Abend die Show stehlen könnte. Auf der kulinarischen Ebene traute er ihr wenig zu, aber ein Krimidinner war vermutlich genau ihr Ding.

In der Küche ließ sie sich von ihrem Ehemann und Kollegen unterstützen. Frank Weller, der als ihre »Schnibbelhilfe« vorgestellt wurde.

Auf Greg wirkte das so, als ob Ann Kathrin überhaupt nicht kochen könnte und er normalerweise den Kochlöffel schwingen würde. Aber aus irgendeinem Grund hatte man sie ausgesucht. Vermutlich, weil sie so etwas wie die Galionsfigur der ostfriesischen Kripo war.

Sie hatte die Wohnung im Distelkamp mit weißroten Absperrbändern der Polizei in die Illusion eines Tatorts verwandelt.

Greg fand ihre Buchregale spannend. Sie waren praktisch zweigeteilt. Einmal jede Menge Kriminalromane, darunter auch drei von ihm selbst, und dann nur noch Kinderbücher. Die Wohnung sah aber nicht so aus, als ob hier kleine Kinder leben würden. Sammelt sie Kinderbücher?, dachte er grinsend.

Die Schnibbelhilfe Weller outete sich als Krimifan und fragte Greg, ob er bereit sei, die Bücher zu signieren. Greg tat es. Speer dagegen fand es albern.

Auf dem Tisch stand kein edles Geschirr, sondern für jeden

Gast ein Plastiktablett. Daneben lag sehr schlichtes Kantinenbesteck.

»Na«, spottete Speer, »da erwartet uns heute ja wohl eine ganz besondere Gaumenfreude. Wonach riecht es denn hier? Erbsensuppe?«

»Nein«, antwortete Ann Kathrin, »Graupensuppe. Außerdem ein Joghurt und Labskaus mit Spiegelei. Ein Festessen in jeder JVA.«

Speer galt als sehr wortgewandt und schlagfertig, aber jetzt blieb ihm für einen Moment der Kommentar im Hals stecken.

Er musste sich mit dem Tablett in der Küche anstellen, wo Weller jedem mit einem langen Kochlöffel etwas auf die Teller klatschte. Ann Kathrin ließ dann das Ei darübergleiten und sagte: »Salz und Pfeffer stehen auf dem Tisch. Alkohol gibt es natürlich nicht, aber Filterkaffee und gutes, ostfriesisches Leitungswasser. Außerdem einen Saft für jeden, aus selbstgepflückten Äpfeln und Birnen aus eigenem Garten.«

Greg fand das originell. Krimimäßig. Witzig. Passend zum Motto.

Ludger behauptete, so gut sei das Essen während seiner Haftzeit selten gewesen. Er aß alles auf und kratzte sogar mit dem Löffel den Teller aus, wollte aber doch nicht gerne auf ein Bier und ein Schnäpschen danach verzichten.

Julia pickte nur von ihrem Essen, war aber begeistert von der »authentischen Krimiatmosphäre«.

Markus Speer hatte inzwischen seine Worte wiedergefunden und machte seinem Ruf als Spötter alle Ehre: »Ich dachte, es geht hier ums Kochen, und da hast du, liebe Ann Kathrin, auf ganzer Linie geradezu kriminell versagt. Man staunt, was man selbst bei einer Graupensuppe noch falsch machen kann. Meine Großmutter konnte daraus ein herrliches, schmackhaftes Gericht zaubern. Ich persönlich lege ja mehr Wert auf gute Küche als auf …«, er tippte gegen die Absperrbänder, »solchen Hokuspokus.«

»Ach«, sagte Greg spitz, »ein bisschen mehr Mühe mit der Dekoration hättest du dir schon auch geben können, Mark. Dann hätte es gestern vielleicht für zehn Punkte gereicht.«

Julia spielte mit ihrem Messer und sagte gedankenverloren: »Umbringen kann man damit jedenfalls niemanden. Die Messer sind stumpf.«

»Das ist im Knast auch so«, lachte Ludger, und Ann Kathrin fügte hinzu: »Aus gutem Grund.«

Speer fühlte sich an Hans Falladas *Wer einmal aus dem Blechnapf frisst* erinnert. Er schob das Essen weg und verzog den Mund. »Nein, das hat mir der Arzt verboten.«

Die Realisatorin tauschte mit dem Kameramann Blicke. Sie waren beide mit dem Abend sehr zufrieden.

»Hast du«, flüsterte sie ihm zu, »dieses Klatschen mit der Kelle auf dem Teller beim Austeilen der Speisen, oder müssen wir das nachdrehen?«

»Nein, hab ich. Ein Träumchen.«

Ann Kathrin wurde in der Küche gefragt, wie sie glaube, dass ihr Abend bei den Gästen angekommen sei.

»Ich bewerbe mich hier ja nicht als Fünf-Sterne-Köchin«, sagte sie, und es klang nach Rechtfertigung. »Ich wollte ein bisschen Erlebnisgastronomie der anderen Art machen. Eigentlich koche ich ja nicht wirklich gut. Mein Mann, der jetzt nur Schnibbelhilfe sein durfte, mit dem koche ich gemeinsam. So als Paarerfahrung ist das ganz schön nach einem arbeitsreichen Tag. Aber meistens hat er dann die Regie, und ich bin die Schnibbelhilfe.«

Draußen gab Speer ihr null Punkte »für dieses grässliche, ungenießbare Gematsche«. Gleichzeitig erklärte er, wie man aus Roten Beten, Matjes, Kartoffeln und Äpfeln das norddeutsche Traditionsgericht Labskaus zu einem Gaumenschmeichler werden lassen könnte, statt »diese Pampe daraus zu machen, die uns da lieblos in den Napf gepappt wurde«.

Dann hielt er sich plötzlich vor laufender Kamera kurz den Mund zu und fragte gespielt ängstlich: »Oh – werde ich jetzt verhaftet, wenn die Frau Kommissarin das erfährt?«

Greg gab ihr neun Punkte. Das Essen hatte ihm zwar überhaupt nicht geschmeckt, aber es gefiel ihm, wie Ann Kathrin Mark gegen sich aufgebracht hatte. Er mochte originelle Ideen und Menschen, die den Mut hatten, sie umzusetzen. Und dieses Dinner war originell, wenn auch leider nicht sehr schmackhaft.

Auf dem Heimweg bat er den Taxifahrer, bei Gittis Grill zu halten, wo er sich eine Bratwurst mit doppelt Senf holte.

Der nächste Tag, es war ein Mittwoch, war für ostfriesische Verhältnisse ungewöhnlich schwül. In Greetsiel wehte nicht mal direkt am Hafen ein sanftes Lüftchen.

Julia war so aufgeregt wie bei ihrem ersten Casting. Zweimal schwitzte sie ihre Kleidung durch und musste sich umziehen, während der Fisch im Herd garte.

Sie hatte sich zusammen mit ihren Freundinnen Kitty und Gesa von der Schauspielschule eine kleine Showeinlage ausgedacht. Zum Dessert gab es Fruchtspieße mit weißer und dunkler Kuvertüre, dazu einen Bauchtanz, den die drei »Hula-Hula-Tanz« nannten. Dabei jonglierten sie mit Früchten und sangen *Zwei Apfelsinen im Haar und an den Hüften Ba-*

nanen von France Gall, was Speer mit dem Satz kommentierte: »Als Leiche hattest du mir besser gefallen, Julia.«

Ihr Schwertfisch an Mangosalat war ihm viel zu trocken. Er hätte ihn sich glasiger gewünscht.

Ludger betonte, dieses Essen sei deutlich besser als der Knastfraß gestern Abend, dabei schwang eine gewisse Animosität gegen Polizei und Justiz mit.

Aber dann brach zwischen Kitty und Gesa ein Streit aus. Er explodierte geradezu. Es ging um einen Mann, den niemand der anderen Anwesenden kannte. Angeblich, zischte Gesa, hätte Kitty, die sie plötzlich »gottverdammte Bitch« nannte, etwas mit ihrem Typen.

Zunächst lehnte sich Speer entspannt zurück und sah amüsiert zu, während Ann Kathrin sofort in Alarmbereitschaft war, weil sie wusste, dass solche Auseinandersetzungen eskalieren konnten.

Ludger schüttelte, als die zwei aufeinander losgingen, nur den Kopf und maulte: »Frauen …« Als die eine der anderen an den Haaren zog, fügte er hinzu: »Fehlt nur der Schlamm. Ich mag Frauencatchen im Schlamm.«

Julia ging dazwischen und versuchte, ihre Freundinnen zu trennen. Plötzlich hatte eine der zwei Streithennen ein Messer in der Hand und stach wutentbrannt zu.

Kitty mit den großen, geschwungenen Lippen, die so herrlich lachen konnte und diesen verführerischen Hüftschwung draufhatte, hielt sich den Bauch. Blut spritzte zwischen ihren Fingern hoch. Sie fiel mit offenem Mund und weitaufgerissenen Augen auf die Knie.

Ann Kathrin sprang herbei und stieß dabei ihren Stuhl um.

Julia kreischte.

Ludger brüllte: »Ach du Scheiße!«

Schon hatte Ann Kathrin Gesa entwaffnet und ihr den rechten Arm auf den Rücken gedreht. Gesa lag auf dem Bauch. Ann Kathrin drückte ihren Kopf auf den Boden.

»Beruhigen Sie sich«, forderte Ann Kathrin. »Geben Sie auf. Jede Gegenwehr ist sinnlos.«

»Aua! Sie tun mir weh, verdammt! Aua!«, schrie Gesa.

Kitty hob gleich beide Arme wie jemand, der sich ergibt. »Nicht doch«, rief sie. »Das ist Theaterblut!«

Ann Kathrin ließ Gesa los und hob das Messer auf. Die Klinge ließ sich in den Schaft drücken. Ein Theatermesser.

Ann Kathrin stand unschlüssig im Raum. Gesa erhob sich und blickte zur Kamera. Brigitte zeigte ihr den erhobenen Mittelfinger.

Speer war blass um die Nase, lachte aber jetzt laut. »Hahaha, unsere Kommissarin ist voll drauf reingefallen!« Dann klatschte er demonstrativ Beifall. »Bravo! Das nenne ich Theater!« In das Lächeln von Julia stieß er dann seinen Satz wie einen Dreizack: »Schmierentheater, aber Theater.«

»Wir wollten«, erklärte Julia sich, »euch ein kleines, geheimes Theaterstück spielen. Wir treten damit auch in Restaurants auf.«

»Also«, lachte Ludger, »mir hat's gefallen. Voll krass!«

Ann Kathrin zupfte sich die Kleidung zurecht. »Es sah verdammt echt aus. Ich komme mir jetzt ein bisschen blöd vor. Ich hoffe, ich habe Sie nicht verletzt, Gesa.«

Die schüttelte den Kopf und rieb sich den Ellbogen des rechten Arms.

Ann Kathrin gab Julia zehn Punkte. Vielleicht auch, weil sie sich ein bisschen schämte.

Als Greg aus Greetsiel zurückfuhr, saß er still hinten im Taxi. Der Fahrer wollte mit ihm reden. Seine Frau las angeblich Romane von Greg Lee. Normalerweise wäre Greg auf das Gesprächsangebot eingegangen, doch heute amüsierte ihn ein Gedanke, den er mit niemandem teilen konnte. Gerade waren alle auf eine gefakte Mordattacke reingefallen. Den echten Mord aber würde niemand als solchen wahrnehmen.

Er hatte bereits alles besorgt, was dazu notwendig war. Er fühlte sich großartig und freute sich auf den Abend bei Ludger.

Ich hoffe, du genießt es auch, Speer, du Mistsau. Denn übermorgen bist du tot, du miese, kleine Dreckschleuder, dachte Greg.

Zurück in Leer hatte Markus Speer zunächst wenig Lust, in seine Wohnung zurückzukehren. Er wollte jetzt nicht alleine sein und verspürte gleichzeitig nicht genug Energie in sich, um noch einen One-Night-Stand klarzumachen. Er hatte keine Lust, jetzt noch an irgendeiner Theke zwei Stunden Süßholz zu raspeln, um dann endlich zum Schuss zu kommen.

Ja, in Köln wäre das jetzt gar kein Problem gewesen, da hätte er aus einem Notizbuch einfach ein paar Telefonnummern gefischt und seine Angel ausgeworfen. All diese Statistinnen, die so gerne richtige Schauspielerinnen werden wollten, waren das Futter in seinem Haifischbecken.

Aber hier in Leer gab es so eine Szene gar nicht, oder er hatte sie noch nicht entdeckt. Seine Kontakte waren noch sehr beschränkt auf Zufallsbekanntschaften.

Er hatte in Köln nicht daran geglaubt, dass Inga ihn wirklich rausschmeißen würde. Sie war für ihn so eine *Tuaregfrau*, wie er sie nannte, die stumm alles ertrugen, als sei nichts geschehen.

Aber dann war sie plötzlich ausgeflippt, hatte das reiche, verwöhnte Unternehmertöchterchen heraushängen lassen und war zu ihrem Vater gelaufen. Der sollte die Sache für sie klären.

Er hatte Markus Speer unmissverständlich klargemacht, dass er ihn noch nie leiden konnte und was das Wort *Ehevertrag* eigentlich zu bedeuten hatte. Darauf hatte der Vater bestanden, und jetzt zog er diese Karte. Das großbürgerliche Haus in Lindenthal, nicht weit vom Stadtwald entfernt, war seit achtzig Jahren im Familienbesitz und sollte es auch bleiben. Er musste ausziehen und durfte in die ostfriesische Ferienwohnung am Museumshafen ziehen.

Das alles eigentlich nur, weil er sich, verdammt nochmal, Gesichter von Frauen einfach nicht merken konnte. Es war eine Katastrophe, gerade für ihn als Regisseur.

Jede Frau ist gekränkt, wenn man sie nach einer gemeinsamen Nacht nicht wiedererkennt. Schauspielerinnen verzeihen so etwas nie. Das hatte er gelernt. Sie trugen ihre Verletzungen wie einen Panzer und konnten zu gemeinen Giftspritzen werden, aber es war bei ihm eine Art psychischer oder vielleicht gar genetischer Defekt. Er erinnerte sich an jeden Mann, mit dem er mal ein Bier im Stehen getrunken hatte. Frauen vergaß er einfach. Seine Mutter und seine Noch-Ehefrau vielleicht ausgenommen. Aber auch da war er sich nicht wirklich sicher.

Er war zum vierten Mal verheiratet und hätte Mühe gehabt, seine ersten drei Ehefrauen zu beschreiben. Auf Fotos verwechselte er sie.

Einmal hatte er einem angeblichen Freund, dem Filmproduzenten Herbert Simon, davon erzählt. Als könnten Filmproduzenten und Regisseure jemals wirklich Freunde sein … Er kam sich jetzt noch blöd vor deswegen.

Herbert Simon hatte es natürlich überall herumerzählt, dass der große Speer, der so gefühlvolle Liebesszenen inszenieren konnte wie kein zweiter, sich nicht an die Augenfarbe seiner Ehefrau oder seiner Hauptdarstellerinnen erinnern konnte. Frauen seien für ihn nur Gebrauchsgegenstände, und wer erinnere sich schon noch an eine Flasche Wein, die er geleert habe. Der Geschmack bliebe vielleicht im Gedächtnis, aber doch nicht die Farbe des Etiketts.

Wie viel Ärger hatte ihm diese kleine Gedächtnisschwäche schon eingebracht ... und wie viel Freude? Denn seit es sich in der Branche – dank Herbert Simon – herumgesprochen hatte, versuchten einige ganz entschlossene Schauspielerinnen, sich doch noch in sein Frauengedächtnis einzuprägen. Diese Bemühungen hatte er sehr genossen, auch wenn sie wohl das Ende seiner vierten Ehe bedeuteten, was ihm finanziell sehr wehtat.

Er trank noch ein Bier im Stehen im Taraxacum und dann, als er in seine Wohnung zurückkam, traf es ihn hart.

Die Tür oben aufgebrochen.

Die Bilder von den Wänden entfernt.

Die Schubladen durchsucht.

Sein PC stand noch da.

Hier war jemand gezielt vorgegangen, und hier wusste jemand, dass er erst spät zurückkommen würde.

Er rief die Polizei. Als Regisseur von Kriminalfilmen war es eine Art Recherche für ihn – mit diesem Gedanken versüßte er sich das Zuschauen. Er fand aber die Arbeit der Kriminaltechniker wenig filmisch und fühlte sich auch nicht besonders ernst genommen. Hier wurde nicht die gesamte Leeraner Polizei aus dem Bett geklingelt, weil bei ihm eingebrochen worden war.

Speer kochte vor Wut.

Ein verpennt aussehender Kripomann, der gleich zu Anfang erklärte, er sei aus Vertretungsgründen hier und eigentlich beim K1 mit wichtigeren Dingen beschäftigt, nahm den Fall auf und grinste: »Na, so ein Krimidinner wird doch durch so einen Einbruch erst perfekt.«

Er hieß, wenn Speer sich nicht verhört hatte, Rupert. Ob es sein Vor- oder Nachname war, wusste Speer nicht. Jedenfalls dozierte dieser Rupert, er, Speer, solle sich nicht so aufregen, Niedersachsen sei das sicherste Bundesland der Welt. Ja, er sagte »der Welt«. Es habe hier zwar vierzehntausendfünfhundertachtundneunzig Wohnungseinbrüche im letzten Jahr gegeben, aber dafür sei die Zahl der Morde gesunken. Bundesweit würden nur sechzehn Prozent aller Einbrüche aufgeklärt, in Niedersachsen dagegen gut ein Viertel aller Täter gefasst. Es habe am Wochenende in Leer gut ein Dutzend Einbrüche gegeben, und er könne noch froh sein, bei ihm sei ja nichts verwüstet worden. Der Vandalismus bei Einbrüchen sei meist das größere Problem. Hier hätte ja nur einer ein paar Bilder geklaut.

»Ein paar Bilder?!«, schrie Speer. »Das waren Klee, Picasso, Matisse, Grieshaber, Gölzenleuchter und …«

Er merkte, dass die Namen Rupert nicht beeindruckten, darum stoppte er die Aufzählung.

»Was war der ganze Kram denn wert?«

»Kram?«

»Naja, die Bilder. Waren die versichert?«

»Ja, also … ist das denn nicht in der Hausratversicherung? Ich bin doch gegen Diebstahl versichert … glaube ich.«

Rupert trumpfte auf: »Ja, damit befasst man sich immer erst, wenn das Kind schon in den Brunnen gefallen ist.

Das kennen wir. Wie sahen die Bilder denn aus? Manchmal tauchen Sachen ja auf dem Flohmarkt wieder auf oder bei Ebay.«

Speer stöhnte gequält auf.

Ludger hatte mit Hilfe seiner Freundin, einer Floristin aus Emden-Barenburg, die Doppelhaushälfte in ein Blumenmeer verwandelt. Jeder würde verstehen, so lachte er in Ann Kathrins Richtung, dass er im Gegensatz zu ihr alles getan habe, um keine Knastatmosphäre aufkommen zu lassen. Davon hätte er genug gehabt.

Brigitte wollte diese Szene gleich noch einmal haben, aber aus einer anderen Kameraperspektive, denn sie fand »den Knacki und die Kommissarin als Bild hitverdächtig«.

Dann stellte Ludger seine Frau vor, deren Schönheit den Kameramann von den Leuten ablenkte, um die es eigentlich gehen sollte.

»Wie«, so raunte er Brigitte ins Ohr, »kommen solche Typen immer an so tolle Frauen?«

Wenn du wüsstest, dachte Greg. Die miesesten Schweine, wie Speer, die wirken wie ein Magnet auf bestimmte Frauen, die in der Liebe nicht das Glück suchen, sondern die Bestätigung ihrer eigenen Wertlosigkeit, die sie als Kinder erfahren haben.

Aber das sagte er nicht, sondern er hatte vor, den Abend mit seinem Erzfeind zu genießen, wissend, dass er ihn morgen beseitigen würde.

Greg kämpfte mit sich. Sollte er sich nett verhalten, um unverdächtig zu wirken, falls doch herauskam, dass Markus vergiftet worden war? Oder war es gerade deswegen klug, heute voll auf Konfrontation zu gehen? Sollte er ihn attackieren, bloßstellen und in eine Duellsituation bringen, um hinterher sagen zu können: *Also bitte, Leute, wenn ich vorgehabt hätte, ihn zu töten, dann wäre ich wohl kaum so dumm gewesen, ihn vor der Kamera anzugreifen. Für wie blöd haltet ihr mich eigentlich?*

War das zu sehr um die Ecke gedacht? Überkonstruiert, wie Kritiker es seinen Kriminalromanen manchmal vorwarfen?

Der Aperitif schimmerte rötlich-orange, sah irgendwie künstlich aus und war eine Mischung aus Prosecco, Eiswürfeln, Limetten, Minze und Aperol. Er schmeckte nach Rhabarber und Bitterorange. Nicht ganz Ann Kathrins Geschmack, aber die anderen fanden den Drink wohl gut.

Greg hatte sich noch nicht entschieden, ob er nun Markus Speer attackieren wollte oder nicht, da war bereits zum Schneiden dicke Luft zu spüren. Es gab wieder einen Rundgang durch die Wohnung und eine Besichtigung.

Greg ging mit Speer, der sich nicht genierte, Schubladen zu öffnen und hineinzusehen. Dann standen sie vor einer Tür, daran hing ein Schild aus irgendeinem Hotel: *Bitte nicht stören.*

Die Realisatorin sagte: »Wir haben abgesprochen, dass dieser Raum nicht zur Besichtigung freigegeben ist. Die beiden wollen keine Fremden in ihrem Schlafzimmer haben.«

»Interessant«, grinste Speer und öffnete die Tür.

Ein riesiger Spiegelschrank und ein paar große Schwarzweißfotografien, erotische Bilder, vermutlich von Ludger und seiner Frau bei Fesselspielen, schmückten die Wände.

»Wir sollten hier nicht rein«, betonte Brigitte, aber Speer kümmerte sich nicht darum. Er öffnete jetzt den Spiegelschrank und wühlte in Unterwäsche.

Greg hob beide Hände in Richtung Kameramann: »Ohne mich. Ich respektiere die Privatsphäre.«

»Wir auch«, bestätigte der Kameramann und nahm sein Aufnahmegerät von der Schulter.

Brigitte wirkte richtig aufgeregt, als wisse sie genau, dass gleich eine Bombe hochgehen würde. Sie war froh, als endlich wieder alle am Tisch saßen.

Ann Kathrin prostete Ludger zu. Speer räusperte sich und legte los: »Schön, dass sich unsere liebe Frau Kommissarin mit unserem Gastgeberfreund hier so gut versteht. Gestern, während des zweifelhaften Krimidinners, wurde in meine Wohnung eingebrochen und meine wertvolle Grafiksammlung entwendet ...«

Ludger ging sofort hoch: »Was willst du damit sagen?«

»Nun, jemand wusste, dass ich nicht zu Hause war. Und jemand wusste, was er stehlen musste.«

Ludgers rechtes Bein wippte im Sekundentakt auf und ab. »Und, warum guckst du mich so an?«

Speer strich sich gespielt nachdenklich übers Kinn. Bevor er etwas sagen konnte, warf Julia ein: »Ludger war doch bei uns. Wir haben gemeinsam gegessen.«

Ann Kathrin nickte. »Ja, er hat wahrlich ein Alibi. Außerdem finde ich es ungeheuerlich, Markus, wenn du hier einfach solche Verdächtigungen ausstößt.«

»Ach, habe ich das? Soll ich glauben, dass unsere werte Kommissarin in Einbrecherkreisen verkehrt und denen einen Tipp gegeben hat? Nein, wohl kaum. Aber wer kennt denn Leute, die mit so einer Information etwas anfangen können? Unsere Schauspielerin?« Er sah Julia an und schüttelte den Kopf. »Nee, doch wohl eher nicht.« Er sah Greg an: »Unser Krimiautor? Bei allem Respekt, aber bei ihm findet doch wohl alles eher in der Phantasie statt. Außerdem, ein Blick auf die Auflagenzahlen seiner Bücher sagt mir: Dem Mann fehlt zwar die Anerkennung der Literaturkritik – zu Recht, wenn ihr mich fragt –, aber dafür dürfte er ein ausgeglichenes Konto besitzen. Stimmt's?«

Greg fühlte sich steif und sagte nichts, aber Ludger schüttelte mit einer schnellen, überraschend genauen Handbewegung seinen Drink in Speers Gesicht. Dessen weißes Hemd verfärbte sich sofort rosa. An seinem Hals klebte eine Orangenscheibe. Ein Minze-Blatt verfing sich in seiner Nasenöffnung, und Eiswürfel klirrten nacheinander von seinem Anzug auf den Parkettboden, als er aufsprang.

Der Kameramann war begeistert, aber der Tontechniker hatte Angst um sein Funkmikro, das eine Ladung abbekommen hatte, aber noch funktionierte. Trotzdem griff er zur Angel und richtete sie über den Gästen aus. Diese Szene, darüber waren sich alle im Klaren, gehörte zu den Höhepunkten und war garantiert nicht nachstellbar.

»Aus dem aufgeblasenen Idioten lasse ich jetzt die Luft!«, schrie Ludger und wollte auf Speer losgehen. Mit berechnender Klugheit ging Greg dazwischen. Ann Kathrin blieb diesmal entspannt sitzen. Es war kein Messer im Spiel und keine Schusswaffe. Sie hatte Dienstschluss und wollte nicht noch einmal ungefragt als Hilfssheriff fungieren.

Speer reagierte viel gefasster, als alle erwartet hatten. Er wischte sich mit der rechten Hand Feuchtigkeit und Eiswürfel vom Ärmel und sagte: »Prima Vorstellung. Echt Krimidinner.«

Er reckte sein Kinn vor und deutete an, dass er mit einem Schlag auf die Kinnspitze rechnete.

»Gehört es jetzt auch dazu, dass man seine Gäste KO

schlägt, beleidigt und ihnen Zuckerwasser ins Gesicht kippt? Reicht es nicht mehr, sie miserabel zu bewirten?«

Greg ließ Ludger los und der zog ansatzlos durch und verpasste Speer einen Kinnhaken. Der guckte ungläubig und fiel um. Er fiel aber nicht wie ein Boxer im Ring oder wie ein Angeschossener im Film. Nicht so malerisch und publikumswirksam männlich. Nein, er plumpste wie ein Kleinkind, das laufen lernt, auf den Hintern.

Der Kameramann wollte das auf keinen Fall verpassen und stieg auf einen freien Stuhl, um einen guten Blickwinkel zu bekommen. Dabei war jetzt sein Hintern direkt vor Julias Nase. Sie wich zurück. Das hier war jedenfalls kein geheimes Theater. Der Kinnhaken war echt, und aus Speers Mund tropfte Blut, denn er hatte sich auf die Zunge gebissen.

Er zog ein Stofftaschentuch und tupfte sich die Lippen ab.

»Und jetzt raus! Verlass mein Haus, du Kretin, bevor ich mich vergesse!«

Die Realisatorin breitete die Arme aus. »Cut!«, rief sie. »Zehn Minuten Pause.«

»Aber warum jetzt?«, protestierte der Kameramann. »Endlich hab ich gute Bilder.«

Brigitte machte allen klar, dass sie für diese Sendung Verträge unterschrieben hatten. Niemand könne vorher aussteigen.

»Wir haben die ersten drei Drehtage hinter uns und das hier ist der vierte. Wenn wir nicht alles im Kasten haben, kann die Sendung nicht ausgestrahlt werden. Es sind aber bislang schon eine Menge Kosten entstanden. Also überlegt euch das gut, Leute …«

»Sie hat recht«, sagte Greg. »Jetzt müssen wir die Suppe auch auslöffeln, die wir uns da eingebrockt haben.«

Dieses Spiel sollte nicht nur mit einer blutigen Nase enden, dachte er grimmig, sondern mit dem völligen Ausradieren von diesem Mistkerl.

Julia musste, obwohl sie seit Jahren Nichtraucherin war, plötzlich dringend eine Zigarette haben. Sie sagte es und zitterte dabei so sehr, dass der Kameramann, der ihr einen Glimmstängel anbot, Mühe hatte, mit der Flamme seines Feuerzeugs die wackelnde Zigarettenspitze zu treffen.

Sie rauchten draußen auf der Terrasse im Strandkorb, und drinnen verhandelte Brigitte mit Speer und Ludger.

Speer wollte gehen und versprach, dass diese Sache ein Nachspiel haben werde.

Ludger pochte auf sein Hausrecht und wollte Speer rausschmeißen.

Brigitte versuchte zu schlichten. »Wir müssen das hier zu Ende bringen. Da hängen Arbeitsplätze dran. Unter anderem auch mein Job.«

Sie spielte schon mit dem Gedanken, den beiden Geld anzubieten, aber sie ahnte, dass sie Speer damit nur gegen sich aufbringen würde.

»So«, sagte Speer, »kann ich ohnehin nicht weitermachen. Ich sehe ja aus wie …«

»Ein Arschloch«, ergänzte Ludger.

Ann Kathrin schlug vor: »Also, ich finde auch, wir sind erwachsene Menschen. Wir sollten das hier mit Anstand zu Ende bringen.«

Brigitte war froh, dass Ann Kathrin ihr zur Seite sprang.

Speer erhob sich schwerfällig. »Also gut. Wenn ich frische Kleidung bekomme und er sich bei mir entschuldigt, dann …«

»Ich mich entschuldigen? Bei dem?«

»Die Zeit läuft uns weg«, meinte Brigitte. »Ich darf mit dem Team nicht sinnlos Überstunden produzieren. Markus hat doch im Grunde die gleiche Statur wie Ludger. Wenn Ludger ihm Klamotten leiht, dann …«

Es gefiel Speer nicht, mit Ludger verglichen zu werden. Er spottete: »Sträflingsuniform? Außerdem, ich trage keine Klamotten, liebe Brigitte, ich lege Wert auf korrekte Kleidung. Das ist ein Maßanzug von …«

»Ich könnte ihm schon wieder eine reinhauen«, stöhnte Ludger.

»Das wirst du aber nicht tun«, sagte Ann Kathrin. »Geh lieber in die Küche und bereite dein Menü vor. Ich habe einen Mordshunger.«

»Und für den Kinnhaken bekommst du von mir garantiert keinen Punkteabzug bei der Schlussbewertung«, scherzte Greg.

»Alles an mir klebt«, beschwerte sich Speer, und Julia, die mit dem Kameramann von draußen wieder reinkam, konnte sich die Bemerkung nicht verkneifen, er sei halt auch ein klebriger Typ.

Dann sah Speer die Realisatorin an und sagte: »Natürlich werdet ihr den Angriff auf mich drin lassen.«

»Ich wäre ja blöde, wenn ich so ein Highlight herausschneiden würde«, antwortete sie.

Speer witterte, damit zur absoluten Hauptfigur des Krimidinners zu werden und allen die Show gestohlen zu haben. Er schlug vor, den Rest des Abends in seinem verunreinigten Anzug am Tisch zu sitzen, sozusagen als das leibhaftige schlechte Gewissen. Aber Brigitte war dagegen. Sie wollte aus ihm kein bekleckertes Denkmal machen. Er weigerte sich aber, ein Hemd von Ludger anzuziehen.

Es ging eine Weile hin und her, dann zog der Kameramann sein Hemd aus. Ihm war sowieso zu warm.

Inzwischen wurde die Vorspeise serviert: eine Bouillabaisse. Speers Zorn entlud sich sofort daran. Eine Bouillabaisse sei keineswegs wie dieses versalzene Wasser aus Fischabfällen, kein von Marktfrauen wild zusammengewürfelter Eintopf, sondern eine Bouillabaisse müsse klar sein.

»Also, mir schmeckt sie«, sagte Ann Kathrin und fing sich von Speer einen Blick ein, der es in sich hatte.

Julia hielt sich plötzlich die Hand vor die Augen und weinte. Greg legte ihr fast väterlich eine Hand auf den Rücken, was sie aber nicht beruhigte, sondern erst recht einen Tränenschub auslöste.

Sie wisse auch nicht, was mit ihr los sei. Sie halte eben diese Spannungen nicht so gut aus. Das alles erinnere sie zu sehr an Zuhause, da sei es bei Tisch auch immer so explosiv gewesen, schluchzte sie.

»Was für Spannungen denn?«, fragte Ludger gewollt unschuldig.

Zum Hauptgang gab es spanischen Rotwein, dazu ein Pfeffersteak und mit Gorgonzola überbackenes Gemüse. Julia stocherte nur in ihrem Essen herum, betonte aber, wie herrlich es schmecke. Sie bekäme nur leider gar nichts runter, weil ihr so übel sei. Sie würde wohl krank werden.

Greg mochte das alles sehr. Er aß mit Heißhunger. Er saß Markus Speer gegenüber und sah ihn milde lächelnd an, so, wie man einen verstorbenen Verwandten anschaut, mit dem man zeitlebens Ärger hatte und den man gemeinsam mit ihm beerdigen möchte.

Der Tod ist auch eine Gelegenheit zu verzeihen, dachte Greg.

Wie oft hatte er in Selbstzweifeln festgesessen, so wie jetzt Julia. Er glaubte nur zu gut zu wissen, was in ihr vorging. Vermutlich fragte sie sich gerade, ob sie vielleicht einfach als Schauspielerin nicht gut genug war. Ob Speer sie nicht zu Recht mit Verachtung strafte. Warum hatte sie nicht auf ihre Mutter gehört und war Erzieherin geworden, statt zur Schauspielschule zu gehen und sich bei Castings demütigen zu lassen?

Speer spottete über diese Volkskrankheit Medium Plus. Das hier sei ja fast durch, sprich, trocken gebraten, und das so verdorbene, eigentlich ja wertvolle Stück Fleisch müsse nun durch eine »mehlige Sauce, in der völlig uninspiriert Pfefferkörner herumschwimmen, wieder aufgepeppt werden. Ein richtiges Steak, egal, ob Rump- oder Filetsteak, wird nur einmal von jeder Seite kurz scharf angebraten und muss dann ruhen. Dabei gart es weiter. Und dieses in Gorgonzola getränkte, geschmacklose Gefriergemüse kann einem eigentlich leidtun.«

Er hob mit der Gabel Brokkoli hoch, von dem weiße Käsesauce tropfte, und ließ es in die Schale zurückplumpsen.

»Ich würde dir zu gern die Fresse polieren, aber ich darf ja leider nicht mehr, und für einen wie dich gehe ich nicht noch mal in den Bau«, gab Ludger zurück.

»Das ist sehr klug von dir, Ludger«, sagte Ann Kathrin.

Ohne sie anzuschauen, orakelte Ludger in Speers Richtung: »Aber das werden auch andere für mich erledigen, da bin ich mir ganz sicher.«

Wenn du wüsstest, wie recht du hast, dachte Greg.

In Richtung Ann Kathrin und Realisatorin rief Speer: »Ihr seid meine Zeugen! Er droht mir! Er will seine Schergen auf mich hetzen!«

»Habe ich das gesagt?«, grinste Ludger. »Ach nein …«

»Was sollte das denn sonst heißen?«, blaffte Speer.

Ludger holte zu einer großen Geste aus. »Das ist keine Drohung, das ist nur meine Lebenserfahrung. Typen, die sich benehmen wie Sau, geraten irgendwann immer an einen, der sie …«, er suchte nach dem richtigen Wort, »ausbremst. So ist einfach das Leben. Das ist eine Art Naturgesetz. Wie ein Stein immer nach unten fällt, wenn man ihn loslässt.«

»Hört, hört, unser Philosoph«, lachte Speer.

Das Dessert nannte sich *Erdbeerkuss* und bestand aus Sahne mit zerbröseltem Baiser und versunkenen Erd- und Himbeeren.

Julia baggerte, plötzlich hungrig geworden, ihre Portion geschwind in sich hinein. Ann Kathrin war das Ganze eine Spur zu süß, sie fischte sich aber die kalten Früchte heraus.

Speer dozierte, tiefgefrorene Erdbeeren würden halt immer ihren Geschmack einbüßen, und er als Feinschmecker aß natürlich keine tiefgefrorenen Früchte.

Speer gab Ludger einen Punkt. »Für den Mut, der ihm gebührt, weil es ja in seinen Kreisen unüblich ist, dass ein Mann sich an den Herd stellt.«

Ann Kathrin gab acht Punkte und vermutete, während der Krimidinner-Woche schon gut zwei Kilo zugenommen zu haben, und es sei im Sinne ihrer Figur wohl gut, dass morgen der letzte Tag sei.

In der Nacht schlief Greg kaum. Er trank zwei Liter Wasser und rannte immer wieder zur Toilette. Wenn er kurz einnickte, hatte er wilde Träume. Er sah sich vor Gericht und im Gefängnis. Dann erlebte er sich bei einer Autorenlesung. Es war ein ganz realer Ort. Die Volkshochschule in Emden, wo er wirklich mal vor einem erstaunlich großen Publikum vorgelesen hatte.

Diesmal, im Traum, war alles anders. Er beichtete seinem Publikum, den Regisseur Speer während des Krimidinners vergiftet zu haben. Während seine Fans stehend Beifall klatschten, fuhren draußen schon Wagen mit Sirenen und Blaulicht vor.

Greg wurde schweißnass wach. Er ging in seinen Garten. Das beruhigte ihn nicht. Um halb drei morgens warf er die Sauna an. Saunieren brachte ihn normalerweise runter. Heute nicht.

Er lag dann auf dem Sofa und wartete darauf, dass die Temperatur auf mindestens achtzig Grad stieg. Dabei nickte er ein und sah reale Bilder:

Speer, der ihn in den Arm nahm und ihm einen väterlichen Rat erteilte: »Schuster, bleib bei deinen Leisten. Filme machen ist einfach nicht dein Ding.«

Dann sah er Speer, wie er am Set einen Wutanfall bekam und die nackte junge Schauspielerin – an deren Namen er sich nicht erinnern konnte – anbrüllte: »Ja, ich gebe hier doch keinen Schauspielunterricht! Schauspielerin sein heißt nicht nur, schön aussehen und ein bisschen mit dem Arsch wackeln! Das ist eine Kunst! Kunst! So kann ich nicht arbeiten!«

Greg hätte wetten können, dass Speer sie in der Nacht vorher vernascht hatte. Oder er hatte es wenigstens versucht.

Die Sauna tat ihm nicht gut. Er hatte plötzlich mit Blick auf die heißen Steine das Gefühl, schon in der Hölle zu sitzen und für seine Sünden büßen zu müssen. Als die Tür beim Herausgehen klemmte, war es, als würde der Teufel sie zuhalten und als sollte seine Bestrafung bereits vor der Ausführung der Tat beginnen.

Gegen sechs träumte er von Tante Mia, die mit ihm schimpfte. Er habe Schande über die ganze Familie gebracht. Nein, nicht mit seinen Büchern, sondern mit dem Mord an diesem schrecklichen Menschen. Er hätte ihn, sagte sie, besser literarisch meucheln sollen. Das wäre viel klüger gewesen.

Zum Frühstück nahm er nur ein Joghurt und zwei Tassen starken Kaffee. Er sah grässlich aus. Fühlten sich Mörder vor der Tat so miserabel?

Er bekam Durchfall.

Oh nein, bitte nicht heute, wenn zwei Kamerateams in meinem Haus sind und ich den ganzen Tag unter Beobachtung stehe.

Er hatte sich für die Tischdekoration etwas Krimimäßiges ausgedacht. Das Essbesteck war besonders. Löffel, Gabel und Dessertlöffel ganz normal. Aber jeder Gast hatte ein anderes Messer.

Die Kommissarin einen Stiefeldolch. Speer ein Überlebensmesser mit schwarzer Klinge. Julia ein schmales, damenhaftes Stilett mit Perlmuttgriff. Für Ludger lag ein Einhandmesser bereit. Greg selbst benutzte ein Bowiemesser mit einer fünfundzwanzig Zentimeter langen Klinge.

Er hatte erst seinen Hirschfänger hinlegen wollen, aber der war mit seiner vierzig-Zentimeter-Klinge dann doch zu lang. Dieses Bowiemesser hatte er gern beim Fischen und bei der Jagd getragen. Es war ein Arbeits- und Kampfmesser. Es gab ihm Sicherheit, diese Waffe neben seinem Teller zu haben.

Er kaufte Nordseefisch bei Weissig ein. Knurrhahnfilets, weil dieser Fisch besonders feste Muskulatur hatte.

Das Deichlamm hatte er nie besser gegessen als im Restaurant Smutje in Norden, und dort besorgte er sich nicht nur das Rezept, sondern auch die Filetstücke.

Schon in seiner Küche, während der Vorbereitungen, fragte Brigitte ihn nach seiner Einschätzung zur Gruppe. Er sollte die einzelnen Leute beschreiben.

Er begann, aber der Kameramann war noch nicht soweit und während Greg Minze-Blätter und Petersilie mit Olivenöl in einem Mixer zu einem Pesto zerhackte, das er später auf den Deichlammfilets anrösten wollte, stand er Rede und Antwort.

Schnell waren sie bei Speer. Greg formulierte vorsichtig: »Also … er ist eine sehr widersprüchliche Figur. Er polarisiert, und ich glaube, er spürt sich nur richtig, wenn er aneckt. Er liebt es, Menschen vor den Kopf zu stoßen.«

»Weißt du«, fragte Brigitte, »wie er dich nennt? Und bitte denk daran, ich bin nicht Brigitte, sondern Klaus.«

»Ja, Klaus, also, wie nennt er mich?«

»Unseren Schreiberling.«

»Ach, damit kann ich leben.«

»Wenn du gewusst hättest, dass er mitmacht, hättest du dich dann trotzdem angemeldet oder sogar gerade deswegen?«

Fünf Tage mit diesem Arschloch? Niemals hätte ich dazu Ja gesagt, dachte er, und gleichzeitig lehnte er sich innerlich dagegen auf. Von dem wollte er sich nichts mehr wegnehmen und kaputtmachen lassen.

Er antwortete: »Als ich gefragt wurde, sagte man mir, dass ich erst am Montag erfahren würde, wer alles mitmacht, und damit war ich einverstanden. Ich liebe Überraschungen. Sie machen das Leben spannend.«

»Glaubst du, dass Ludger etwas mit dem Diebstahl der Bilder zu tun hat?«

»Ach, Klaus, das ist doch Spekulation. An solchen Verdächtigungen beteilige ich mich nicht. Er hat jedenfalls ein bombensicheres Alibi. Bei mir wurde vor zwei Jahren eingebrochen. Bei meinem Nachbarn schon dreimal. Ich habe inzwischen eine gute Alarmanlage und Überwachungskameras. Also, Einbrüche gibt es nicht erst, seit Markus hier eine Ferienwohnung hat.«

Er hatte die Fischsuppe aus Nordseefischen mit grünem Spargel schon bestimmt zwanzig- oder dreißigmal gekocht. Seine Freunde liebten sie.

Er goss alles in kleine Suppenschüsseln, und darüber hing dann mit einem Holzspieß befestigt das auf der Haut gebratene Knurrhahnfilet. Eine herzhafte Suppe mit einer knusprigen Beilage. Wenn man die Nase darüber hielt, mischten sich die Röstaromen mit dem Suppenduft. Ein Erlebnis für die Sinne.

Doch heute ging alles schief. Vielleicht lag es an der Hitze in der Küche durch die Scheinwerfer. Vielleicht war er aber auch einfach nur mit den Gedanken nicht voll bei der Sache.

Statt dem Knurrhahn in der Pfanne Aufmerksamkeit zu schenken, dachte er darüber nach, ob er es tun sollte oder nicht. In der Küche standen nicht nur Brigitte, der Kameramann und der Tontechniker hinter ihm und sahen ihm über die Schulter in die Töpfe und Pfannen, sondern auch noch seine Tante Mia.

Eigentlich tat er das hier, um ihr zu gefallen. Um sie zu beeindrucken und stolz zu machen. Aber sie mochte ganz und gar nicht, was er hier vorbereitete, das spürte er. Es war, als würde sie ihm regelrecht ins Gewissen reden. Fast hätte er ihr vor laufender Kamera geantwortet. Fast. Aber zum Glück war da so eine Art professionelles Zirkuspferd in ihm, das einfach durchzog, was notwendig war, um das Publikum zufriedenzustellen.

Im Kühlschrank stand ein fertiges Dessert, dessen Genuss niemand überleben konnte. Zwei, drei Probierlöffel würden schon reichen. Es war ja unwahrscheinlich, dass Markus alles aufessen würde.

Gregs Plan war leicht zu realisieren. Er würde hier, vor aller Augen, das Dessert anrühren und schließlich auf alle Schalen verteilen. Dann würde er alle in den Kühlschrank packen, um sie kalt zu stellen. Nur dass da, hinter einem Magerquark verborgen, schon eine vorbereitete Portion wartete. Die statt der harmlosen zu servieren war dann ein Kinderspiel. So konnten alle sehen, wie er das Essen vorbereitet hatte. Außerdem aß er mit. Die Portion, die dann im Kühlschrank blieb, die würde er später beim Abwasch – dabei wurde er nicht gefilmt – oder während die anderen vor dem Haus ihre Punkte vergaben, entsorgen.

Er fand seinen Plan einfach, plausibel und bombensicher. Was sollte schon schiefgehen?

Und dann sah er, gerade als er das erste Knurrhahnfilet aus der Pfanne hob und aufspießen wollte, vor seinem inneren Auge Speer, der den Nachtisch unangetastet von sich schob und etwas sagte wie: *Das goutiere ich einfach nicht.* Aber Ann Kathrin, die Marzipandesserts liebte und außerdem zeigen wollte, wie gut es ihr schmeckte, griff zu und löffelte mit geschlossenen Augen. Sie sagte mit vollem Mund: *Himmlisch! Du musst mir das Rezept geben, Greg.*

Und dann fiel der Knurrhahn über der Suppe vom Holzspieß. Er baumelte jetzt nur noch an einigen knusprig gebratenen Hautfetzen und die konnten sein Gewicht nicht halten. Sie rissen ebenfalls. Platsch!

Der nächste Versuch. Das gleiche Resultat.

Auch gut, dachte er sich, serviere ich den Knurrhahn eben gleich in der Suppe, schmeckt auch.

Doch dann geschah etwas, mit dem Greg nie gerechnet hätte. Speer lobte die Fischsuppe als *exzellent* und konnte angeblich sogar hocherfreut feststellen, dass der Knurrhahn wirklich aus der Nordsee war, also ein Wildfang, und nicht, wie heutzutage leider viel zu oft, aus einem Zuchtbecken in Thailand.

Während des Kochens hatten sich die Gäste im Haus umgesehen. Seine Messersammlung, verteilt auf drei Glasvitrinen, und seine Krimibibliothek hatten sie spannend gefunden.

Ann Kathrin ließ nicht unerwähnt, dass Stiletts mit einer Klinge von mehr als acht Zentimetern inzwischen eigentlich verboten seien. Das Wort »eigentlich« fand Greg in dem Zusammenhang originell.

Julia fand es reizvoll, mit einem Werkzeug zu hantieren, das »eigentlich illegal« war.

Und Speer, sonst Fachmann für alles, wollte wissen, was denn so ein Überlebensmesser auszeichne, außer dass es scharf sei und stabil genug, um Holz zu fällen.

Greg bat ihn, oben am Knauf zu drehen. Darin befand sich ein Kompass und in einer wasserdichten Hülle ein Nylonfaden mit einem Angelhaken. Das Ganze, so erklärte Greg, könne auch dazu dienen, Fleischwunden zu vernähen.

Außerdem waren zwei Streichhölzer darin.

Speer sah sich alles genau an und verstaute die Dinge wieder im Knauf.

»Soso ... Das braucht man also, um zu überleben ...«

»Ja«, spottete Ludger, »überall da, wo man mit seiner

goldenen Kreditkarte und seinem Handy nicht mehr weiterkommt.«

Das Deichlamm mit der Pesto-Kruste kam gut an. Selbst bei Julia, die angab, Ziege, Lamm oder Hammel sonst gar nicht zu essen.

Ja, bestätigte Speer, Lammfleisch könne auch leicht tranig werden und dies hier sei eben auf den Punkt gegart.

Die Dicken Bohnen dazu gefielen Ann Kathrin, weil man damit prima abnehmen konnte. Hundert Gramm hätten kaum fünfundsechzig Kalorien, sagte sie. Weller und sie selbst würden gern Dicke Bohnen statt Bratkartoffeln machen, außerdem sei der Eiweißgehalt sehr hoch.

Greg verriet auch sein Geheimnis. »Die Bohnen musst du mit Gewürztraminer ablöschen.«

Er redete für alle Anwesenden ganz normal. Er selbst empfand es aber nicht so. Die Kamera flog manchmal regelrecht auf ihn zu. Der Tonarm schwebte über ihm wie eine scharfe Sense, mit der der Tod persönlich ihm den Kopf vom Hals abtrennen wollte. Die Gesichter der anderen verzerrten sich, wurden lang, ja, verliefen zu einer Fleischmasse, die auf den Tisch tropfte.

Der nächste Gang würde alles ändern und aus ihm, dem Kriminalschriftsteller, einen Mörder machen.

Er räumte das Geschirr ab. Er war wacklig auf den Beinen. Durchfall hatte er nicht mehr, aber sein Kreislauf spielte verrückt.

Als er die Küche betrat, wusste er noch nicht, ob er es tun würde oder nicht.

Und dann, als er am Kühlschrank stand und den Nachtisch herausholte, wäre es ein Leichtes gewesen. Alles lief wie geplant.

Er holte zunächst ein Dessert heraus, weil der Kameramann es in Ruhe ausleuchten und filmen wollte. Als er also die restlichen Desserts auf ein Tablett stellte, war es gefahrlos möglich zu schummeln.

Er tat es trotzdem nicht.

Er wusste plötzlich, dass er zwar mörderisch wütend auf Markus Speer war, aber er war deswegen noch lange kein Mörder.

Vielleicht, so tröstete er sich, würde er den alten Intriganten wirklich literarisch meucheln. Am besten so, dass alle Welt ihn erkannte, aber niemand rechtlich etwas unternehmen konnte.

Jawohl! Markus Speer sollte diesen Abend überleben. Aber dafür die erste Leiche im nächsten Roman werden.

Er servierte seine Süßspeise mit einer Grandezza, die aller Aufmerksamkeit erregte, und er fühlte sich wie von einer schweren Krankheit genesen oder von einer Last befreit.

Die Möglichkeit zu haben, aber es nicht zu tun, dachte er, das ist Freiheit.

Ja, es kam ihm vor wie ein Triumph des freien Willens. Er sah Markus Speer jetzt ganz anders an. Wie ein Geschöpf von seinen Gnaden. Er hatte ihn leben lassen. Diese Großzügigkeit fühlte sich klasse an, machte ihn weit und gelassen. Ihm war auch völlig egal, wie viele Punkte er für sein Essen bekommen würde. Es ging ihm super. Gab es eine bessere Droge, als einem Menschen das Leben zu schenken? Am liebsten hätte er Speer an die Brust gedrückt.

Plötzlich fiel ihm ein, dass Brigitte, als er den Nachtisch zubereitet hatte, so lustvoll mit der Zunge geschnalzt hatte. Die Realisatorin war jetzt nicht beim Team. Sonst stand sie fast immer neben dem Kameramann. Jetzt nicht.

In seiner Phantasie ging sie gerade zum Kühlschrank, um zu naschen. Sie sah zwar nicht so aus, aber sie liebte süße Sachen, und er traute ihr zu, dass sie heimlich naschte.

Er federte hoch und lief in die Küche. Brigitte stand auch am Kühlschrank, aber sie nippte nur mit geschlossenen Augen aus einem beschlagenen Wasserglas, und sie, die immer voll auf die anderen konzentriert war, wirkte ganz in sich versunken.

»Bist du okay?«, fragte Greg, und sie riss die Augen auf. Es war, als käme sie aus einer anderen Zeit oder einer anderen Dimension und müsse sich erst wieder in der Wirklichkeit von heute zurechtfinden.

Er kannte das. Wenn er in seine Romane eintauchte, dann war er manchmal wochenlang nicht wirklich alltagstauglich und bewegte sich mehr in der Geschichte als im eigentlichen Leben.

Sie stieß sich vom Kühlschrank ab wie eine Schwimmerin, die sich in die Fluten des Lebens stürzt.

»Ich brauchte«, sagte sie, »nur einmal einen Moment für mich.«

Greg konnte den vergifteten Nachtisch nicht entsorgen. Ständig kam jemand vom Team in die Küche.

Es war der letzte Abend, und irgendwie war er lockerer als alle anderen Abende zuvor. Und draußen, bei der Punktevergabe, überraschte Speer alle, als er diesen Abend zum perfekten Krimidinner erklärte und zehn Punkte vergab.

Was bist du nur für ein Heuchler, dachte Greg, und es tat ihm fast leid, dass er ihn nicht doch vergiftet hatte.

Und dann diese Ruhe nach dem Sturm. Greg stand in seiner recht verwüsteten Küche.

Er sah die Pfannen.

Die Ölspritzer auf dem Herd und am Boden.

Das schmutzige Geschirr stapelte sich.

Es roch nach scharf gebratenem Lamm und Knoblauch.

Das Gästezimmer mit dem Esstisch, um den herum das Kamerateam gearbeitet hatte, sah noch schlimmer aus.

Er sammelte die Messer ein, um sie sorgfältig mit der Hand zu reinigen. Solche Messer gehörten nicht in die Spülmaschine. Er fand das Überlebensmesser nicht. Alle anderen lagen an ihrem Platz.

Er holte aus dem Gefrierfach ein Glas. Es war weiß vom Eis. Er goss sich einen doppelten, ja fast einen dreifachen Aquavit ein und nippte an dem kühlen Alkohol. Es tat gut.

Er holte sich noch ein Bier dazu und trank aus der Flasche. Dann schritt er durch seine Wohnung wie ein General nach gewonnener Schlacht übers Schlachtfeld.

Ob Markus Speer sich das Überlebensmesser als kleines Andenken eingesteckt hatte? Erst jetzt wurde Greg bewusst, dass es im wahrsten Sinne des Wortes für Speer zum Überlebens-Messer geworden war.

Er wog ab, was dagegen sprechen würde, jetzt zu ihm nach Leer zu fahren und ihm die ganze Wahrheit zu erzählen. Ohne Kamera. Ohne Zeugen. Eine Abrechnung.

Ja, jetzt fühlte er sich dazu in der Lage.

Er trank das Glas leer. Das Brennen im Hals tat gut.

Er wollte kein Taxi nehmen, sondern selbst fahren.

Ann Kathrin betrat beschwingt, satt und guter Laune das Haus im Distelkamp. Weller saß mit einem Kriminalroman auf dem Sofa, neben sich ein Glas mit blutrotem Wein. Er war auf den letzten fünfzig Seiten, im Showdown, und hatte sich auf einen spannenden Leseabend gefreut.

Stattdessen hatte er jetzt Rupert am Telefon, der abgestellt worden war, um in Leer die zu dünn gewordene Personaldecke aufzubessern. Weller hasste es, wenn er im Showdown beim Lesen gestört wurde.

Ann Kathrin begrüßte ihn mit einem Kuss und goss sich auch ein Glas Wein ein.

»Hier ist einer von diesen Krimileuten ermordet worden«, sagte Rupert.

Weil er noch zu sehr in seinem Roman war, kam Weller nicht ganz mit. »*Was* ist passiert?«

Rupert erklärte es jetzt ganz langsam und deutlich, als würde er mit einem schwerhörigen Kind reden. Ann Kathrin sah Weller fragend an. Der gestikulierte: »Rupert sagt, dieser Regisseur, der mit euch gekocht hat, sei erstochen worden.«

Ann Kathrin lachte: »Nein, der hat nur einen Drink ins Gesicht bekommen. Diese Schauspielerin, Kitty, heißt sie, glaube ich, ist erstochen worden. Aber das war nur ein Witz.«

»Muss ja 'n toller Abend gewesen sein«, brummte Weller und hielt Ann Kathrin das Telefon hin. »Ich glaube, das klärst du besser mit Rupert.«

Sie hatte zwar gerade genauso wenig Lust wie Weller, nahm aber das Telefon. Sie ließ Rupert erst gar nicht zu Wort kommen.

»Rupert, das war ein Theatermesser! Die Klinge versinkt im Schaft. Damit kann man niemanden töten.«

»Und warum atmet der dann nicht mehr?«

Ann Kathrin prustete.

»Die Leiche liegt im Hafen, nicht weit von seiner Wohnung entfernt. Ich kenn den Typen. Ich war wegen des Einbruchs da. Dem haben sie die Scheiß-Bilder geklaut, falls es kein Versicherungsbetrug ist. Trau ich dem aber zu. Jedenfalls ist er jetzt mausetot. Mehrere Einstiche mit einem schwarzen Messer. So'n echter Killerdolch mit Zacken dran zum Knochenbrechen. Guck dir das an. Ich hab euch die Bilder rübergeschickt.«

Sekunden später sah Ann Kathrin das Messer auf dem Bildschirm. Es steckte in Speers Brust. Das Blitzlicht spiegelte sich auf dem Knauf.

»Das ist ein Überlebensmesser«, sagte sie trocken, »und die Zacken sind wohl eher zum Holz sägen als zum Knochenbrechen. Ich komme.«

»Och nee, jetzt nicht! Nicht heute! Ich hab zwölf Stunden Dienst hinter mir«, maulte Weller.

»Du kannst im Auto weiterlesen«, schlug Ann Kathrin vor. Aber das war ihm dann doch zu blöde.

Zwei Kriminaltechniker waren schon bei der Arbeit. Ein erfahrener Todesermittler diktierte seine Beobachtung in ein digitales Aufnahmegerät, und Ann Kathrin staunte, wie sehr der Tod einen Menschen in kurzer Zeit verändern konnte.

Der Mann trug Speers Anzug und hatte zweifelsohne seine Frisur. Aber sein Gesicht war verzerrt. Auf eine seltsame Art sah er jetzt so aus, wie sie ihn die ganze Zeit empfunden hatte: bösartig. Als sei erst im Tod sein wahres Gesicht ungeschminkt hervorgetreten.

Rupert fasste zusammen, was sie bisher wussten. Zeugen hatten sich keine gemeldet. Ein Mann von dreiundachtzig Jahren, der topfit aussah und noch Rad fuhr und, wie er behauptete, an seniler Bettflucht litt und nachts nicht schlafen konnte, dafür aber tagsüber immer ein Nickerchen machte, hatte beim Spaziergang mit seinem Hund die Leiche gefunden und gleich die Polizei gerufen.

»Jeder der Teilnehmer am Krimidinner hatte einen Grund, ihn umzubringen«, sagte Ann Kathrin. »Wirklich jeder.«

Rupert nickte. »Ja, das glaube ich gerne. Aber einer hat es dann auch getan. Hast du eine Ahnung, wer?«

Sie sah sich noch einmal die Leiche mit dem Überlebensmesser in der Brust an. Seine Handinnenflächen wiesen Schnittwunden auf.

Der Todesermittler diktierte: »Er muss versucht haben, dem Angreifer das Messer zu entwinden. Er hat die Klinge gegriffen und versucht, sie zu halten. Das tut nur ein Mensch in höchster Not. Er wusste also, dass er getötet werden sollte, und war lieber bereit, auf einen Finger zu verzichten als zu sterben.«

»Oder er war einfach ein Idiot, der so einem Gegner das Messer entreißen wollte«, sagte Rupert, der genervt aussah.

»Vielleicht«, wand Weller ein, »hat er seinen Angreifer auch unterschätzt und dachte, wenn er das Messer packt, läuft der andere schreiend weg.«

»Jedenfalls war es kein zufälliger Raubmord«, sagte Ann Kathrin. »Mit dem Messer hat Speer heute sein Deichlamm geschnitten. Ich war dabei. Wir haben zig Stunden Filmmaterial. Wir können uns jede Szene angucken, so oft wir wollen.«

»Und du glaubst, der Täter ist da drauf?«

Sie nickte. »Ja, vermutlich.«

»Ein Dinner-Gast hat also das Messer eingesteckt, ist ihm hinterhergefahren und hat ihn abgestochen?«

»Mit fünf Stichen«, ergänzte der Todesermittler, »und beim sechsten ließ er das Messer stecken, warum auch immer.«

»Das ist ungewöhnlich«, sagte Ann Kathrin.

»Was?«

»Dass jemand das Messer im Opfer stecken lässt.«

Der Todesermittler gab ihr gestisch recht.

»Die meisten ziehen das Messer aus dem Opfer und werfen es dann weg. Es ist wie ein Reflex«, sagte Ann Kathrin. »Ein aufwallender Ekel oder so. Aber hier hat jemand fünfmal zugestochen und dann dem am Boden liegenden Mann das Messer noch einmal tief in die Brust gerammt, um es drin stecken zu lassen. Da hatte jemand ein Gespür für dramatische Inszenierungen. Aber das hatten alle Gäste. Die Schauspielerin, der Drehbuchautor. Selbst der Ex-Knacki könnte es gemacht haben, um uns so auf die falsche Fährte zu locken.«

Weller fügte hinzu: »Vielleicht war es auch ein Spaßvogel. Es gehört schon eine ordentliche Portion Humor dazu, jemanden mit einem Überlebensmesser umzubringen, findest du nicht?«

»Der Messerknauf wurde abgewischt. Fingerabdrücke dürften ein Problem werden. Aber vielleicht finden wir DNA«, sagte der Kriminaltechniker mit dem Salvador-Dali-Schnurrbart.

Greg war in Emden auf der Auricher Straße, kurz vor der Autobahnauffahrt, geblitzt worden. Er hatte zweiunddreißig Stundenkilometer zu viel drauf. Dieses Foto legte Ann Kathrin Klaasen ihm jetzt als Beweis vor.

»Das heißt, verdammt nochmal, noch lange nicht, dass ich ihn erstochen habe«, protestierte er.

»Aber es beweist, dass Sie nach dem Essen noch mal in Richtung Leer gefahren sind. Die Autobahnauffahrt ist von der Stelle aus, wo Sie geblitzt wurden, keine …«

»Ja, mein Gott, du hast recht. Ich bin nach Leer gefahren.«

»Es wäre mir lieber, wenn wir uns siezen würden«, sagte Ann Kathrin spitz.

»Aber warum? Wir haben uns fünf Tage lang geduzt und recht gut verstanden.«

Sie nickte. »Ja. Das war beim Krimidinner. Dies hier ist jetzt das richtige Leben. Da sind Sie ein Mordverdächtiger, und ich bin die ermittelnde Kommissarin. Warum also haben Sie zunächst geleugnet, dass Sie nach Leer gefahren sind?«

Er reckte sich, als sei er gerade erst wachgeworden. »Ich hatte einiges getrunken … Ich wollte meinen Führerschein nicht riskieren …«

»Verstehe ich gut. Aber warum sind Sie nicht mit dem Taxi gefahren? Die paar Euro dürften für Sie doch kein Problem sein.«

Er trank den Kaffee aus dem Becher und zuckte mit den Schultern. Er deutete auf die Glasscheibe. »Stehen dahinter Ihre Kollegen und sehen uns zu, Frau Klaasen?«

Er betonte *Frau Klaasen.*

Sie antwortete mit einer Gegenfrage: »Ist das in Ihren Krimis so?«

Er sah auf seine Tasse und schwieg.

»Zurück zu meiner Frage: Warum nach Leer mit dem eigenen Wagen? Weil Sie keinen Taxifahrer als Zeugen haben wollten? Sie hatten Ihr Messer dabei. Sie haben bei Speer geklingelt. Sie wollten ihm endlich mal Ihre Meinung sagen, nämlich, was er für ein Ekel ist. Er hat Sie erst gar nicht reingelassen. Sie sind dann aber gemeinsam mit ihm im Hafen spazieren gegangen. Oder haben Sie ihm dort aufgelauert? Wollten Sie sich aussprechen und haben Sie ihn dann …«

»Nein«, brüllte Greg Lee, »so war es nicht! Er hat das Messer mitgehen lassen oder jemand anders. Jedenfalls fehlte es, als ich den Tisch abgeräumt habe. Ja, ich wollte ihn zur Rede stellen! Ja, ich bin mit meinem Auto gefahren! Und ja, ich war sauer und auch ein bisschen besoffen. Aber ich habe es nicht getan!«

»Sondern? Was haben Sie gemacht? Wenn meine Geschichte nicht stimmt, dann erzählen Sie mir doch Ihre«, schlug sie vor.

Er schluckte schwer.

Hinter der Scheibe sagte Weller zu Rupert: »Geschichten erfinden kann der Kerl, das kann er wirklich. Seine Romane habe ich immer gerne gelesen. Ein bisschen zu blutrünstig, aber sonst …«

Greg verzog das Gesicht und bog sich, als hätte er Magenkrämpfe. »Ich habe sogar daran gedacht, ihn umzubringen. Aber das bin ich einfach nicht. Ich bin kein Mörder, verdammt! Ich wollte ihn zur Rede stellen, stimmt. Ich hatte mir Mut angetrunken und eine Scheißwut auf ihn. Aber ich bin gar nicht bis Leer gekommen.«

»Ach nein?«

»Ich bin auf die Autobahn gefahren, aber dann … dann hat mich der Mut wieder verlassen. Ich bin eingeknickt, wie so oft im Leben. Ich bin ein erbärmlicher, feiger Schreibtischtäter. Ja, in meinen Büchern, da schaffe ich es, aber im Leben …«

Er winkte, enttäuscht von sich selbst, ab.

»Das soll ich Ihnen glauben?« Ann Kathrin zählte es an den Fingern auf: »Sie haben ein Motiv.«

Er nickte.

»Die Tatwaffe gehört Ihnen.«

Er nickte.

»Sie sind ihm nachgefahren.«

Er nickte.

»Was würde der Kommissar in Ihren Büchern denken?«

Greg sah sie plötzlich anders an. Seine Augen waren ihr nie so blau vorgekommen.

»Er würde die Wahrheit herausfinden. Er findet immer die Wahrheit heraus. Warum, würde er sich fragen, hätte ich Speer erstechen sollen? Und dann noch auf offener Straße. Ist doch viel zu riskant. Ich hatte fünf Tage lang die Möglichkeit, ihn zu vergiften, und ich habe sogar einmal selbst für ihn gekocht ...«

Plötzlich ließ Ann Kathrin ihn sitzen und stürmte aus dem Raum. Er sah ihr nach. Die Tür knallte zu, dann war er allein.

Draußen sprach Ann Kathrin Weller und Rupert an: »Jeder hatte ein Motiv. Jeder hatte die Möglichkeit. Der Zeitpunkt ist entscheidend.«

»Der Zeitpunkt?«, fragte Rupert verständnislos.

Weller forderte seine Frau mit Blicken auf weiterzusprechen.

»Jeder hätte ihn spielend vergiften können. Aber niemand hat es getan.«

»Ja und?«, fragte Weller.

»Als der Streit eskalierte und Ludger Speer rauswerfen wollte, da hat Brigitte gesagt, die Produktion muss fertig werden. Da hängen Arbeitsplätze dran. Auch ihr eigener.«

»Ja, klar«, sagte Weller, »und was folgerst du jetzt daraus?«

»Wer immer Speer getötet hat, hat Rücksicht darauf genommen«, erklärte Ann Kathrin und machte eine bedeutungsschwangere Pause.

»Das kann«, gab Rupert zu bedenken, »Zufall sein.«

Ann Kathrin lächelte, und Rupert wusste, was sie sagen würde, bevor sie es aussprach.

»Ich glaube nicht an Zufälle.«

Sie ging ein paar Schritte und sprach zu sich selbst: »Jeder vom Filmteam hätte auf jeden Fall gewartet, bis alles abgedreht ist. Und jeder von denen hatte die Möglichkeit, an das Messer zu kommen. Außerdem haben sie alle Sinn für publikumswirksame Inszenierungen.«

Rupert verzog den Mund. »Und mit so einem toten Hauptdarsteller steigt sogar die Einschaltquote …«

Weller besuchte Julia zu Hause in Greetsiel. Er verstand kaum etwas, weil sie so sehr heulte und behauptete, das habe Speer nun wirklich nicht verdient. Er sei zwar ein Ekel gewesen, aber eben auch ein Genie.

Weller haderte mit sich, ob er ihr die Erschütterung glauben sollte oder ob sie einfach nur eine sehr gute Schauspielerin war. Er reichte ihr schon das dritte Papiertaschentuch. Dann legte er die ganze Packung vor sie hin.

Sie trank keinen Kaffee, weil sie eh schon zu aufgeregt war, aber sie bat um ein Glas Wasser. Das leerte sie mit einem Zug, und ihre verheulte Aussprache wurde deutlicher.

»Ich habe viermal im Film die Leiche gespielt«, schluchzte sie. Ich weiß, wie sich das anfühlt! Es ist nicht schön! Alle stehen um einen herum und reden und bewegen sich und man selber liegt stocksteif da und darf nicht mal mit der Wimper zucken. Und das Atmen, sage ich Ihnen, das Atmen ist ein Problem!«

»Nicht, wenn man wirklich tot ist«, sagte Weller und löste damit einen erneuten Heulkrampf aus.

Rupert war unterwegs zu Ludger. Er fand es typisch, dass Weller die schöne junge Frau befragen durfte, er sich aber um den Ex-Knacki kümmern musste. Der war allerdings gar nicht zu Hause, sondern machte, wie die Nachbarn erzählten, nach dem Stress mit der Kocherei erst mal Urlaub in Holland, womit Ludger für Rupert sofort zu einem Hauptverdächtigen avancierte.

Ann Kathrin suchte die Realisatorin Brigitte in Oldenburg auf. Sie befragte die Menschen gern in ihrem Lebensraum. Sie konnte sich dann ein besseres Bild von ihnen machen. Wie jemand lebte, wie ein Mensch seine Wohnung eingerichtet hatte, das alles erzählte doch viel über ihn.

Sie konnte sich kaum an einen Gewaltverbrecher erinnern, der Sinn für schöne Dinge gehabt hätte. Meist spiegelte die Wohnung der Täter ihr chaotisches Innenleben wider. Es sei denn, sie wohnten noch bei Mama, die alles für sie richtete, oder sie hatten einen Partner, der noch mit beiden Füßen im Leben stand.

Die Wohnung von Greg Lee hatte sie kennengelernt. Die Messersammlung sprach nicht gerade für ihn, andererseits musste er schon recht durchgeknallt sein, um mit einem Messer seiner Sammlung einen Mord zu begehen. Es sei denn, er gehörte zu der Spezies der Serienkiller, die sie so ausführlich studiert hatte. Dann war für jedes Messer bereits ein Opfer vorgesehen.

Sie klingelte bei Brigitte. Die Realisatorin wohnte im Westen von Oldenburg in der Thomas-Dehler-Straße in Eversten, in einem Mietshaus mit acht Parteien. Sie hatte eine kleine Zweizimmerwohnung, aber mit Balkon.

Ein Flachbildschirm dominierte das Wohnzimmer, in dem

sie offensichtlich auch geschlafen hatte. Das Bettzeug lag noch knubbelig auf dem Sofa.

Auf dem Tisch eine Dose Red Bull und eine halbvolle Flasche Averna. Daneben ein verklebtes Glas und eine Schale für Eiswürfel, in der lauwarmes Wasser Mücken anlockte wie ein Teich voller Algen im Hochsommer.

Es war stickig und roch nach verbrauchter Luft.

Ann Kathrin hatte Brigitte anders in Erinnerung. Energiegeladener. Dynamischer. Brigitte war wie unter einer Käseglocke, als hätte sie ein Medikament genommen. Sie war strubbelig, hatte dicke Kopfkissenfurchen im Gesicht und dunkle Ränder unter den Augen.

Sie trug ein verknittertes, verschwitztes T-Shirt und die gestreifte Hose eines Männerpyjamas.

»Du kommst wegen Speer«, sagte sie, guckte Ann Kathrin dabei aber nicht an.

Brigittes Selbstvertrauen schien brüchig geworden zu sein. Sie wirkte wenig gesprächig und mimisch längst nicht so ausdrucksstark, wie Ann Kathrin die ehrgeizige junge Frau während des Drehs kennengelernt hatte.

Ann Kathrin bestand jetzt nicht darauf, gesiezt zu werden. Sie hatte sogar das Gefühl, ein vertrauter Ton könnte nützlich sein.

»Woher weißt du es?«, fragte Ann Kathrin.

»Unser Kameramann hat mich angerufen. Ein Kommissar Rupert oder so wollte ihn zur Vernehmung einladen.«

»Ich muss alles Filmmaterial beschlagnahmen. Ich denke, es könnte Szenen enthalten, die für unsere Ermittlungen wichtig sind.«

Die Realisatorin nickte nachdenklich.

Diese Wohnung, dachte Ann Kathrin, ist nicht gerade mit

Reichtum gesegnet. Sie hatte sich vorgestellt, diese junge Frau, die das Team so sicher dirigiert hatte, lebe in besseren Verhältnissen. Das hier war Studentenniveau oder nur knapp darüber.

Brigitte bekam das durchaus mit, obwohl sie vermied, Ann Kathrin direkt anzusehen.

»Tja«, sagte sie, »viel kann ich dir nicht bieten. Gemessen an den anderen bin ich bestimmt eine schlechte Gastgeberin. Mein Kühlschrank ist so gut wie leer.« Sie ging hin, öffnete ihn und lachte gekünstelt. »Das Grüne hier ist entweder alter Käse oder alte Wurst. Joghurt über Verfallsdatum hätte ich auch noch anzubieten und …«

Sie packte etwas aus und roch daran. Sie verzog den Mund und warf es in den Müll. »Bäh!«, schüttelte sie sich.

»Sollen wir zusammen frühstücken gehen?«, fragte sie.

»Danke, ich bin nicht hungrig, Brigitte, und ich glaube auch kaum, dass wir um siebzehn Uhr noch irgendwo ein gutes Frühstück bekommen werden.«

»Ist es echt schon so spät?«

»Ja, ist es.«

Brigitte wischte sich durchs Gesicht. »Ich kann dir das Filmmaterial nicht geben. Das habe ich gar nicht hier. Das ist bereits in Köln.«

Ann Kathrin nickte. »Wer hat die Kandidaten ausgesucht?«

»Die Redaktion, in Zusammenarbeit mit der Filmproduktion.«

Die Antwort kam für Ann Kathrin ein bisschen zu schnell, zu spitz und zu korrekt. Da schwang mehr mit als eine reine Sachinformation.

»Und wer hat da ein Vorschlagsrecht?«, fragte Ann Kathrin.

»Na, jeder.« Brigitte hob die Arme und schüttelte ihre Finger in der Luft. »Du könntest es auch. Leute bewerben sich selbst, andere werden gebeten, weil man glaubt, dass sie Zuschauer bringen oder für Konflikte sorgen oder sonst wie interessant sind.«

Ann Kathrin beobachtete, wie die Realisatorin in einen anderen Gemütszustand wechselte. Sie versuchte, von introvertiert zu extrovertiert zu kommen, aber es fiel ihr nicht leicht. Es wirkte nicht authentisch. Gespielt.

»Hast du Speer vorgeschlagen?«

Brigitte warf einen scharfen Blick auf Ann Kathrin, als versuche sie zu erkunden, ob mehr hinter der Frage steckte. Irgendein geheimes Wissen oder gar ein Verrat.

»Wer hat das gesagt?«, fragte Brigitte zurück.

Spätestens jetzt wusste Ann Kathrin, dass sie recht gehabt hatte.

»Hast du mich auch vorgeschlagen? Oder Greg?«

Brigitte tat jetzt schulterzuckend so, als sei das belanglos und sie könne sich an so eine Nebensächlichkeit kaum erinnern.

»Kann sein, dass ich den einen oder anderen Namen mal habe fallen lassen. Ich habe ja ein Interesse daran, dass die Sendung gut läuft. Ich bin nicht fest angestellt wie du, sondern ich bin so eine feste Freie. Immer von neuen Aufträgen abhängig.«

Ann Kathrin fragte sich, ob sich in dem Teilzeit-Engel vielleicht ein Gelegenheits-Teufelchen verbarg.

Ann Kathrin stieg über Stühle und Zeitungsstapel. Diese Wohnung war so vollgestopft. Sie vermutete, dass Brigitte von einer großen Wohnung in eine kleinere gezogen war. An der Tür stapelten sich noch nicht ausgepackte Kisten.

Ann Kathrin wollte zum Buchregal, was den Namen aber kaum verdiente, denn dort standen nur Filme. Ann Kathrin sah die »Tatort«-Sammlung. »Polizeiruf 110«. Die Realisatorin würde, so folgerte sie, nur zu gern Spielfilme inszenieren.

Ann Kathrin fand zwei Krimis von Speer und viele deutsche Kinofilme.

Sie startete einen Versuchsballon: »Du magst die Filme von Markus Speer?«

»Du weißt es längst, Ann Kathrin. Also reden wir nicht um den heißen Brei herum. Ja, ich habe mal als Regieassistentin für ihn gearbeitet.« Sie zog den Film aus dem Regal und zeigte ihn ihr. »Ich habe nicht mal die Credits gekriegt.«

»Was heißt das?«

»Im Abspann taucht mein Name nicht auf. Ich habe ein paar seiner Annäherungsversuche als sexuelle Belästigung empfunden und das auch ganz klar und deutlich gesagt. Das war das Ende meiner Karriere als Regieassistentin. Ich habe eine ganze Weile kein Bein mehr auf die Erde gekriegt.«

»Hat er dafür gesorgt?«

Sie winkte ab. »Ach, ich weiß es nicht. Am Anfang habe ich es gedacht, aber vielleicht war das auch nur so mein Ding, und ich war ihm dafür gar nicht wichtig genug. Er hat ja auch nicht überall die Finger drin. Es ist allgemein schwer in der Branche geworden. Viele Schauspieler haben keinen Job, viele Regisseure kommen an keinen Film. Drehbuchautoren arbeiten sich an er zwölften Fassung ihrer Geschichte die Finger wund …«

Sie stoppte ihre Aufzählung und musterte Ann Kathrin. »Fragst du mich jetzt, wo ich gestern Nacht zwischen vierundzwanzig und zwei Uhr war?«

»Nein.«

»Nein? Warum nicht?«

»Weil das nur schlechte Fernsehkommissare fragen. Es ist Täterwissen. Wenn mir jemand sagt, gestern Abend um zwölf nach acht, da war ich gar nicht in der Innenstadt, sondern bei meinem besten Freund, dann frage ich mich, woher weiß der eigentlich, wann der Mord geschah, falls er nicht der Täter ist …«

Brigitte rechtfertigte sich sofort: »Das hab ich kombiniert. Er hat ja noch seine Bewertung abgegeben und ist dann gefahren. Das war so gegen halb zwölf, wenn ich mich recht entsinne … Und da denke ich, vorher kann er schlecht … ihm etwas passiert sein.«

Ann Kathrin fragte sich, ob sie sagen wollte, »kann er schlecht erstochen worden sein«, und es im letzten Moment nicht ausgesprochen hatte.

Brigitte ging sehr aufrecht, als müsse sie auf jeden Schritt achten, um nicht das Gleichgewicht zu verlieren.

»Ich brauche erst mal einen Kaffee, und den mach ich mir jetzt.«

Dann trank sie am Spülbecken ein großes Glas Leitungswasser mit einem gierigen Zug.

»Das«, sagte Ann Kathrin, »hilft mir beim Kater auch immer am besten. Wasser ohne Ende und ausschlafen.«

»Ich habe keinen Kater.«

»Nein? Siehst du morgens immer so aus? Außerdem, es ist später Nachmittag.«

»Ich glaube, ich kriege einfach eine Grippe. Mich hat irgendein Virus erwischt oder so.«

Brigitte hantierte jetzt mit einer Filtertüte herum und mit der Kaffeedose. Die war war fast leer. Sie drehte sie um, und die Hälfte fiel heraus. Ihre Hände zitterten.

Schon war Ann Kathrin bei ihr, nahm ihr die Filtertüte ab und sagte: »Lass mich das machen.«

Brigitte bewegte sich innerlich zwischen Dankbarkeit für die Fürsorge und dem Gefühl erneuter Demütigung, als sei sie nicht mal mehr in der Lage, Kaffee zu kochen.

Sie bäumte sich gegen diesen Zustand auf. »Greg war es!«, rief sie, als habe eine plötzliche Erkenntnis, ein Gedankenblitz, sie erleuchtet wie das Einschalten der Lichterkette den Weihnachtsmarkt.

»Die beiden waren sich spinnefeind! Und Markus hat ihn die ganze Zeit provoziert. Im Grunde hatten wir das ja so geplant. Wir hatten uns von dir eigentlich mehr versprochen, Ann Kathrin.«

»Von mir?«

»Ja, wir dachten, dass du vielleicht die beiden in ihre Schranken weist. Du giltst als die Verhörspezialistin der ostfriesischen Polizei. Und du hast vier Serienkiller gefangen. Wir hatten die Hoffnung, dass du sie mit deinem beruflichen Alltag konfrontierst und ihre Filme und Bücher als unrealistisch abtust.«

»Aber die machen doch beide keine Dokus, sondern Fiktion. Reine Unterhaltung.«

Ann Kathrin ärgerte sich über sich selbst. Sie wollte sich nicht aufs Glatteis führen lassen und ein Gespräch über Bücher und Filme führen.

»Wie verbringt so eine Realisatorin normalerweise den Abend nach einem anstrengenden Dreh? Das war doch für euch alle eine harte Woche. Geht man dann mit Kollegen einen trinken? Wartet zu Hause auf einen ein Mann, ein Hund oder eine Katze?«

Brigitte räusperte sich. »Also kommt jetzt doch die Frage

nach meinem Alibi, nur versteckt in schöne Worte. Ich vergaß, dass ich es mit einer echten Kripo-Fachfrau zu tun habe. Man sagt, du bringst sogar einen leeren Kasten Bier zum Sprechen.«

»So, sagt man das?«

»Ja.«

»Also, wie sah der gestrige Abend aus?«

Die Kaffeemaschine machte unappetitliche Spuckgeräusche. Es roch aber gut.

»Da war nichts mit Kollegen einen saufen gehen. Unser Kameramann ist ein begeisterter junger Vater und will immer nur so schnell wie möglich nach Hause zu seiner schnuckeligen kleinen Frau und seinem Töchterchen. Unser Ton-Mann spielt in einer Heavy-Metal-Band, deren Lärm ihm nicht nur das Gehör kaputtmacht, sondern sie spielen auch noch an jedem Wochenende. Für ihn ist der Job von montags bis freitags ideal. Die sind beide die halbe Nacht durchgefahren. Der eine nach Hamburg und der andere nach …«

»Ich habe mich für dich interessiert, Brigitte, nicht für die zwei Männer.«

Brigitte deutete auf ihre Räume. »Ich war hier und …« Sie zögerte. »Ja, ich habe mir die Nerven massiert.« Dann, als müsse sie Ann Kathrin diesen Ausdruck erst erklären, fügte sie hinzu: »Ich habe mich volllaufen lassen.«

Das glaubte Ann Kathrin ihr aufs Wort. »Hat das Wiedersehen mit Speer dich so fertiggemacht?«

Brigitte starrte auf die gläserne Kaffeekanne. Dann sah es aus, als würde ihr Blick weitergehen, durch die Wand hindurch in die Vergangenheit. Sie wurde von Eindrücken überflutet. Sehr alte Bilder.

Ann Kathrin kannte das. Manchmal, während einer Vernehmung, glitten Menschen in die Hölle ihrer Ehe zurück oder in die Eiseskälte ihrer Kindheit. Sie wusste, wie jemand aussah, bei dem gerade ein alter Film lief. Und Brigitte saß mitten in dieser engen Küche vor einer riesigen Leinwand, und es lief eine 3-D-Projektion. Ann Kathrin wusste nur nicht, welche Bilder Brigitte sah.

Weller, der Krimiliebhaber, blätterte in seinen alten Greg-Lee-Romanen. Er erinnerte sich nicht mehr ganz genau, aber da gab es einen frühen Roman mit einem Messermörder. Weller hatte das Buch Mitte zwanzig gelesen und sich danach noch ein paar Greg Lee gekauft.

Der Roman hieß *Der Schlitzer* oder *Der Schnitter* oder *Das Messer* oder so ähnlich. Daran erinnerte Weller sich nicht mehr.

Aber dann fand er das Buch. Es erzählte die Geschichte eines Mannes, der seinen ehemaligen Chef nach einem gemeinsamen Essen mit dem Steakmesser umbrachte, mit dem der Chef vorher gegessen hatte.

Weller versuchte, diese Nachricht in eine SMS an Ann Kathrin zu verpacken. Sie wurde sehr lang.

Der Seehund in Ann Kathrins Handy heulte jämmerlich auf, als sei er auf einer Sandbank ohne seine Mutter ausgesetzt worden. Ann Kathrin registrierte die Nachricht von Weller.

»Hast du gewusst, dass Greg einen Roman geschrieben hat, in dem jemand mit dem Messer umgebracht wird, mit dem er zuvor gegessen hat?«

Brigitte nickte. Sie hielt die Kaffeetasse mit der Aufschrift *Vollzeitzicke* mit beiden Händen, als müsse sie sich daran wärmen. Sie zitterte innerlich.

»Ja, ich kannte den Roman. Ich habe ihn während meiner Ehe mehrfach gelesen. Besonders gegen Ende dieser Katastrophe habe ich beim Abendessen mit meinem Ex oft daran gedacht, ihm später das Messer besser durch den Hals zu ziehen oder in die Brust zu rammen, statt es in die Spülmaschine zu stecken. Ich glaube, ich konnte diese Passage auswendig. Aber welche Frau hat während ihrer Scheidungsphase nicht solche Gedanken? Ich habe es jedenfalls nicht getan. Mein Ex lebt ja noch.« Sie zögerte einen Moment. »Falls seine Neue ihn nicht inzwischen umgebracht hat, denn ich fürchte, er hat sich nicht wesentlich verändert.«

Ann Kathrin nahm sich auch einen Kaffee und sagte: »Dein Ex lebt. Aber Markus Speer ist tot. Was dachtest du, als du Gregs Tischdekoration mit den Dolchen und Stiletts gesehen hast?«

Brigitte antwortete schnell, folglich ohne zu überlegen und abzuwägen: »Ich dachte, der hat vor, Speer umzubringen.«

»Und, hat dir das gefallen?«

»Oh ja. All die Verletzungen von damals wurden während dieses Drehs wieder lebendig. Jede Wunde wurde neu aufgerissen. Ich dachte, dass ich das besser packe. Ich wollte mir eigentlich beweisen, wie sehr ich diese Zeit hinter mir gelassen habe. Ich … ich dachte, ich sei inzwischen stabiler.«

»Und dann? Bist du ihm gefolgt? Wolltest du dabei sein, wenn es geschieht?«

»Ja, das wollte ich. Ich war mir sicher, dass Greg es tun würde. Ich habe vor Gregs Haus gewartet. Ich dachte, wenn er es macht, dann in dieser Nacht. Und er fuhr tatsächlich nach Leer.«

»Und du hinterher?«

»Ja, ich war aufgeregter als bei meiner Abiturfeier und

meiner Hochzeit zusammen. Ich wollte sehen, wie er es tut, aber …«

»Aber was?«

»Auf der Autobahn habe ich ihn verloren. Er war plötzlich nicht mehr vor mir.«

Brigitte schwieg eine Weile und starrte mit Röntgenblick nach unten, als ob eine Etage tiefer ein spannender Film laufen würde, den sie von hier oben durch den Fußboden betrachten könnte.

»Hast du Greg beobachtet, wie er Speer umgebracht hat?«

Für einen kurzen Moment hielt Ann Kathrin sogar für möglich, dass Brigitte die Tat gefilmt hatte, um sie sich zu Hause auf ihrem Bildschirm immer wieder anschauen zu können.

»Nein«, sagte Brigitte, »ich habe gut eine Stunde vor Speers Wohnung gewartet, aber Greg kam nicht mehr. Ich saß auf dem Holzanleger der Uferpromenade. Und dann stand Speer plötzlich vor mir. Er war angetrunken und gutgelaunt. Er fragte, ob ich ihm nachgereist wäre, weil ich so scharf auf ihn sei. Er hätte schon die ganze Zeit während des Drehs gemerkt, dass ich mehr von ihm wollte.«

Sie schüttelte sich und fuhr nicht ohne Stolz fort: »Und ich habe ihm klipp und klar gesagt, dass ich nur gekommen bin, um zu sehen, wie Greg ihn mit dem Überlebensmesser umbringt.«

»Mutig, mutig«, sagte Ann Kathrin.

Es ist wie immer, dachte Ann Kathrin. Im Grunde wollen sie alle nur reden und sich erleichtern.

In den ersten vierundzwanzig Stunden nach der Tat war deshalb die Aufklärungsquote besonders hoch. Später, wenn sich jeder erst einen Plan und eine Verteidigungslinie zurechtgelegt hatte, wurde es schwieriger.

Brigitte nickte. »Mutig fand ich mich auch. Aber er hat nur gelacht und gesagt, er kenne das Buch auch und hätte deshalb das Messer vorsichtshalber an sich genommen. Er zeigte es mir. Außerdem, sagte er, sei Greg ein gottverdammter Feigling. Er würde so etwas nur in seinen Gedanken und in seiner Phantasie tun. Er sei halt kein Tatmensch. Dann wollte er mich mit zu sich rauf nehmen.«

Brigitte sah Ann Kathrin groß an, als suche sie eine geradezu komplizenhafte Verbindung. Ein Einverständnis unter Frauen. »Der hat echt gedacht, ich würde mit ihm ins Bett gehen.«

»Und was hast du gemacht?«

»Ich habe ihn angebrüllt, ihm gesagt, wie sehr es mich gekränkt hat, dass er mich nicht einmal wiedererkannt hat. Ich musste ihm echt erzählen, wann und wie wir uns getroffen haben, und er konnte sich auch nicht mehr an die sexuellen Belästigungen erinnern. Er wollte dann wissen, ob wir etwas miteinander gehabt hätten. Nein, sagte ich, hatten wir nicht. Er bedauerte das sehr. Er hat mich verspottet und ich … ich habe dann …«

Sie sprach nicht weiter.

»Du hast ihm dann das Messer abgenommen und ihn umgebracht.«

»Nein! Ich hab ihn geohrfeigt. Dann hat er mir einen Boxhieb versetzt.«

Sie hob ihr knubbeliges T-Shirt hoch und zeigte einen dicken blauen Fleck auf der kurzen Rippe.

»Wir haben miteinander gekämpft. Eine richtige Schlägerei ist es geworden. Und dann fiel er hin, und plötzlich lag das Messer vor mir auf den Holzplanken. Ich hab es genommen und zugestochen. Ja, verdammt, ich hab's getan und wenn ich ehrlich bin, bereue ich es nicht wirklich.«

»Du wirst dafür ins Gefängnis kommen, Brigitte.«

Brigitte lachte bitter und deutete in ihr Wohnzimmer. »Mein Leben ist doch sowieso ein Albtraum. Ich lebe in diesem Loch. Ich arbeite so viel, dass ich nicht mal Zeit habe, einzukaufen oder für Ordnung zu sorgen. Ich werde aber nicht berühmt dabei. Die Menschen sehen mich nie. Ich muss mich mit »Klaus« anreden lassen. Ich schaffe es auch nicht, eine glückliche Beziehung zu führen. Andere heiraten, kriegen Kinder und bauen ein Haus. Züchten im Garten Tomaten und ich ... ich ... ich mach Filme mit Konflikt, Konflikt, Konflikt! Filme, in denen ich Klaus heiße!«

Sie weinte.

»Menschlich«, sagte Ann Kathrin, »verstehe ich dich, Brigitte. Aber so leid es mir tut, ich muss dich jetzt verhaften und mit auf die Wache nehmen.«

Brigitte biss in ihren Handrücken. »Ja, ich weiß«, sagte sie dann. »Es fühlt sich gar nicht so schlimm an, wie ich dachte.«

»Als du Speer vor dir liegen hattest und sahst, was du getan hattest, was hast du da gedacht, Brigitte?«

Ann Kathrin erwartete eine Antwort wie: *Es tat mir leid* oder *Ich hab mich erschreckt.* Doch Brigitte sagte nur knapp: »Ich dachte, ein Schwein weniger.«

Dann überkreuzte sie ihre Handgelenke und streckte die Arme aus. Sie erwartete, jetzt Handschellen angelegt zu bekommen, doch Ann Kathrin schüttelte den Kopf: »Ich denke, das brauchen wir nicht.«

Dann verließen die zwei gemeinsam die Wohnung.

Als sie zum Auto gingen, wirkten sie nicht wie eine Kommissarin mit der überführten Mörderin auf dem Weg in die Polizeiinspektion, sondern eher wie zwei Freundinnen, die heute Abend gemeinsam ausgehen wollten.

Mamis Held

Mir ging es schon besser, wenn das Land flacher wurde, wenn auch der letzte Berg nicht mehr war als eine Erinnerung. Meine Mutter nannte die Autobahn »Ostfriesenspieß«. Für mich war es die Straße in die Freiheit. Druck und Stress fielen von mir ab, wenn ich die Windanlagen sah.

Bensersiel war für mich so etwas wie ein Glücksort. Hier auf dem Campingplatz fühlte ich mich geborgen und frei. Hier konnte ich durchatmen. Der ostfriesische Wind blies alle Sorgen weg. Niemand lachte mich hier aus. Ich war kein Muttersöhnchen, das samstags lieber bei seiner Mama blieb, statt auf den Fußballplatz zu gehen. Hier war ich der Held, der im Meerwasserfreibad durch die achtzig Meter lange Rutsche sauste und dabei seinen Mark und Bein erschütternden Tarzan-Schrei ausstieß. Damit beeindruckte ich nicht nur meine Mutter, sondern auch viele Mädchen.

»Mein kleiner Held« nannte meine Mutter mich. Nie hätte sie sich selbst auf die Rutsche getraut. Sie ist ein sehr ängstlicher Mensch. Wenn es draußen stürmte und unser Wohnwagen so richtig durchgeschüttelt wurde, dann durfte ich in ihrem Bett schlafen, und wir kuschelten uns ganz nah aneinander. Dann sagte sie »mein Beschützer« zu mir.

Besonders schön war es bei Blitz und Donner. Dann konnte

sie nicht schlafen. Ihr Herz raste. Sie packte eine Tasche mit den wichtigsten Sachen. Geld, Ausweise und was Erwachsene sonst noch für wichtig halten. Sie stellte Gummistiefel bereit und Regenjacken, um jederzeit aus dem brennenden Wohnwagen fliehen zu können, falls der Blitz ihn treffen sollte.

Bei Gefahren, die nie eintraten, war sie immer fluchtbereit, aber wenn sie sich in die falschen Männer verliebte, dann war sie nicht in der Lage, diese Typen zu verlassen, sagte ihre Freundin Annette, die behauptete, Mama sei beziehungssüchtig. Was immer sie damit meinte, für mich bedeutete es, dass ich die Männer vergraulen musste, die sie aus eigener Kraft nicht loswurde. Ich war sehr erfindungsreich, aber manchmal musste ich mir gar nicht viel einfallen lassen. Sie gingen von alleine. Ich glaube, es hatte eh kaum einer den Plan, lange zu bleiben. Die meisten kamen mir vor wie Plünderer auf einem Raubzug. Sie holten sich bei meiner Mutter, was sie gerade brauchten, und gingen wieder.

Ihre Freundin Annette sagte: »Du bist wie ein prall gefüllter Supermarkt ohne Kasse. Jeder kann einkaufen, was das Herz begehrt, und niemand muss bezahlen. So lockst du die falschen Männer an. Die sind nicht gut für dich. Die benutzen dich nur.«

»Ja, ja«, gab meine Mutter zu, »du hast ja recht. Aber ich kann eben nicht allein sein. Ich halte das einfach nicht aus. Ich krieg schon die Panik, wenn ich nur daran denke.«

Ich habe das alles gehört und in mein Kissen geheult. Wie konnte sie sich allein fühlen? Sie hatte doch mich. Ich habe wirklich alles getan, um sie glücklich zu machen, damit sie die Kerle nicht brauchte. Ich bin nicht zum Fußball gegangen. Nie ins Kino. Nach der Schule rannte ich nach Hause und blieb bei ihr. Ich war immer schon da, wenn sie von der

Arbeit kam. Abends haben wir zusammen ferngesehen. Nur »Tatort« durfte ich sonntags nicht sehen. Keine Krimis. Nichts Gruseliges. Meine Mutter steht auf Quizsendungen und Fernsehshows.

In Bensersiel hatte ich meine Mutter bisher immer für mich alleine. Einmal im Jahr drei Wochen. Aber dieser Torsten war ein echt nerviger Kerl. Der wollte sich richtig bei uns einnisten. Er hatte schon all seine Sachen bei uns in der Wohnung. Die Schränke waren ganz vollgestopft mit seinem Mist. Sogar in meinem Kinderzimmer stand ein Koffer von ihm, und seine dicke Felljacke hing immer über meinem Stuhl. Da waren mir die Typen, die nur auf einen Raubzug zu meiner Mutter kamen, schon lieber. Die setzten sich wenigstens nicht fest.

Dieser Blödarsch von Torsten spielte sich sofort als mein Vater auf, wollte mir dauernd etwas erklären und meine Hausaufgaben überprüfen. Er war immer freundlich, hatte für alles Verständnis und sprach – wenn er mit mir redete – mit so einer schrecklichen Kindergärtnerinnenstimme.

Und jetzt fuhr er mit nach Bensersiel, machte sich an meinem Glücksort breit und baggerte an meiner Mutter herum. Mit ihm traute sich meine Mutter sogar auf die Riesenrutsche. Ständig strahlte sie ihn an, und ich hatte das Gefühl, einfach zu verschwinden.

Als es dann stürmte und der ostfriesische Wind unseren Wohnwagen schüttelte, da habe ich gebetet, dass es ein Gewitter gibt, mit heftigen Blitzen und einem mörderischen Donnergrollen. Meine Gebete wurden erhört, doch diesmal rief sie mich nicht in ihr Bett. Sie schickte mich weg und ließ sich von Torsten trösten.

Die beiden sprachen schon von einem Hochzeitstermin. Da

stand mein Entschluss fest: Der Typ musste weg. Er würde meine Mutter sowieso unglücklich machen, so wie alle anderen es getan hatten. Irgendwann würde sie wegen ihm heulen. Er sah genau aus wie diese Gockel, die hinter jeder Frau her waren.

Mamas Freundin Annette sagte einmal: »Je stolzer der Pfau sein Rad schlägt, umso besser sieht man sein Arschloch.« Wenn ich Torsten anguckte, musste ich jedes Mal daran denken und grinsen. Er wertete das als freundliches Lächeln von mir und freute sich.

Mama wollte nach Esens shoppen gehen und zum Friseur. Sie lässt sich immer im Urlaub die Haare machen, dann hat sie wenigstens genug Zeit. Sie wollte blonde Strähnchen, weil Torsten das doch so gerne mag.

Er gab ganz den tollen Papa und schlug vor, gemeinsam mit mir ins Watt zu gehen, um mir diesen »bezaubernden, extremen Lebensraum nahezubringen«.

Ich hätte kotzen können, wenn er so bescheuert daherredete.

Er nahm einen Spaten mit, um mit mir Wattwürmer auszugraben, die er »Vielborster« nannte. Er kriegte sich gar nicht mehr ein, als wir im Watt waren. Am liebsten wäre er mit mir bis Langeoog gegangen, aber das war zu gefährlich von hier aus und ohne Wattführer.

Einen Wattführer hätte er nie engagiert. Nicht, weil er geizig war, nein, er wollte sich die Show nicht stehlen lassen, die Gelegenheit, den Besserwisser zu spielen.

Jetzt tönte der Schlaumeier, auf jedem Quadratmeter Watt gäbe es vierzig bis fünfzig Wattwürmer und jeder würde fünfundzwanzig Liter Sand pro Tag filtern. Die Wattwürmer seien die Waschmaschine des Meeres.

Ich hörte gar nicht mehr zu. Wir gingen weit raus ins Watt

und durchwateten einen Priel, in dem noch kleine Fische schwammen. Wir bekamen nasse Knie. Dann knirschten Muscheln unter unseren Füßen. Es war eine richtige Muschelbank. Dahinter war das Watt besonders schlammig, fand ich.

Torsten sackte tiefer ein als ich. Winzige weiße Krebschen krabbelten spinnenhaft an meinen Beinen hoch. Die Sonne knallte heftig vom Himmel, es gab kaum ein Wölkchen.

Torsten stolperte und landete voll im Matsch. Er sah aus wie Sau. Das gefiel mir, und jetzt wusste ich auch, was ich zu tun hatte.

Erst einmal machte ich Fotos von ihm mit seiner bescheuerten Digicam, dann sagte ich ihm, ich hätte früher meinen Vater oft im Watt eingegraben. Da er sich mit meinem Vater, den meine Mutter immer nur »mein Ex« nannte, gerne in Konkurrenz setzte und stets versuchte, ihn zu überflügeln, fragte er mich gleich, ob ich nicht Lust hätte, ihn auch einzugraben.

»Klar«, sagte ich. »Gerne. Darf ich das dann auch fotografieren?«

Er nickte. »Und dann können wir deiner Mama zeigen, wie viel Spaß wir beiden Männer zusammen hatten.«

Ja, du Trottel, dachte ich.

Wir suchten uns eine Stelle, wo der Boden leicht auszuheben war. Torsten zählte am Anfang noch jeden einzelnen Wattwurm. Dann schaufelte er mit hochrotem Kopf weiter. Ich sah zum Ufer. Die Menschen waren ganz klein. Niemand konnte ohne Fernglas sehen, was wir hier machten.

Ich fand das Loch schon ganz gut. Es sah aus wie ein leeres Grab.

Torsten legte sich rein. Dann nahm ich den Spaten und

baggerte ihn mit Meeresboden zu. Am Anfang half er noch mit beiden Armen mit und benutzte seine Hände als Schaufeln. Dann konnte er die Arme nicht mehr bewegen und der Watthaufen auf ihm wurde immer höher. Nur sein Kopf guckte raus.

Ich klopfte alles für ein Foto fest. Ein Wattwurm kroch über sein Gesicht. Er spuckte und bat mich, ihm jetzt wieder rauszuhelfen. Er hatte angeblich Durst und keine Lust mehr.

Aber ich sagte, ich hätte auch Durst und er solle jetzt kein Spielverderber sein. Ich wollte den Berg, unter dem er begraben war, noch größer machen, Türme auf ihm bauen und eine richtige Burg. Aber er wollte nicht mehr. Er bekäme kaum noch Luft, keuchte er, und die Sonne würde sein Gehirn austrocknen.

Aber als ich sagte, meinem Papa habe das immer Spaß gemacht, auf ihm hätte ich viel größere Burgen gebaut, ging es Torsten gleich besser, und er war wieder begeistert dabei und forderte mich auf, noch mehr Fotos zu machen. Sein Kopf sollte unbedingt mit drauf.

Irgendetwas krabbelte in seinem rechten Ohr herum. Ich sollte es rausnehmen. Ich sah dieses kleine weiße Tier mit den langen Beinen. Es versuchte, ins Innere seines Ohres zu kriechen.

»Da ist nichts«, sagte ich.

Ich hatte in meinem Rucksack noch gut einen halben Liter Wasser. Jetzt nahm ich einen tiefen Schluck.

Er wollte auch etwas von dem Wasser, aber ich sagte: »Die Flasche ist leer.«

»Ist sie nicht. Ich kann es doch sehen!«

»Nee«, sagte ich, »nichts mehr drin«, und nahm noch einen Schluck.

»Das ist nicht mehr lustig!«, rief er. Seine Lippen verzogen sich merkwürdig. »Hol mich hier raus! Mach mich frei! Ich habe was im Ohr!«

Ich nahm den Spaten. Ich sah es in seinem Gesicht. Er unternahm mächtige Kraftanstrengungen, um sich zu befreien, aber er steckte viel zu tief im Watt.

»Hilf mir!«, stöhnte er und versuchte kurz, mit Blicken mein Mitleid zu erregen. Dann wurde er richtig zornig und zeigte seinen wahren Charakter. Ich hatte immer gewusst, dass sich hinter all seiner Freundlichkeit ein richtiger Wüterich verbarg. Er würde meine Mama genauso verhauen wie dieser unmögliche Herbert. Ich war damals zu klein, um meine Mutter zu beschützen, aber niemand würde je wieder ungestraft meiner Mutter wehtun.

»Wenn ich hier rauskomme, dann kannst du etwas erleben! Ich werde das deiner Mutter erzählen!«

Er drohte mit Taschengeldsperre und Hausarrest. Hausarrest! Auf dem Campingplatz! Was war er doch für ein armseliger Spinner.

Ich stieß den Spaten tief in den Boden und drückte mit dem Fuß nach.

Der Priel zwischen uns und dem Festland wurde langsam aber sicher zu einem Fluss mit Hochwasser. Die Flut drückte das Wasser zurück. Es würde noch ein paar Stunden dauern, aber die Nordsee kam mit Gewalt zurück, darauf war Verlass.

Torsten biss die Zähne aufeinander und bäumte sich gegen sein Schicksal auf. An seinen Schläfen pochten dicke Adern. Sein Gesicht verkrampfte sich zu einer Fratze. Seine Augen quollen dick hervor.

Ich hob den Spaten, vollbeladen mit lebendigem Meeresboden, über sein Gesicht. Er sah mich an und schüttelte den Kopf, aber er wusste schon, dass ich es tun würde, denn er presste seine Lippen fest zusammen, um nichts von dem Matsch schlucken zu müssen. Trotzdem schmatzte es merkwürdig laut, als der feuchte Schlamm sein Gesicht traf.

Jetzt begann er jämmerlich zu schreien. Ich sah mich um. Wir waren alleine. Da waren nur die Sonne und das Watt und ein blauer Himmel bis zum Horizont.

Ich machte meine Arbeit ohne große Hektik. Es war ein gutes, ein triumphales Gefühl. Bald hätte ich meine Ma wieder für mich. Ihr würde viel Leid erspart bleiben. Ich nahm mir vor, sie zu trösten, wenn seine Leiche an den Strand geschwemmt werden würde. Ja. Ich war für meine Mutter da. Ich war ein guter Sohn. Ich bin immer ein guter Sohn gewesen. Meine Mutter brauchte keine Kerle wie diesen Torsten oder Herbert, schließlich hatte meine Mutter mich.

Torstens Gesicht war schon gar nicht mehr zu sehen, wohl aber ein Wattwurm, gut dreißig Zentimeter lang, und eine Miesmuschel.

Er schrie nicht mehr. Er weinte nur noch leise.

Ich packte seinen Kopf in Meeresboden ein, so wie ich seinen ganzen Körper vergraben hatte. Dann baute ich aus Muscheln und Wattboden einen Turm, ungefähr dort, wo ich – allerdings einen halben Meter tiefer – seine Nase vermutete. Ich verzierte den Turm noch mit Muscheln. Das Perlmutt glänzte in der Sonne.

Ich warf den Spaten in den Priel. Als ich zurück zum Festland ging, musste ich ihn durchwaten. Das Wasser ging mir schon bis zur Brust.

Mama würde gleich vom Friseur zurückkommen. Ich nahm mir vor, ihr Komplimente zu machen. So etwas ist für sie sehr wichtig. Ich beschloss, auch einen Kaffee für sie zu kochen. Sie sollte sich wohlfühlen.

Natürlich würde sie nach Torsten fragen. Ich wusste auch schon genau, was ich ihr sagen würde: »Ich habe keine Ahnung, wo er ist, Mama. Er hat etwas von *endgültig die Schnauze voll* gemurmelt und ist gegangen. Er ist eben genau wie die anderen.«

»Männer sind doch alle gleich!«, hatte Annette einst gesagt. Annette war schlau. Die wusste Bescheid. Annette würde mich verstehen, aber ich hatte nicht vor, ihr die Wahrheit zu erzählen.

Ich sah mich noch einmal um. Torsten lag in seinem feuchten Grab. Den Rest würde die Nordsee für mich erledigen. Vor mir lag Bensersiel. Mein Glücksort.

Der Leuchtturmmörder

Nein, ich habe nicht überall Leichen herumliegen lassen. Das ist einfach nicht wahr. So einer bin ich nicht. Wenn Sie das noch einmal behaupten, breche ich dieses Gespräch ab. Sie wollen das Buch über mich schreiben. Sie werden das Honorar kassieren. Also sollten Sie mich nicht beleidigen.

Warum gucken Sie denn jetzt so?

Ach, das war wieder eine von Ihren Provokationen, die mich dazu bringen soll, aus der Haut zu fahren? Alle Masken fallen zu lassen und die Wahrheit zu sagen?

Lassen Sie das. Verderben Sie es sich nicht mit mir. Diese Psychotricks sind völlig unnötig. Ich erzähle Ihnen alles, weil ich es will.

Ich habe nichts mehr zu verlieren. Ich komme hier sowieso nicht mehr raus.

Drei Morde. Alles habe ich zugegeben. Für mich ist hier Endstation.

Einer wie ich muss weggeschlossen werden. Das ist mir schon klar. Meine Art, Beziehungen zu beenden, ist gesellschaftlich nicht gerade anerkannt.

Bereuen Sie gar nichts?

Ich bin keiner dieser gottverdammten Triebtäter! Schreiben Sie das. Sie sollen das schreiben, habe ich gesagt!

Ja, ich habe gemordet – weil ich nicht wehtun wollte. Verstehen Sie?

Ich habe doch mitgekriegt, wie schrecklich das für meine Mutter war. Nein, damit hätte ich nicht leben können, eine Frau so zurückzulassen, als gebrochenes Wesen.

Und schreiben Sie jetzt bloß nicht, meine Mutter sei eine Alkoholikerin und hätte uns verwahrlosen lassen. Das stimmt nicht!

Wir waren nicht verwahrlost, mein Bruder und ich. Wir haben das gut gemeinsam gewuppt.

Unsere Mutter ist keine Säuferin. Sie ist traurig. Depressiv meinetwegen. Vom Lebenskummer gebrochen. Nennen Sie es, wie Sie wollen. Aber sie ist keine Säuferin.

Nie hätte ich eine Frau so zurücklassen können, wie mein Vater es mit ihr getan hat. Niemals!

Mein Bruder und ich, wir haben versucht, wie der Fels in der Brandung für sie da zu sein. Aber mein Bruder war natürlich noch zu jung.

Ich … ich habe den Ersatzmann für sie gespielt. Ja, das stimmt schon. In jeder Hinsicht. Aber jetzt kommen Sie mir nicht mit Ödipus-Komplex und all so einem Mist. Ich hatte nicht vor, mit meiner Mutter ins Bett zu gehen und auch nicht, meinen Vater umzubringen. Ich bin keiner von diesen Bekloppten!

Ich habe zu Hause alles gemacht. Ich habe die Anträge geschrieben, die Formulare ausgefüllt, dafür gesorgt, dass Fristen eingehalten wurden. Dieser ganze Ämterkram blieb an mir hängen.

Ich habe auch die Rezepte für sie gefälscht. Ja, hab ich gemacht, und zwar so perfekt, dass sie anstandslos durchgegangen sind.

Sie braucht die Medikamente wirklich. Sie müssten mal sehen, wie sie sonst leidet!

Ich war ihr Leuchtturm, ihr Licht in der Nacht. Ich habe dafür gesorgt, dass unsere ganze Familie Kurs hielt.

Das einzige, was ich wirklich bereue, ist, dass ich jetzt nicht mehr für meinen kleinen Bruder da sein kann. Ich habe ihr versprochen, immer für ihn zu sorgen und auf ihn aufzupassen.

Er ist so sensibel und so verletzlich. Er hat das alles nicht so gut gepackt wie ich.

Er ist auf die schiefe Bahn geraten.

Jetzt, da ich hier festsitze und mich nicht mehr um ihn kümmern kann, ist er haltlos geworden. Einer muss für ihn sorgen, sonst kommt er komplett unter die Räder …

Diese ganzen Betrügereien, das ist doch alles mehr aus Dummheit und Geldnot entstanden … Wenn ich dagewesen wäre … Also, zu meiner Zeit gab es so etwas nicht.

Sie haben drei Morde zugegeben. Warum nicht den am Leuchtturm Campen?

Weil ich es nicht war! Herrje, die Frau wurde vergewaltigt! Wer macht denn so etwas?

Ich kannte diese Frau gar nicht. Ich habe meine Frauen geliebt und nicht irgendwelche Mädels besoffen und gefügig gemacht, um sie dann …

Also, wie kann man so etwas nur von mir denken? Ich muss mich schütteln bei dem Gedanken!

Ich bin froh, dass Sie dieses Buch schreiben, dann kann ich

das endlich mal klarstellen. Diese Psychologen, die sich Gutachter nennen, das sind doch alles Pfeifen!

Klar hatte ich mit meinen Frauen kurz vorher noch einmal Geschlechtsverkehr. Das war meine Abschiedsnummer. Ich habe ihnen Blumen geschenkt und Pralinen. Ich habe ihnen erzählt, wie schön sie sind und wie sehr ich sie liebe, und bei jeder Einzelnen war das auch jedes Mal die Wahrheit. Sonst hätte ich das doch gar nicht für sie getan! Kapiert das denn niemand?

Ich habe sie im Moment der tiefsten Liebe getötet. Sie sind glücklich gestorben, mit dem Lächeln verliebter Frauen auf den Lippen.

Ich bin immer mit ihnen ans Meer gefahren. Wir haben nachts im Gras gelegen. Ich habe immer eine Flasche gut gekühlten Sekt dabeigehabt. Keinen Champagner, aber auch nicht so ein billiges, süßes Zeug aus dem Supermarkt, sondern ganz der Situation angemessen. Einen edlen Tropfen. Keine Plastikbecher, sondern richtige Sektkelche.

Wir haben in die Sterne geguckt, Zukunftspläne gemacht, und ich habe Süßholz geraspelt, bis sie zerschmolzen sind vor Glück.

Warum immer in der Nähe eines Leuchtturms?

Ach, dies Etikett werde ich auch nicht mehr los. Leuchtturmmörder ... Herrje! Die brauchen halt für alles und jeden einen Stempel und eine Schublade.

Nun, das hatte einen sehr einfachen, romantischen Grund. Von wegen Phallussymbol und all solchen Mist! Nein, das stimmt überhaupt nicht. So war es nicht.

Ich habe meinen Frauen von meinem Leben erzählt. Und

davon, wie ich mich gefühlt habe. Ich habe mich ihnen gegenüber geöffnet.

Ja, so wie diese Leuchttürme, so war mein Leben. So wie sie habe ich scheinbar unbeeindruckt den Stürmen des Lebens getrotzt. Bin immer aufrecht stehen geblieben. Habe Orientierung gegeben und Hoffnung.

Ja, ich wusste, wozu ich da war. Die Menschen werden hineingeworfen in dieses chaotische Drunter und Drüber, Auf und Ab, sie haben das Gefühl, nackt im kalten Wasser des Lebens zu schwimmen, und sie wissen, sie werden ohne Halt und Hilfe ertrinken. Sie schauen sich um nach einer Leuchtboje oder, besser, einem Leuchtturm, der Orientierung gibt und Rettung.

Warum sind Sie nicht einfach bei der ersten Frau geblieben und haben den Leuchtturm bis zum Schluss weitergespielt?

Das konnte ich nicht. Wenn mir die Bindung zu eng wurde, dann bekam ich Fluchttendenzen. Ich wollte mich dann befreien und wegrennen.

Aber der Leuchtturm bleibt immer am Platz.

Ja. Eben. Ich konnte dann meinem eigenen Anspruch nicht genügen. Es hat mich einfach zerrissen. Aber ich konnte doch nicht werden wie mein Vater und meine Mutter und meinen Bruder im Stich lassen für die andere Frau …

Es war, wenn Sie so wollen, ein Loyalitätskonflikt zwischen meiner Ursprungsfamilie und einer neuen, die sich anbahnte.

Pilsum. Norderney. Borkum. Keine Leiche lag weiter als hundert Meter vom Leuchtturm entfernt. Genau wie in Campen.

Ja. Aber das war ich nicht.

Ich schalte jetzt mal das Aufnahmegerät aus.

Warum?

Ich habe Ihnen ein Angebot zu machen.

Mir? Bekomme ich jetzt doch Prozente vom Buchverkauf?

Nein. Es geht um Ihren Bruder. Und es geht um Geld. Um viel Geld.

Ihr Bruder sitzt richtig in der Tinte. Man könnte ihn rausholen. Es ist alles nur eine Frage der Summe, sagt sein Anwalt. Wenn die Gläubiger ihr Geld bekommen, würden sie im Gegenzug ihre Anzeige zurückziehen …

Aber ich habe kein Geld, falls Sie mich nicht doch an Ihrem Buch beteiligen … Und selbst dann, der Erlös würde vermutlich kaum ausreichen.

Ja, und es würde zu lange dauern. Wir brauchen das Geld jetzt. Und da habe ich, glaube ich, eine Lösung.

Der wirkliche Campen-Mörder hat mich kontaktet. Er weiß, dass ich das Buch über Sie schreibe. Seit dieser Talkshow ist auch meine Welt nicht mehr, wie sie früher einmal war … Ständig rufen Leute an, wollen etwas von mir. Ich werde zu Interviews gebeten, weil Sie jedes Interview verweigern.

Der Campen-Mörder bietet uns Fünfhunderttausend – wenn Sie den Mord gestehen.

Was macht es Ihnen aus? Sie werden doch ohnehin verdächtigt. Und wie Sie bereits eingangs erwähnten, kommen Sie hier nicht mehr raus.

Ihren Bruder aber, den könnten Sie retten …

Man wird dann doch den Sittenstrolch aus mir machen! Mensch, Vergewaltigung! So etwas habe ich nie gemacht! Ich bin ein Mörder, aber ich habe den Frauen doch sonst nichts Schlimmes angetan. Im Gegenteil, ich wollte sie bewahren vor all dem Kummer und dem Leid.

Überlegen Sie es sich. Ich könnte das Geld in Empfang nehmen und für Ihren haltlosen Bruder verwalten. Er braucht wieder einen Leuchtturm … Eine Orientierung … Eine Rettung … Sie könnten das noch immer sein. Von hier aus.

Ihre Mutter leidet sehr darunter, dass Ihr Bruder jetzt auch vor Gericht steht. Ich bin mir nicht sicher, ob sie noch eine Verurteilung von einem ihrer Kinder so einfach wegsteckt.

Überlegen Sie – aber nicht zu lange …

Anita und ich

Ja, ich stehe dazu, ich bin Bulle, und nicht einmal ein besonders guter. Ich wiege einhundertzwanzig Kilo, und ich will für Sex nicht mehr bezahlen. Wenn ich einen Raum betrete, dann nehmen Frauen mich nicht wahr. Also anständige Frauen. Keine Solide guckt auch nur ein zweites Mal hin. Die Huren hingegen werden ganz kribbelig. Sie wittern gleich ein Geschäft. Aber danach fühle ich mich jämmerlich, und dann brauche ich Hamburger und Fritten und Currywurst und jede Menge Bier. Manchmal denke ich, der eigentliche Sinn meines Lebens ist es, kühles Bier in warme Pisse zu verwandeln.

Eine Akne verunstaltet mein Gesicht, als sei ich nicht vierzig, sondern vierzehn.

Ich wurde in Emden geboren, und jetzt hänge ich in Oldenburg fest. Ich finde, das kann es nicht gewesen sein, und ich habe wirklich alles versucht. Ich habe Diäten ausprobiert, als sei ich ein Crashtest-Dummie für verrücktes Essverhalten. Kein Fleisch. Nur Fleisch. Keine Milchprodukte. Keine Milchprodukte nach achtzehn Uhr. Nur noch Milchprodukte. Zehn Eier zum Frühstück und dann gar nichts mehr. Low Fat.

Das war die Härte! Meine Akne blühte auf und umrandete meinen Hals wie ein Schal aus Feuer. Ich habe längst aufgehört, Punkte zu zählen. Vom Rechnen nimmt man nicht ab. Ich habe Salat gekaut, als wäre mein Vater ein Kaninchen gewesen. Ich habe einen Wellness-Urlaub in der Karibik gemacht, der war so schlimm, ich musste ihn nach einer Woche abbrechen, weil ich eine Allergie bekam. Pickel und Pusteln und Atemnot. Aber das war nichts gegen das Heilfasten im Kloster. Dagegen sind zwei Jahre Knast die reinste Orgie.

Ich war im Ruderverein. Ich habe mit dem Gewichtheben begonnen und mir in der ersten Woche einen Bandscheibenvorfall zugezogen. Sogar mit dem Scheißjoggen habe ich angefangen, aber meine Knie machen das nicht mit.

Und dann, ich war schon kurz davor, nicht nur die Diäten aufzugeben, sondern auch mich selbst, da las ich diese verdammte Anzeige in der Zeitung. Es war das Schwarzweißbild einer Frau mit wuscheligen Haaren, darunter stand: »Wenn Sie diese Anzeige ausschneiden und drei Tage mit sich führen, werden Sie täglich abnehmen.« Darunter dann eine Handynummer.

Ja ich weiß, es klingt bescheuert; aber ich habe das wirklich ausgeschnitten und in mein Portemonnaie gesteckt. Vielleicht war ich so verzweifelt, aber es kann auch sein, dass ich es als Witz empfand.

Ich weiß es inzwischen nicht mehr, es war alles so … verwirrend. Jedenfalls habe ich diese Anzeige mit dem Foto und der Telefonnummer mit mir rumgeschleppt.

Jeden Morgen nach dem Duschen gehe ich auf die Waage. Das mache ich seit Jahren so. Es ist die tägliche selbstquälerische Wiederholung der immer gleichen Handlung. Aber was soll ich sagen: Am Ende des ersten Tages hatte ich fast 800 Gramm abgenommen. So etwas kam schon manchmal vor, besonders wenn ich eine neue Diät begann, dann ging es oft in den ersten Tagen grammweise abwärts. Aber ich hatte keine neue Diät begonnen, sondern einen neuen Pizzaexpress ausprobiert. Ich war überrascht, verwundert, verwirrt. Das steigerte sich am nächsten Tag. Trotz Marsriegel und Bier 350 Gramm.

Der nächste Tag war völlig irre. Ich fraß praktisch gegen das Abnehmen an. Ich wollte mir beweisen, dass es Quatsch war, Spinnerei, Betrug, ein Ding der Unmöglichkeit, aber ich hatte am folgenden Tag fast 500 Gramm weniger.

Diese dämliche Anzeige war schon ganz abgegriffen, so oft habe ich sie in die Hand genommen, aber dann waren diese drei Tage ja um, und ich nahm wieder zu. Was ich an drei Tagen verloren hatte, holte ich an einem einzigen wieder auf, dabei hatte ich keine Schokoriegel gegessen und erst recht keine Pizza. Irgendwie schien mein Gewicht nichts mehr mit meinem Essverhalten zu tun zu haben.

Ich rief die Telefonnummer an. Eine rauchige Frauenstimme meldete sich verheißungsvoll mit: »Anita …«

Es hörte sich mehr nach Telefonsex an als nach einer Möglichkeit, das Gewicht zu reduzieren. Ich sagte mein Sprüchlein auf und fragte, was ich tun könnte, um weiter abzunehmen.

Anita lachte fröhlich und gab mir einen Termin. Um 20 Uhr am Pius-Hospital. Ich fragte zweimal nach: am nicht im.

Ich war da und ging vor der Drehtür an der Pforte auf und ab. Anita ließ mich zwanzig Minuten lang warten. Aber dann kam sie. Sie trug eine billige blonde Langhaarperücke, einen schwarzen Lederrock und Stiefel, die aber nicht zum Rock passten. Unten sah sie rattenscharf aus und oben wie eine Betschwester mit viel zu weitem, selbstgestricktem Pullover.

Das passte nicht zusammen. Auch ihr Gesicht harmonierte nicht mit der Perücke. Wenn man sie von weitem sah, erwartete man eine gut geschminkte Frau mit knalligen Lippen und langen falschen Wimpern. Aber ihre Haut war blass, ihre Lippen schmal, und ein bisschen Puder oder Creme hätten ihr ganz gut getan.

Mir kam der Gedanke in den Sinn, dass sie aussah wie eine Bordsteinschwalbe nach Dienstschluss. Schon abgeschminkt, aber noch nicht wieder ganz in Zivilklamotten.

Sie hatte abgekaute Fingernägel, was ich schon bei Männern peinlich finde, bei Frauen aber völlig assi aussieht.

Wir gingen ein Stückchen nebeneinander her. Es war eine Art zielloses Flanieren. Ein frischer Wind tat gut. Es war, als würden die Autoabgase aus der Stadt getrieben. Ihre blonden Locken wippten bündelweise bei jedem Schritt.

Sie stellte sich als Hexe vor.

Nun, das muss man erst einmal verdauen. Sie sagte, sie habe diese Gabe von ihrer Mutter. Sie wisse auch nicht, ob es ein Segen sei oder ein Fluch, aber sie könne Energien übertragen.

Das wirke nicht bei allen Menschen, aber wenn jemand empfänglich dafür sei, dann ginge es auch per Telefon oder sogar per Zeitungsanzeige. Die Energien würden sich halt auch in kleinen Dosen übertragen ähnlich wie bei der Homöopathie, wo Tinkturen so oft verdünnt würden, bis sie nicht mehr nachweisbar seien, aber funktionieren würde es eben trotzdem.

»Wer heilt«, sagte sie, »hat recht. Gleichgültig, was Wissenschaftler, Schulmediziner oder Krankenkassen dazu sagen.«

Sie hätte sich zu gern mit mir in ihrer Wohnung getroffen,

aber das ging nicht. Ihr Mann sei ein Tyrann und würde total allergisch auf ihre Künste, ja, sie sagte Künste, reagieren.

Sie schüttelte die falschen Locken und lächelte gequält. »Ja, wo die Liebe hinfällt.«

Eine Energieübertragung wirke immer nur eine Weile, lernte ich, meist drei Tage, dann nehme die Kraft ab, weil die Person so vielen anderen Einflüssen ausgesetzt sei. Dauernd latsche einem im Alltag einer durch die Aura, und das hinterlasse eben Spuren. Ich hätte es zum Beispiel viel mit schlechten und lieblosen Menschen zu tun, das habe sie gleich an meiner Aura gesehen. Ich weiß zwar nicht, wie man eine Aura erkennen kann, aber sie hatte mit ihrer Einschätzung absolut recht. Das steht völlig außer Frage.

Über Wellness, Diäten und Heilfasten konnte sie nur müde lächeln. Sie legte ihre rechte Hand auf meinen Unterarm und hielt mich kurz fest. Ich blieb stehen und sah ihr in die Augen. Ich erkannte eine tiefe Trauer, und etwas trieb mir verdammt noch einmal Tränen in die Augen. Mitten auf der Straße! Einem fetten Bullen wie mir! Wie peinlich ist das denn?

Sie ließ mich los und schüttelte ihre Hand aus.

So, das sei es gewesen. Heilen durch Handauflegen sei in Deutschland zwar verboten, aber trotzdem sehr effektiv. Wir verabschiedeten uns, das heißt, sie ließ mich mehr oder weniger völlig verdattert stehen.

Ich sah ihr nach. Ihr Hintern gefiel mir, aber das war jetzt nicht wichtig. Etwas war mit mir geschehen, etwas, das mich zutiefst erschütterte und für das ich keine Worte hatte.

Jedenfalls nahm ich weiter ab. 300 Gramm. 450 Gramm. 210 Gramm. Ich erzählte niemandem etwas davon, aber ich musste immer an sie denken. Ich träumte sogar von ihr und sagte ihren Namen vor mich hin. Anita. Anita. Anita.

Schon am zweiten Tag rief ich sie wieder an, aber ich konnte nur auf ihre Mailbox sprechen. Am dritten Tag machte ich gleich zwei Versuche am Morgen und unzählige in der Nacht, aber ich erreichte sie nicht. Tatsächlich ließ ihre Energie nach. Ich nahm wieder zu. 100 Gramm am ersten Tag. 800 am zweiten und 1600 am dritten. Ich kannte diesen Jojo-Effekt von allen Diäten, aber das hier war anders. Diesmal stürzte ich in eine heftige Verzweiflung. Kokskonsumenten erzählten mir in meiner Zeit als Drogenfahnder oft davon, von diesem Hochgefühl, dem ein schrecklicher Absturz folgte.

Dann endlich erreichte ich sie. Die zwei Ringe auf meiner Wahlwiederholungstaste waren schon abgegriffen und kaum noch zu sehen, so oft und heftig hatte ich die Taste gedrückt. Anitas Stimme klang anders als sonst. Irgendwie traurig, gebrochen, von einem tiefen Schmerz erschüttert. Wir könnten uns nicht mehr sehen, sagte sie, ihr Mann mache ihr die Hölle heiß, er sei schrecklich eifersüchtig und ein Kontrollfreak. Er würde sie überwachen.

Ich beschwor sie, sich nicht von so einem Arsch, der so eine tolle Frau gar nicht verdient hatte, beherrschen zu lassen. Ich kannte solche Fälle aus meiner Praxis, die besten Frauen hatten oft die schlimmsten Kerle. Die wahren Engel gerieten an Säufer, Schläger oder Drogendealer. Als hätten Plus und Minus eine Anziehungskraft. Ich erzählte ihr von einer Universitätsprofessorin, die nicht nur klug, sondern auch umwerfend schön war und regelmäßig von ihrem Mann, einem hoffnungslosen Säufer, verhauen wurde. Sie rief nie die Polizei, es waren immer die Nachbarn.

Anita stöhnte nur als Antwort. Wir verabredeten uns dann doch im Horst-Janssen-Museum.

Dort standen wir dann nebeneinander und sahen uns die Radierungen an wie zwei Fremde. Sie war völlig anders angezogen als beim ersten Mal. Sie machte ganz auf Schlabberlook, war aber heftig geschminkt. Unter ihrer großen Sonnenbrille war genau das, was ich vermutet hatte: ein blaues Auge. Das konnte auch die dicke Puderschicht nicht verdecken. Um die Schultern trug sie ein selbstgestricktes Dreieckstuch, das aus zig Topflappen zu bestehen schien, die aneinandergenäht waren.

»War er das?«, fragte ich.

Sie schüttelte den Kopf. Sie sei die Treppe heruntergefallen. Aber sie blickte sich dauernd um. Bei jedem neuen Besucher schreckte sie auf und nahm Abstand von mir.

»Er hat uns vor dem Krankenhaus zusammen gesehen«, sagte sie. »Wenn er uns noch einmal erwischt, flippt der völlig aus.«

Ich begann, mich für das blaue Auge schuldig zu fühlen. Er hatte sie verhauen, weil sie mir geholfen hatte.

»Man kann sich bei uns scheiden lassen«, gab ich zu bedenken.

Sie lächelte nur gequält »Ja, danke für den Hinweis, da wäre ich sonst nie drauf gekommen.«

»Und?«, fragte ich. »Warum tun Sie es nicht?«

Ein einsamer Besucher mit Bierbauch und einer Nordwest-Zeitung unter dem Arm schreckte sie so sehr auf, dass sie sich von mir abwandte und praktisch sprunghaft in eine andere Ecke verschwand.

Der Mann durchquerte den Raum. Konnte er das sein? War er ihr hierher gefolgt? Erst als er weg war, ging ich wieder zu ihr und wollte wissen: »War er das? Haben Sie solche Angst vor ihm?«

»Nein, das war er nicht. Und ja, ich habe solche Angst vor ihm. Und wenn ich mich scheiden lassen könnte, hätte ich es längst getan.«

Ich fragte nichts, ich sah sie nur ruhig an. Das machte ich bei Vernehmungen oft so. Die meisten Leute wollen sich ja mitteilen, man muss ihnen nur die Chance geben …

»Er hat mich in der Hand.« Sie druckste herum. Ich schwieg beharrlich und wartete, während ich mir ein Selbstporträt von Janssen ansah. Schön war er ja nicht gerade. Eher ein Typ wie ich, ein bisschen dicklich, mit Hängebacken und Doppelkinn.

»Ich habe mal eine Dummheit gemacht. Eine verdammt dumme Dummheit. Wenn das herauskommt, dann …« Sie machte eine abweisende Bewegung.

Ich versuchte, sie zu provozieren. »Und jetzt sind Sie auf ewig seine Sklavin oder was?«

Sie nickte: »Wenn Sie so wollen. Ja, das bin ich. Und er nutzt die Situation genüsslich aus.«

»Was für eine Dummheit muss das denn gewesen sein, wenn er Sie deswegen so sehr in der Hand hat?«

Spöttisch verzog sie den Mund. »Sie erwarten jetzt nicht im Ernst, dass ich Ihnen das erzähle, um gleich in die nächste Abhängigkeit zu geraten.«

»Aber ich bitte Sie, ich würde doch nie …«

»Ja, das dachte ich von ihm auch. Ich werde Ihnen jetzt noch eine Energieübertragung geben und dann ist Schluss. Wir sehen uns nie mehr wieder. Versprochen?«

»Das kann ich nicht versprechen.«

Sie legte mir trotzdem die rechte Hand in den Rücken, und ich spürte ihre Wärme. Ein Kribbeln ging durch meinen Körper, und mein Magen knurrte.

Sie lächelte. »Es wirkt. Sie werden in den nächsten Tagen wieder abnehmen.«

Sie huschte weg wie ein scheues Reh. Ich versuchte, sie festzuhalten. Sie verschwand, und in meiner Hand blieb nur dieses Dreieckstuch. Ich suchte sie im Museum und davor. Ich fand sie nicht, und ihr Handy war ausgeschaltet, aber als ich zu meinem Auto zurückkam, hatte jemand alle vier Reifen zerstochen.

Dieser verfluchte Mistkerl, dachte ich. Ich mach dich fertig, du Schwein.

Dann rannte ich mit diesem blöden Tuch herum und wurde von dem gruseligen Gedanken gequält, dass er sie gerade wieder verdrosch, diese gute Frau, diese Heilerin. Ich hätte ihn nur zu gern vor die Fäuste gekriegt.

Ich konnte nicht schlafen und versuchte nachts, über die Handynummer mehr über sie herauszubekommen. Schließlich war ich Polizist, und mir standen eine Menge Möglichkeiten offen. Aber es war ein Gerät mit einer Prepaidkarte. Gekauft hatte es ein gewisser Sigmar Lutz. Dann fand ich mehr heraus. Dieser Sigmar Lutz war seit zwölf Jahren verheiratet. Die Ehe war kinderlos geblieben. Er führte eine Immobilien-Firma mit drei Angestellten und einigen freien Mitarbeitern. Er besaß in Oldenburg, Westerstede und Norddeich mehrere Häuser.

Er war es, ohne jede Frage, und er stand gut da im Leben, verglichen mit mir. Es gab im Internet ein paar Zeitungsartikel über ihn, weil er für wohltätige Zwecke gespendet hatte.

Auf einem Foto sah ich sie: Anita.

Lutz überreichte einen überdimensionalen Scheck, und unter den klatschenden Menschen drum herum stand auch seine Frau, die Heilerin mit der besonderen Gabe, die sich selbst Hexe nannte. Sie wurde in dem Artikel nicht erwähnt. Es ging nur um ihn. Bescheiden hielt sie sich im Hintergrund.

Ich meldete mich im Dienst krank. Ich war nicht in der Lage, mich auf etwas anderes zu konzentrieren.

Ich fuhr nachts zu seinem Wohnhaus. Ich sah ihn im Wohnzimmer vor dem Fernseher hocken. Sie sah ich nicht. Wahrscheinlich hockte sie weinend vor Kummer und blaugeschlagen in ihrem Zimmer unter dem Dach.

Ich nahm weiter ab, aber es war nicht wirklich wichtig für mich. Ich musste ständig an sie denken und an diesen Kerl.

Dann rief sie mich an.

Die Wirkung der Energieübertragung würde länger anhalten, sagte sie, wenn ich auf dem Tuch schlafen würde. Darin sei viel ihrer Aura gespeichert. Ja, sie tröstete mich, weil wir uns nicht mehr sehen konnten. Sie deutete an, ihr Mann habe verlangt, dass sie mit einem Geschäftspartner schlafen solle, das sei wichtig für ihn.

Ich war empört: »Das dürfen Sie sich nicht gefallen lassen!«

»Mir bleibt nichts anderes übrig, und es ist ja auch nicht das erste Mal. Er ist skrupellos.«

Ich war baff. Es war alles noch viel schlimmer, als ich es mir vorgestellt hatte.

Ich bat sie, es nicht zu tun. Ich machte ihr die dümmsten Vorschläge. Sie könne sich bei mir vor ihm verstecken. Ich würde sie beschützen.

Sie lachte bitter. »Ein Versteck nutzt mir nichts, er wird einfach zur Polizei gehen, und dann bin ich erledigt.«

Ja, ich gestehe es nicht gerne, aber ich war rasend vor Eifersucht. Ich war eifersüchtig, obwohl ich selbst noch nie den Mund dieser Frau geküsst, nie ihre Brust berührt, geschweige denn, richtigen Sex mit ihr gehabt hatte. Ich spürte eine tiefe, reine Liebe, wie ich sie nie zuvor gekannt hatte.

Und ich fasste einen ganz einfachen Plan: Ich beschloss, Sigmar Lutz zu töten. Ich wollte es schnell erledigen, bevor er sie für sich auf den Strich schickte.

Ich wartete in meinem Wagen vor seinem Haus. Er verließ es morgens um halb sieben zum Joggen. Er sah völlig lächerlich aus in den Klamotten. Was bist du nur für ein Idiot, dachte ich, du plagst dich hier ab, dabei könnte deine Frau dir mit einfachem Handauflegen helfen, die gute Figur zu bewahren.

Ich überfuhr ihn. Er hatte es nicht anders verdient. Es war ganz einfach. Ich ließ ihn liegen und brachte meinen Wagen in die Garage zurück, wo ich ihn gründlich wusch, bevor ich ihn bei ebay zum Verkauf anbot.

Ich wollte es aussehen lassen wie einen Unfall mit Fahrerflucht. Ich wollte nicht zu der Sache stehen, denn es hätte später vielleicht zu Spekulationen Anlass gegeben. Es sieht nicht gut aus, wenn man erst den Mann überfährt und dann seine Frau heiratet … Ja, für mich stand innerlich fest, dass wir heiraten würden. Wir gehörten einfach zusammen, und jetzt stand uns nichts mehr im Wege. Ich wäre bald schon ein schöner, schlanker, glücklicher Mann mit einer bezaubernden Partnerin. Ich würde nie wieder zu Huren gehen. Nie, nie wieder.

Von Anita hörte ich zunächst nichts, was ich durchaus klug von ihr fand. Wir mussten bis nach der Beerdigung warten, so schwer es uns auch fiel. Erst sollte Gras über die Sache wachsen.

An meinem ersten Arbeitstag, als ich – vier Kilo leichter – wieder zum Dienst erschien, bat mich eine Kollegin dazu.

Frau Lutz sei da. Sie wolle Anzeige erstatten, weil sie nicht an einen Unfall glaube. Jemand habe ihren Mann umgebracht.

Fassungslos rannte ich in das Büro. Ich war kurz davor, mir in die Hose zu machen.

Die Frau, die dort saß, hatte ich noch nie im Leben gesehen. Es war garantiert nicht meine Heilerin.

Sie weinte, sie erzählte, da stecke garantiert diese Hexe dahinter. Sie habe ihren Mann angeblich durch Handauflegen von einer schlimmen Hautkrankheit geheilt. Er sei ihr völlig verfallen und hätte ihr sein ganzes Vermögen vererbt. »Ich, seine Ehefrau, bin auf den Pflichtteil reduziert! Sie hat ihn umgebracht, nur sie! Sie profitiert davon.«

Ich rannte zur Toilette. In den folgenden Tagen nahm ich noch viel mehr ab. Ich konnte gar nicht so viel essen, wie ich kotzen musste.

Hexenverbrennung

An einem 15. haben wir uns kennengelernt. Ich werde es nie vergessen. Ich saß ohne Fahrschein im Intercity von Köln nach Norddeich-Mole, und die beiden Kontrolleure machten einen Riesentanz, weil ich weder Geld dabei hatte noch einen Personalausweis. Du hast die Strafe für mich gezahlt und mich dabei angestrahlt, als sei es Dir eine Ehre.

Der Typ mit dem Schnauzbart, der Dich am liebsten sofort angebaggert hätte und auf eine verständnislose Art eifersüchtig guckte, weil Du mich auserwählt hattest und nicht ihn, versuchte sogar, Dich zu warnen: »Das Geld kriegen Sie nie wieder von dem …«

Irrtum, schwarzer Sheriff, Irrtum. Ich bin zu ihr in das rot verklinkerte Friesenhaus hinterm Deich gezogen, und an einem 15. haben wir in Lütetsburg im Schlosspark geheiratet, an unserem Jahrestag. Das Stadthotel Smutje und der Reichshof waren ausgebucht, so viele Gäste kamen aus dem In- und Ausland nach Ostfriesland, um mit uns zu feiern.

Du hast Deinen Mund verzogen, nicht so ordinär, wie Nutten in Köln es tun, auch nicht zickig wie Gymnasiastinnen in Frankfurt, sondern eher damenhaft, aristokratisch, ein bisschen von oben herab.

Deine Art, Dich zu geben und Dich zu bewegen, hatte immer etwas Edles, stammst du doch von einem alten ostfriesischen Häuptlingsgeschlecht ab. Vielleicht wirktest du deshalb nicht einfach wie eine Frau aus gutem Hause, sondern mehr wie verarmter Adel. Der alte Glanz und Luxus. Unwiderruflich dahin, aber immer noch reich genug, um vom Vermögen leben zu können, standesgemäß erster Klasse zu fahren und in Boutiquen einzukaufen.

An einem 15. hast Du mich dann auch abserviert. Natürlich mit einem Lächeln, weil Du ja alles mit einem überlegenen Lächeln tust. Wir passen einfach nicht zusammen, und Du hast Dich neu orientiert.

Ja, das klingt klasse: neu orientiert.

Du machst natürlich nicht einfach einen Seitensprung. Du lässt es Dir auch nicht von einem anderen besorgen. Du vögelst nicht in der Gegend rum wie andere. Nein, das wäre Dir zuwider. Du orientierst Dich neu.

Die verfluchte 15 ist wohl unsere Schicksalszahl. Deshalb werde ich Dich auch nicht irgendwann umbringen, meine Liebste.

Du sollst an einem 15. sterben.

Heute. Hier. In deinem süßen Friesenhaus.

Es ist alles vorbereitet. Keine Angst, Du wirst toll aussehen.

Du landest nicht einfach erwürgt in irgendeinem schäbigen Keller. Deinen milchweißen Alabasterkörper wird man nicht verdreckt und von Möwen angepickt aus dem Schlick des Norddeicher Hafenbeckens ziehen. Das wäre unangemessen. Ein paar Nummern zu klein für dich. Ich habe einen würdigen Abgang für Dich organisiert. Sozusagen standesgemäß.

Im Grunde müsste das alles sehr nach Deinem Geschmack

sein. Du wirst die geheimnisvolle Schönheit bleiben, der Nimbus des Besonderen, den Du zu Lebzeiten so geschätzt hast, wird Dich auch im Tod umgeben.

Ich habe alles mit der Besessenheit für Details vorbereitet, die ich von Dir gelernt habe. Ja, Du warst meine Lehrerin! Du hast mich ins Theater geschleppt. Staatsoper Hannover! Ich hätte nie gedacht, dass ich mal Opern lieben könnte – naja, lieben ist vielleicht übertrieben. Du hast einen Gourmet aus mir gemacht. O ja, inzwischen kann ich Sekt von Champagner sehr wohl unterscheiden, und ich verwechsle keine Pied de Cheval- mit einer Belon-Auster mehr, und wenn sie lange in einem Klärbecken gelegen haben, dann finde ich »ihren reinen Geschmack nicht besonders delikat«, sondern langweilig. Eine Sylter Royal dagegen ... ach, lassen wir das. Du hast zwar einen Gourmet aus mir gemacht, aber heute findet das Austernschlürfen ein jähes Ende.

In Zukunft esse ich wieder Steaks – blutig, und es darf ruhig auch mal wieder eine Currywurst sein. Bei dem Gedanken, dass Du Dich vor Abscheu im Grab umdrehen würdest, schmeckt sie mir noch besser!

Niemand wird auf mich als Mörder kommen. Ja, ich weiß, der Ehemann ist immer der Verdächtige Nummer Eins. Statistisch werden viel mehr Frauen von ihren Ehemännern umgebracht als von allen Triebtätern, Räubern und Verrückten zusammen. Aber was bedeutet schon Statistik?

Ich meine statistisch gesehen segelt jeder Österreicher pro Tag sechsunddreißig Meter. In der Praxis sieht das ja wohl etwas anders aus. Die Jungs von der Kripo Aurich mögen ja helle sein, aber in diesem Fall reicht das nicht.

Trotzdem werden sie erst einmal den Ehemann verdächtigen. Meistens überführen sie ihn ja in den ersten vierundzwanzig Stunden nach der Tat. Aber in diesem Fall nicht. Denn dieser Fall ist besonders.

Deinen schnuckeligen Liebhaber mit dem George-Clooney-Grinsen und der Arschlochfrisur werden sie hoppnehmen. Ja. Die Beweise gegen ihn sind erdrückend.

Er kündigt den Mord an Dir sogar im Web an. Er hat es einfach nicht länger ertragen, von Dir gedemütigt und vorgeführt zu werden. Sogar die Prokura willst Du ihm entziehen! Deine seelischen Grausamkeiten hält er nicht mehr aus.

Ja, er hat es alles selber preisgegeben in seinem Webblog. Jeder kann dort die Entwicklung eurer schmutzigen kleinen Liebesgeschichte mitverfolgen. Immer wenn ihr euch getroffen habt, um in den diversen Hotelbetten auf Juist und Norderney diese öde Mischung aus Gymnastik und Körperhygiene zu vollziehen, die Du leidenschaftlichen Sex nennst, habe ich in der Firma an seinem Computer gesessen und für ihn und Dich im Netz eine Identität aufgebaut, von der ihr beide bis heute keine Ahnung habt.

Euer Leben ist nie so spannend und aufregend gewesen wie es im World Wide Web den Anschein hat. Verglichen mit seinem Blog war euer Leben fad, kein Hauch von Ekstase.

Im Web heißt Dein Lover übrigens nicht Daniel Kleinschmidt. Bescheuerter Name. Nein auch nicht Danny, wie Du ihn nennst. Im Web tritt er als Tim Berners-Lee auf. Abgekürzt TBL. Das war der Erfinder des Internets, meine Liebe, und ich finde, er hat diese ehrende Erwähnung verdient. Ohne ihn könnte ich Dich nicht so gefahrlos für mich und so folgenschwer für Deinen Lover umbringen.

Er wird wohl den Rest seines Lebens hinter Gittern verbringen. Ich denke, ich werde als Nebenkläger auftreten. Ja, da staunst Du, was?

Dich habe ich übrigens »Lederhexe« getauft. Jetzt möchtest Du gerne etwas sagen ... Aber ich kann Dir das Klebeband nicht vom Mund abziehen, Liebste.

Na gut, ich könnte schon, aber ich will mir Dein Geschwätz nicht anhören und Dein Gejammere schon gar nicht. Diesmal hörst Du mir zu.

Du glaubst mir nicht, was? Du hoffst immer noch, dass ich Dich gleich losmache und alles nicht mehr war als eine kleine gerechte Strafe, ein Versuch, Dir Angst zu machen und meiner Wut über Deine Affäre Luft?

Irrtum! Es ist todernst. Du wirst diesen Tag nicht überleben. Diesmal bist Du dran.

Ja, da guckst Du. Jetzt nutzen Dir Deine himmelblauen Augen einen Dreck und all Dein Geld und Deine guten Manieren. Sinnlos, das alles.

Du dachtest immer, ich sei ein Schaf im Schafspelz. Das stimmt aber nicht. Ich bin ein Wolf im Schafspelz, zumindest habe ich mich dazu entwickelt.

Du wolltest mich nur als Pflegefall. Ja, als ich ganz am Boden war, da habe ich Dich schwer beeindruckt. Du konntest mich retten! Ohne Dich wäre ich in der Gosse gelandet. Oder schlimmer, im Knast. Du hast mir eine Chance gegeben in Deiner Scheißfirma.

Weißt Du, wie die mich alle angeguckt haben, mit diesem wissenden Blick: ach, der neue Sozialfall der Chefin. Sie hat ja so ein gutes Herz. Der nutzt sie doch nur aus! Hoffentlich verliebt sie sich nicht wieder in ihn wie in diesen Bankräuber oder diesen Aussteiger aus der Naziszene. So schlimm wie bei dem Ex-Junkie, der dann zum Personalchef wurde, bevor er einen klassischen Rückfall hingelegt hat, wird es hoffentlich nicht werden.

Sie haben mich gemustert und sich gefragt, ob ich Dir am Ende ein blaues Auge verpasse wie der deutsche Glatzkopf, ob ich Deinen BMW vor die Wand setze wie dieser angeblich so unschuldige Bankräuber mit dem guten Herzen oder ob ich nur die Konten plündere wie der Drogenjüngling mit dem traurigen Blick.

Aber bei mir ist es anders, Liebste. Ich nehme alles, denn noch sind wir verheiratet. Noch. Für den Fall einer Scheidung hast Du vorgesorgt – Gütertrennung. Aber ich werde nicht von Dir geschieden. Ich erbe, und zwar alles.

Ja, jetzt guck mich nicht so an, als ob Du noch mal scharf auf mich werden würdest. So kriegst Du mich nicht mehr. Ich kenne Deine Spielchen! Am Anfang hast Du mich so aufgebaut, stimmt's? Hast Du allen so einen vorgehechelt?

Deine vorgetäuschten Orgasmen haben mir viel mehr Freude gemacht als Deine echten. Am Anfang war ich richtig gerührt, dass Du Dir so viel Mühe gegeben hast, mir weiszumachen, ich sei ein guter Liebhaber. Welcher Mann steht nicht darauf? Ich sollte mich als toller Hecht fühlen, der einzige Mann, der Dich befriedigen kann.

Mann, das ist mir runtergegangen wie Sahne mit Eierlikör. Aber das hast Du jedem erzählt. Jedem! Dir ging es immer nur um Dich, in jedem kaputten Typen, dem Du erst das Selbstbewusstsein und dann auch noch eine angenehme gesellschaftliche Stellung gegeben hast, wolltest Du Dich nur als Heilige spiegeln. Als Retterin.

Wir sind Dir nicht zufällig begegnet.

Du hast uns gesucht. Jeden Einzelnen. Was treibt Dich zu den Gestrauchelten, Du edle Aus-der-Gosse-Helferin? Du glaubst, ich weiß es nicht? Du willst dich erhöhen. Deinem Leben einen Sinn geben, indem Du uns zähmst, zu nützlichen Mitgliedern der Gesellschaft machst ... und uns entmannst.

Nein, Du verführst mich nicht mehr. Obwohl, Lust hätte ich schon. Du warst im Bett ja wirklich eine Offenbarung. Ich frag mich, woher Du all diese Tricks drauf hast. So manche Nutte könnte von Dir noch was lernen. Wie Du mich angespitzt hast mit Deinen Dessous. All diese geilen Klamotten. Dein mädchenhaftes Erröten dabei.

Ich habe so etwas noch nie gemacht, nie hätte ich mich das mit einem Mann getraut, außer mit Dir, mein Engel. Du hast mich geöffnet für diese neue Erfahrung.

Ist irgendwer auf diesen Schmus hereingefallen?

Ich jedenfalls nicht. Garantiert hast Du vorher einen Striptease-Kurs an der Volkshochschule Norden gemacht. Vermutlich gemeinsam mit Deiner Tantra-Lehrerin Ella.

Aber die Fotos, die Dich angeblich so heiß gemacht haben, die werden jetzt eine Menge Leute sehen. Ja klar. Guck nicht so entsetzt. Tim Berners-Lee gibt damit an. Willst Du es mal sehen? Hier warte, ich stelle Dir den Laptop so hin, dass Du nichts verpasst.

Na, ist das nichts? Ja, das bist Du. Der Star im Webblog. Achtzig Anklicker alleine letzte Woche.

Eine unserer gelungensten Aufnahmen, findest Du nicht? Gefällt Dir der Text unten drunter?

Das hier ist für euch als Dankeschön. Ihr habt mir in der schlimmsten Krise echt geholfen. Ich war wirklich kurz davor, mir die Pulsadern aufzuschneiden. Hier also ihr Foto: Da, das ist meine Chefin in Strapsen. Sie hat mich fertiggemacht. Sie ist im Bett noch viel bestimmender als im Betrieb. Sie führt mich vor, sie macht mich lächerlich. Ich halte das nicht länger aus. Ohne potenzsteigernde Mittel läuft bei mir gar nichts mehr. Sie hat konsequent an meiner Entmannung gearbeitet.

Sie glauben es alle.

Hier. »Tarzan Zwölf«: *Wer wäre nicht auf sie reingefallen? Ich ganz sicher.*

Da hast Du wohl einen neuen Fan gewonnen.

Ha! Hier. »Blue Marlin Vier« schreibt: *Servier sie ab, TBL. Ich kenne diese Sorte. Meine Ex hat mich fertiggemacht. Physisch. Psychisch. Und finanziell.*

Der ist besonders hart drauf. »Buffalo Bills Rache«: *Sei froh, dass Du nicht mit ihr verheiratet bist. Hau in den Sack. Such Dir 'n anderen Job oder flüster ihr, dass Du all ihre Fotos veröffentlichst und noch ein paar Schlafzimmerfilmchen dazu, wenn sie Dir keine satte Abfindung zahlt.*

Ja, da staunst Du, was? So reden Männer, wenn sie allein im Chat sind.

Da mischt sich »Kein Bio Diesel Sieben« ein: *Heißt das, es gibt keine Fotos von ihr mehr? Das wäre aber schade.*

Was meinst Du? Das können wir den Jungs doch nicht antun! Sie finden Dich toll. Hier, hier, warte, das ist langweilig, aber da. »Silbertarzan« bietet mir Fotos von seiner Ex an. Er will tauschen.

»Kein Bio Diesel Sieben« schlägt vor, dass jeder von uns die versautesten Fotos von seiner Ex hier im Netz allen zur Verfügung stellen soll.

Gibt es eine bessere Rache?, fragt »Doktor Freudenhammer«.

Tja, ich muss die Jungs leider enttäuschen. Bevor das hier zur beliebtesten Seite im Netz wird, habe ich die Kommunikation mit einem schlichten Satz abgebrochen. Warte, ich zeig ihn Dir.

Nein, das sind nur die schmutzigen Fotos von der Vettel, die den »Silberpfeil« in den Wahnsinn treibt. Du glaubst gar nicht, wie viele Frauenhasser es im Internet gibt.

Ja, da staunst Du, was, der hier nennt sich sogar so. »Frauenhasser 61«. Aber mit meiner Ankündigung kommt er trotzdem nicht klar. Dabei ist mein Satz ganz einfach: *Ich habe meinen Plan geändert. Ich werde nicht mich umbringen, sondern sie.*

Der Rest ist langweilig. Plötzlich wollen Dich alle retten. Raten mir ab. Betteln, flehen, drohen, mir die Polizei auf den Hals zu hetzen. Es gibt schon Aufrufe im Internet, die Lederhexe zu retten.

Hier am besten ist der von »Samtmaus« und »Körbchengröße 75 C«.

Ich glaube, es sind Schwestern oder wenigstens Freundinnen. Sie bieten sich mir an. Sie wollen mich treffen, sie verstehen mich, auch meinen Hass auf Dich. Sie wollen Dich retten, also, so tun sie jedenfalls. In Wirklichkeit sind sie wie Du. Sie wollen *meine seelischen Wunden mit kosmischer Liebe heilen.*

Kosmische Liebe! – Ich denke, das ist ein Vorschlag für einen flotten Dreier. Was meinst Du? Ach verzeih, Du kannst ja nicht reden.

Ich glaube, die wollen mich alle nur in ein Gespräch verwickeln, bis irgendwelche Scheißhacker mich ausfindig gemacht haben und der Polizei ans Messer liefern. Lange kann es nicht mehr dauern. Im Internet sind schlaue Füchse unterwegs. Die wollen alle dasselbe wie Du, jemanden retten, egal wen, Hauptsache retten, um sich dann ganz toll und überlegen zu fühlen.

Ich wette, die ersten haben die Adresse von Deinem Daniel

Kleinschmidt längst herausbekommen. Vielleicht ist schon ein Polizeiwagen unterwegs, und der arme kleine Wicht versteht gar nicht, was die von ihm wollen.

Jetzt fragst Du Dich, wie ich Dich umbringen will und wo. Nun, ganz einfach. Hier. In Deinem spießigen, kleinen Friesenhäuschen. Ich werde Dich jetzt anzünden und mit Dir die ganze Hütte abfackeln. Das hat viele Vorteile für mich, dann bin ich das Scheißhaus gleich mit Dir los.

Das erspart mir viel Arbeit.

Mehr als die Brandkasse zahlt, bringt diese völlig verbaute Fischerhütte sowieso nicht. Wer will schon in so einer vollgestopften Bude wohnen? Der ganze Plunder muss mit Dir vom Erdboden verschwinden. Das ist doch kein Fischereimuseum …

Oh, Du zitterst ja. Komm, mach jetzt nicht auf Mitleid. Das zieht bei mir nicht.

Ja, ich habe es auch gehört, da hält ein Wagen draußen in der Einfahrt. Mach Dir keine Hoffnungen, Lederhexe. Wer immer es ist, er wird Dir nicht helfen. Ich werde mit ihm ein Gläschen trinken und ihn dann wegschicken.

Oh, Dein Lover. Er weiß noch gar nicht, dass dies sein letzter Abend auf Erden in Freiheit ist.

Was guckst Du denn so irre? Meinst Du, ich soll ihn gleich mit verbrennen?

Ja, ich gebe zu, ich habe darüber nachgedacht. Dem Täter geschieht bei der angekündigten Tat ein Missgeschick, und er verbrennt mit seinem Opfer hinterm Deich. Aber ich finde das zu theatralisch.

Er soll länger leiden, im Knast, wo er hingehört.

Jetzt klingelt dieser notgeile Idiot Sturm. Ist der im Bett auch so eilig?

Je mehr der draußen wütet, umso besser. Jetzt haben ihn sogar die Nachbarn gesehen, kurz bevor die Flammen bis zum Yachthafen leuchten.

Die brennende Lederhexe, Du musst doch zugeben, das hat eine gewisse Komik, oder sollte ich besser sagen Ironie?

Sonnyboy

Nein, er hat nie behauptet, adelig zu sein oder aus einer wohlhabenden Familie zu stammen. Das war auch gar nicht nötig. Jeder, der Augen im Kopf hatte, konnte es sehen. Er strahlte mit jeder Pore seines sportlichen Körpers die Eleganz aus, die großbürgerlicher Bildung entspringt, wie man sie nicht in Kursen an der VHS erwerben kann oder an einer Integrierten Gesamtschule.

Alles an ihm war edel. Seine Gesichtszüge, seine Art, sich zu bewegen, und seine klare Sprache. Mit sanfter Stimme formulierte er reines Schriftdeutsch, von keinem Akzent verfälscht. Davon hätte sich jeder Radiosprecher eine Scheibe abschneiden können.

Er trug nicht einmal eine Krawatte, sondern nur einen Kaschmirpullover mit V-Ausschnitt über dem Hemd mit Haifischkragen. Dieser weitausgeschnittene Bereich zwischen den Kragenspitzen schrie eigentlich nach einem doppelten Windsor-Knoten, aber bei ihm brachte er nur seinen vornehmen Hals besser zur Geltung.

Der Betrachter bekam sofort den Eindruck, es mit einem offenen Menschen zu tun zu haben, der nichts zu verbergen hat und gern etwas von sich preisgibt, weil er weiß, es ist nichts Abgründiges in seinem tadellosen Charakter zu entdecken.

Ich habe nie zuvor einen Mann mit so gut manikürten Fingernägeln gesehen. Da wurde jede Frau neidisch. Ich sowieso, denn meine Nägel brechen schon ab, wenn ich eine raue Oberfläche auch nur anschaue.

Also, man sah seinen Händen an, dass er nie schwer arbeiten musste. Trotzdem wirkte er nicht schwul oder irgendwie tuntig, sondern nur edel und auf eine Art sogar erhaben, als würde er über den Dingen stehen. Undenkbar, dass er so etwas wie eine Verdauung hatte oder Stuhlgang. Grimmig, mit fiebrigen Augen, nach Pinimenthol riechend, konnte ich ihn mir nicht vorstellen. Und ich vermute, den anderen Menschen ging es genauso.

Er war wie eine dieser Figuren aus dem Werbefernsehen, immer lächelnd, immer frisch und sauber, wie aus dem Ei gepellt, immer gut drauf und perfekt beleuchtet.

Ich habe ihn auf einem Schloss kennengelernt, das heißt, davor. Es war eine Art Weihnachtsmarkt, jedenfalls passte dieses barocke Wasserschloss nur zu gut zu ihm. Es war geradezu prädestiniert für seinen Auftritt.

Er benahm sich, als sei er der Graf persönlich. Nicht wie ein echter Graf, nein, eher wie einer aus der Operette. Er, mit einer Rostbratwurst in der Hand? Nein, das war ein Ding der Unmöglichkeit!

Aber das hier war nicht irgendein Weihnachtsmarkt. Auf Schloss Gödens gab es einen Starkoch: Michael Niebuhr, der für kulinarische Erlebnisse jenseits von Rostbratwurst sorgte. Experten vom Londoner Auktionshaus Christie's waren da, und man konnte bei ihnen alten Familienschmuck schätzen lassen, wenn man so etwas besaß. Leute kamen sogar mit Bildern und Möbelstücken.

Ich verdiente mir am Glühweinstand ein paar Euro fürs

Studium dazu. Ich war am Umsatz beteiligt. Es kamen viele Besucher zum Schloss Gödens, und die Geschäfte liefen gut.

Auf dem Ehrenhof stimmte gerade das Jagdhornbläsercorps Hubertus *Stille Nacht* an, da stand er plötzlich vor mir: ein Kerl aus Samt und Seide, und er hat mich sofort umgehauen. Ich hatte das Gefühl, er würde den Glühwein nur meinetwegen bestellen und dieses Getränk eigentlich verabscheuen. Er hielt den Becher wie einen Kristallkelch, und der Glühwein schien darin zu funkeln.

Ich war sofort so verknallt, dass ich alle anderen Gäste vergaß. So, wie er mich ansah, wurde mir ganz anders. Ich verschüttete Glühwein, stolperte herum und bat um eine kurze Pause, mir sei schwindelig.

An meinem Chef ist alles dick. Sein Bauch, sein Portemonnaie, sein Selbstbewusstsein, seine Frau und sein Auto. Er ist eine Frohnatur, kann schlecht Nein sagen und hat es für einen Schulversager aus Leer im Leben ziemlich weit gebracht. Er gab mir sofort eine Auszeit und rief gleich meine Mutter an. Ich hätte wohl zu viel von dem guten Gesöff genascht und ob sie aushelfen könnte.

Mir war das ein bisschen unangenehm, denn es gab Gerüchte, meine Mutter hätte mal was mit ihm gehabt. Das stimmte aber nicht. Es gab viele solcher Gerüchte, seit mein Vater tot ist, denn meine Mutter ist eine verdammt attraktive Frau. Neben so einem leuchtenden Stern hat man es als Tochter gar nicht leicht, da verschwindet man schneller als ein Paar Socken in der Waschmaschine.

Jedenfalls bin ich dann mit Felix, fernab vom Gewühl, im Park spazieren gegangen. Das Schloss liegt im Sommer ein bisschen versteckt zwischen diesem wuchernden Grün. Jetzt war das anders. Die Gerüche verfolgten einen praktisch überallhin, der Wind schien immer genau so zu drehen, dass er Düfte nach gebrannten Mandeln und Schwenkbraten zu uns wehte. Auch die Lichter waren auf eine warme Art immer da.

Das Wasserschloss glänzte in einem Lichtermeer, das alles ein bisschen unwirklich erscheinen ließ, als sei man in einen Hollywoodfilm geraten, der gerade die Pracht des alten Europas überspitzt und idealisiert fürs Popcornkino zeigte. Und die Weihnachtsmusik hörten wir auch überall.

Der Park ist groß, und wir gingen eine Weile.

Er stellte sich als Felix Buchholz vor. Heute weiß ich, dass das gelogen war. Es ist eine Zusammenstellung aus Felix Krull und Horst Buchholz, der die Titelrolle in dem Film *Die Bekenntnisse des Hochstaplers Felix Krull* gespielt hat. Wahrscheinlich wollte er so sein wie die beiden. Ein Hochstapler war er sowieso, und unwiderstehlich wie Horst Buchholz damals war, wollte er werden. Bei mir hatte er mit dieser Art ja auch schon echten Erfolg.

Ich sollte dann wahrscheinlich den Part der Zaza spielen, falls überhaupt eine so wichtige Rolle für mich vorgesehen war. Jedenfalls fiel ich voll auf ihn rein, so sehr, wie eine Frau nur reinfallen kann.

Der Sex mit ihm war eine Offenbarung, als hätte man immer in Fastfood-Läden im Stehen gegessen und sitzt plötzlich in einem Gourmettempel mit Sternchen vor der Tür und einem Eintrag im Guide Michelin.

In der ersten Woche kamen wir kaum aus dem Bett raus. Er bewohnte kein Sommerhaus an der Küste, und er hatte auch keinen Landsitz in der Schweiz. Schlichte zweieinhalb Zimmer unterm Dach in Sande reichten ihm. Unten wohnte ein pensioniertes Lehrerehepaar, das die Treppe in ihrem Eigenheim nicht mehr gut hochklettern konnte und es deshalb an ihn billig vermietet hatte.

Ich glaube, die haben sogar für ihn die Wäsche gewaschen. Er sprach mit ihnen wie andere Leute mit ihren Eltern, wenn sie ein gutes Verhältnis zu ihnen haben, dieser verfluchte Erbschleicher. Ich wette, sie hatten längst ein Testament zu seinen Gunsten gemacht und ihm das ganze Haus überschrieben.

Er hatte ein Auge für Familien, in denen es etwas zu holen gab. Er war nicht einfach nur der Sonnyboy, oh nein. Er war vor allem der ganz große Abstauber.

Sein Mercedes, ein uraltes Modell, das er liebevoll *Oldie* nannte, hat ihm ein Opa vermacht, dem er regelmäßig aus Romanen vorliest.

Ja, Felix Buchholz, wie er angeblich heißt, geht regelmäßig ins Altersheim und liest den Menschen dort vor. Ehrenamtlich, versteht sich. Es bleibt höchstens mal ein *Oldie* für ihn hängen oder ein kleines Trinkgeld. Und er empfiehlt sich für so manche Testamentsänderung. So wird er zum Albtraum für die Enkel und Kinder, die sich eigentlich einiges mehr erhofft hatten, Dinge, die er dann gern mitnimmt.

Wovon er lebte, war schwer zu sagen. Angeblich schrieb er an einem Drehbuch und hatte dafür sogar eine Förderung von irgendeiner Filmstiftung bekommen. In Wirklichkeit zockte er aber nur alte Leute ab, das weiß ich heute. Er geht dabei immer ziemlich dreist vor, und deshalb wird er auch sterben. Denn diesmal ist er zu weit gegangen.

Er hat sich eiskalt an meine Mutter rangemacht. Erst dachte ich dumme Kuh, er sei nur liebevoll bemüht, das Herz seiner zukünftigen Schwiegermutter zu gewinnen. Ja, das wollte er auch, aber ganz anders, als ich dachte.

Wir waren beim ersten Treffen alle drei nervös. Jeder

wollte natürlich einen guten Eindruck auf den anderen machen. Meine Mutter kochte eine Bouillabaisse aus Rotbarsch und Dorade mit Spargelspitzen. Es gab als Hauptgang Limandes-Filets auf friesischen Blattsalaten, und ich lieferte das Dessert. Meine absolute Spezialität: eine mallorquinische Mandeltorte. Die Lieblingsspeise meiner Mutter.

Ich muss ihr das an jedem Geburtstag backen und zu allen Anlässen, besonders im Sommer, wenn sie ihre Freundin zu uns einlädt. Wir haben schon daran gedacht, auf Schloss Gödens beim Weihnachtsmarkt einen Stand mit mallorquinischer Mandeltorte zu eröffnen. Aber gegen die Hofbäckerei kommen wir dann doch nicht an, befürchten wir.

Felix war jedenfalls genauso begeistert von meinen Backkünsten wie sie. Er aß gleich drei Stück, und natürlich fiel der Satz: »Dreimal ist Ostfriesenrecht«, womit er bei meiner Mutter gut ankam, denn sie ist stolz auf ihre ostfriesische Herkunft.

Sie wusste es sogar zu schätzen, dass er den Löffel nicht benutzte, um den Tee umzurühren, sondern ihn nur nach der dritten Tasse hineinlegte, um zu zeigen, dass er keinen Tee mehr wollte.

Ich freute mich in meiner ganzen Naivität, weil die beiden so gut miteinander klarkamen.

Es gibt Typen, die legen mit Vorliebe deine beste Freundin flach. So einen nennt man bei uns *Torjäger*, und die kluge Frau zeigt ihm am besten gleich die Rote Karte und schickt ihn vom Platz, ohne ihm eine Träne nachzuweinen.

Dann gibt es gewisse *Springböcke*, die machen sich an deine Schwester ran. Die sollte man nicht ungestraft entkommen lassen. Ein schönes, kompromittierendes Bild auf Facebook, ein bisschen Rizinusöl, das ihnen die Liebesnacht versaut … Man kann in der Apotheke ein Abführmittel kaufen, das sieht wie Viagra aus …

Aber die schlimmsten sind diese Mega-Arschlöcher, die betrügen dich mit deiner eigenen Mutter. Denen sollte man keine Chance geben, sich zu vermehren. Die müssen sterben. Einfach verschwinden von dieser Welt, ohne die Luft hier noch länger zu verpesten.

Meine eigene Mutter hintergeht mich seit Wochen mit ihm. Ich weiß es seit Heiligabend. Sie schreiben sich heimlich SMS.

Ich fühle mich so benutzt von ihm! Als hätte er mich nur erwählt, um sich an sie ranzumachen, und inzwischen weiß ich auch, warum.

Wir sind reich. Also ziemlich zumindest, noch nicht, aber sehr bald. Meine Tante Mia hat ein Sechsfamilienhaus in Wilhelmshaven. Sie liegt in der Pflegestation des Altenheims, in dem Felix so gerne ehrenamtlich vorliest. Sie wird nicht mehr lange leben und hat das Haus im Fall ihres Todes ihrer Schwester, meiner Mutter, vermacht.

An Weihnachten ist meine Mutter mit ein paar kleinen Geschenken zu ihrer Schwester gefahren, und da hat die es ihr erzählt.

Früher haben die beiden sich nicht gut verstanden. Sie waren immer in Konkurrenz zueinander, deshalb wollte der Tierschutzverein das Mietshaus erben. Aber jetzt, kurz vor ihrem Ableben, hat sie sich umentschieden und will sich aussöhnen. Schluss mit den alten Geschichten, meine Ma hätte etwas mit ihrem Ex gehabt. Was soll der Mist, das ist doch alles mehr als zwanzig Jahre her …

Ich wette, Felix, dieser miese Schmarotzer, wusste das schon lange vor uns. Meine Mutter besucht ihre Schwester nämlich nur zweimal im Jahr im Altersheim. An ihrem Geburtstag im Mai und, naja, dann eben in der Adventszeit, weil sich das so gehört.

Felix wusste also genau, dass meine Mutter keineswegs so mittellos ist, wie sie selbst glaubte.

Er hat heute Geburtstag, und das wird gleichzeitig sein Todestag sein. Ich habe ihm seine ach so geliebte mallorquinische Torte gebacken. Das Arsen darin wird er nicht schmecken, es hat den Duft von frischen Mandeln. Er muss auch nicht drei Stückchen verdrücken, ein paar Bissen reichen schon.

Ich habe die Torte in seiner Wohnung auf dem Tisch platziert, zusammen mit einer Kerze und einer Glückwunschkarte, auf der steht, dass ich heute leider nicht kommen kann, weil eine alleinerziehende Freundin mal wieder Liebeskummer hat und ich ihr in dieser schwierigen Lebensphase zur Seite stehen muss.

Er wird sich vor dem Fernseher die Torte reindrehen. Es passt ihm sicherlich gut, dass ich nicht komme, das Länderspiel will er nämlich nicht verpassen. Leider wird er die zweite Halbzeit nicht mehr erleben.

Später werde ich ihn besuchen, die restliche Torte und die Glückwunschkarte vernichten und dann warte ich in Ruhe ab, wie lange so eine untreue Kreatur wie er braucht, bis sie jemand auffindet.

Das nette Vermieterehepaar wird es kaum sein. Die beiden verbringen die dunkle Zeit des Jahres, sprich von Januar bis Mitte März, regelmäßig auf Fuerteventura, wo das Licht angeblich das Gemüt aufhellt.

Meine Mutter wird ihn auch nicht besuchen. Sie hat mit ihm Schluss gemacht, nachdem ich sie konfrontiert habe. Da ist es mir schon lieber, wenn sie wieder etwas mit dem dicken Schulversager vom Glühweinstand laufen hat.

Ich sitze zu Hause, ein Gläschen St.-Ansgari-Sprudelwasser in der Hand. Es schmeckt mir wie Champagner, aber ich behalte einen klaren Kopf.

Ich schaue zur Uhr. In einer halben Stunde beginnt das Spiel, dessen Ausgang er nie erfahren wird.

Es geht mir gut. Ich fühle mich durchtrieben, irgendwie gereinigt, wie von einer schweren Krankheit rekonvaleszent.

Ich gehe in die Küche, um mir ein Brot zu machen, da liegt ein Zettel von meiner Mutter auf dem Tisch:

Bitte verzeih mir, Kleines. Ich muss tun, was mein Herz sagt. Wir haben uns gestern ausgesprochen. Wir lieben uns. Es ist echt, und wir werden dazu stehen, auch wenn die gesellschaftliche Norm dagegen spricht. Ich weiß, dass wir dir damit jetzt sehr wehtun, aber die Dinge sind, wie sie sind.
In Liebe, deine Mutter

Mir werden die Knie weich. Ich muss mich am Tisch festhalten, aber er fällt mit mir um. Mein rechter Arm schmerzt, als sei er gebrochen, aber irgendwie ist das jetzt belanglos. Für einen Moment hasse ich die ganze Welt und vor allen Dingen meine bescheuerte Mutter, aber dann nur noch mich selbst.

Ich schaffe es nicht aufzustehen. Zweimal falle ich wieder um, weil mein Kreislauf verrücktspielt. Mir ist kotzübel.

Dann hilft mir meine Mordswut auf die Beine. Ich könnte meine Mutter umbringen in meinem Zorn. Wie soll ich ihr je wieder in die Augen schauen? Soll ich bei der Beerdigung ihres Lovers neben ihr stehen und sie stützen? Soll ich sie trösten?

Da klingelt es an der Tür. Ich frage mich, warum meine

Mutter ihren Schlüssel nicht benutzt. Wie soll ich ihr jetzt begegnen?

Da steht er vor mir: Felix Buchholz, der Erbschleicher, Hochstapler und Möchtegern-Heiratsschwindler. Er ist blass und außer Atem.

»D… deine Mutter«, stammelt er. »Sie liegt bei mir in der Wohnung … Sie … sie ist tot … Sie hat mich besucht. Wir haben zusammen Kaffee getrunken, und dann ist sie einfach … zusammengesackt. Sie ist tot!«

Ich fühle mich, als hätte mich ein Blitz getroffen. Ich kann meine Gedanken nicht sortieren. Mein Mund ist schneller als mein Verstand. Ich höre mich fragen:

»Hast du auch von der Torte gegessen?«

Da brüllt er mich an: »Ich hasse diese Scheiß-Mandeltorte, genauso wie ich dies verkommene Mallorca hasse! Ich habe am Kennenlern-Abend nur davon gegessen, um höflich zu sein, weil du sie gebacken hast.«

»Hast du den Notarzt gerufen? Vielleicht kann man noch etwas machen! Ihr Magen muss ausgepumpt werden und …«

Oh mein Gott, ich fühle mich so elend. Ich wollte doch meine Mutter nicht umbringen, sondern diesen gottverdammten Sonnyboy. Gleichzeitig schäme ich mich für meine Wut, die ich auf sie hatte. Ich komme mir fast so vor, als hätte ich es absichtlich getan.

»Du hast eigentlich mich vergiften wollen, stimmt's?«

Er fixiert mich wie ein Show-Hypnotiseur, der aus mir einen willenlosen Befehlsempfänger machen will.

Ich gehe zum Gegenangriff über, schlage ihn und schreie: »Du hast sie sterben lassen, du Arsch! Warum hast du keinen Arzt gerufen?«

Er hält meine Arme fest und grinst. »Hab ich, meine Süße,

hab ich. Aber die Hilfe kam leider zu spät. Die Torte habe ich und die Postkarte von dir auch. Es ist alles ganz eindeutig. Das war nämlich eiskalter, heimtückischer Mord.«

»Was hast du jetzt vor?«, frage ich ohne jede Widerstandsenergie.

»Nun, kurz nach der Beerdigung deiner Mutter werden wir beide erst mal heiraten. Auf Schloss Gödens natürlich. Dann verkaufen wir dieses Sechsfamilienhaus. Ich schätze, es wird ein Milliönchen bringen.«

Er streichelt mir übers Gesicht.

»Und dann werde ich dich in meine weiteren Pläne einweihen. Ich habe noch viel mit dir vor. Du willst doch sicherlich nicht ins Gefängnis, oder?«

Warnung

Am schlimmsten sind weiße Weihnachten.

Im Frühling geht es mir immer gut. Ich bin dann wie befreit.

Den Sommer kann ich sogar genießen. Ja, so unwahrscheinlich es sich anhört, ich sitze dann gerne draußen bei ten Cate oder vor dem Mittelhaus, trinke Milchkaffee und gucke den schönen Frauen nach.

Hier in Norden sind viele Touristinnen. Im Juli und August werden entweder ihre Röcke immer kürzen oder ihre Beine immer länger.

Ich stehe auf schöne Beine. Letzten Sommer habe ich mich sogar verliebt. Ja, ich! Sie war verheiratet und ihr Mann schrecklich eifersüchtig.

Im Herbst fange ich langsam an, nervös zu werden. Der kalte, feuchte Wind bringt mir so eine Vorahnung. Ich halte es dann im Haus nicht aus. Ich tigere nachts durch die menschenleeren Straßen. Ich ziehe mich bewusst nicht warm an. Es ist, als würde ich der kalten Jahreszeit trotzig die Zunge herausstrecken, wenn ich in Jeans, T-Shirt und Sandalen losmarschiere.

Ich heize auch meine Wohnung nicht. Ich will nicht akzeptieren, dass der Scheißwinter kommt. Wenn alle Eiscafés längst geschlossen haben, esse ich am liebsten Fruchtbecher mit Sahne, Spaghetti-Eis oder wenigstens ein Vanilleeis mit heißen Kirschen.

Trotzdem lässt sich dieser Irrsinn nicht aufhalten. Irgendwann – jedes Jahr, so kommt es mir vor, ein paar Tage früher – taucht in den Supermarktregalen das erste eklige Weihnachtsgebäck auf. Spekulatius. Printen. Lebkuchenherzen. Vanillekipferl. Spritzgebäck. Pfeffernüsse.

Ich könnte kotzen.

Dann spielen sie plötzlich überall diese Schwachsinnsmusik. Dieser grässliche Singsang mit Glöckchen und Geigen. Man kann nicht einmal Brötchen holen, ohne von dem Mist belästigt zu werden, deshalb kaufe ich im Herbst, bevor der Terror losgeht, viel auf Vorrat ein.

Ich habe mein Wohnzimmer leergeräumt. Wer zum Teufel braucht einen Wohnzimmerschrank? Wozu? Um ein paar Gläser aufzubewahren? Oder für diese albernen Porzellanfiguren? Für leere Blumenvasen?

In meinem Wohnzimmer halten sechs Tiefkühltruhen meine Vorräte frisch. Gut, in einer liegt ein Mann, aber in den anderen sind Pizzen und Fertiggerichte.

Ich liebe Fischstäbchen. Ich war schon als Kind ganz jeck darauf. Immer, wenn ich es wieder getan habe, mache ich mir zwei, drei Riesenpfannen voll. Es gibt einen Trick, wie sie goldgelb und knusprig werden und nicht so pappig, als hätte meine Mutter sie verdorben: Man muss Butter nehmen.

Wenn ich es hinter mir habe, und immer nur dann, baue ich mir aus heißen Fischstäbchen ein Haus, direkt neben dem Ofen auf dem Küchentisch.

Nein, kein Knusperhäuschen mit Zuckerguss und Spitzdach, wie es alle Schwachsinnigen in dieser Zeit tun, sondern einen Flachdachbungalow, wie wir einen hatten, bevor alles gepfändet wurde.

Ich streue natürlich keinen Puderzucker darüber und klebe keine Süßigkeiten aufs Dach. Nein. Ich nehme Krabben. Ungepult. Und Remoulade statt Zuckerguss. Zitronenscheiben, Pfeffer und Salz.

Dann lasse ich mein Fischhaus auch nicht vollstauben, und ich werfe es nicht im Sommer ungegessen weg wie die meisten Weihnachtsidioten. Nein, ich verspeise es, solange es noch warm ist. Und dazu ein Bier – aus der Flasche, versteht sich.

Letztes Jahr, als wieder jeder Sender, egal ob öffentlich-rechtlich oder privat, dieses *Halleluja-wir-lieben-uns*-Gesülze brachte, bekam ich schon Gelüste, einen ganzen Kinderchor zu meucheln. Aber dann habe ich doch nur den bescheuerten Flachbildschirm ins Aquarium geworfen. Da hat wenigstens noch mein Harnischwels Spaß daran.

Es sieht gut aus. Viel besser als die Plastikpflanzen oder diese künstlichen Höhlen und versunkenen Schiffe.

Nein, ich ermorde keine Kinderchorleiter und auch nicht ihre eunuchenhafte Brut. Ich töte Weihnachtsmänner. Jedes Jahr einen.

Leider kann ich sie nicht alle killen. Würde dies bescheuerte Fest abgeschafft, könnte ich vielleicht ein ganz normales Leben führen. Tagsüber zur Arbeit gehen, abends meine Frau vögeln und am Wochenende mit den Kindern Zeichentrickfilme sehen. Aber so …

Jedes Jahr muss einer dran glauben. Dabei töte ich Männer nur ungern. Frauen wären mir viel lieber. Ich fasse sie lieber an. Männerkörper mag ich nicht. Die meisten Männer riechen unter der roten Robe nach Schweiß, Knoblauch oder

Rasierwasser. Das ist schon ironisch, wenn einer so einen riesigen weißen Bart hat und dann nach Rasierwasser riecht.

Gestern habe ich wieder so einen Schmierlapp abgestochen. Mein Messer glitt in ihn rein wie in warme, breiige Scheiße.

Wenn üble Säufer auslaufen, stinken ihre Körperflüssigkeiten, als würde man eine verdorbene Fischkonserve – Jahre über dem Verfallsdatum – öffnen.

Er hieß Johannes Kläringer. Seine Saufkumpane nannten ihn Jogi. Er ist zweimal geschieden, hat drei Kinder von drei Frauen, für deren Unterhalt er nicht zahlt. Er arbeitet nur noch schwarz, und offiziell lebt er von dieser Hartz-Verarschung. Als ob davon einer wirklich leben könnte ...

Zwei Kinder, die von seinen geschiedenen Frauen, wollen überhaupt nichts mehr mit ihm zu tun haben. Die Jasmin aber, die läuft ihm nach wie ein geprügelter Dackel seinem Herrchen.

Er hat sie, wie alle anderen, verstoßen, aber sie ringt um seine Liebe, das arme Kind. Sie wird wohl die Einzige sein, die an seinem Grab weint. Sofern es jemals eine Beerdigung geben wird.

Woher ich das alles über die Scheißtypen weiß, die ich kaltmache?

Nun, ich lege nicht einfach irgendwelche verkleideten Männer mit weißen Bärten um. Nein, ich beobachte jeden Weihnachtsmann ein ganzes Jahr lang. Wobei ich zwischen Nikoläusen, Weihnachtsmännern oder diesen Kinder verarschenden Werbe-Fuzzis in den roten Klamotten keinen Unterschied mache.

Ich lege Akten an und entscheide dann im Wiederholungsfall nach Aktenlage. So mancher, der es eigentlich verdient hätte, ist meinem Messer entgangen, weil er nur einmal in diesem Weihnachtswahnsinn den Oberarsch gespielt hat und dann nie wieder.

Die meisten sind aber Wiederholungstäter, machen es jedes Jahr. Die hole ich mir, wenn sie wieder ins Kostüm schlüpfen. Immer am Tag vor dem Heiligen Abend.

Ich ziehe dazu selbst diese verlogene Kluft an, und dann, nachdem ich ihnen ihr bisschen Leben genommen habe, stecke ich sie in meinen Jutesack. Ich finde, das ist ein gebührender Abgang für so einen weißbärtigen Trunkenbold. Ab in der Sack.

Innen habe ich zwei blaue Müllsäcke, damit das Blut nicht durchsuppt. Aber außen ist es ein typischer Nikolaussack, mit Engelbildchen drauf und einem roten Schleifchen.

Dieser Kläringer blutet jetzt bei mir in der Küche aus. Er hätte eigentlich noch im Kindergarten seine dämlichen Fragen stellen sollen:

»Warst du denn auch immer schön brav?«

»Kannst du denn auch ein Gedicht aufsagen?«

Den gleichen Mist habe ich ihn auch gefragt.

Nein, brav war er nicht, und bei *»Advent, Advent, ein Lichtlein brennt«* hat er sich verhaspelt. Tja, das war's dann für ihn.

Weil er seinen Job im Kindergarten nicht angetreten hat, macht das heute für ihn Frau Müller-Schallenreich.

Jetzt werde ich sie ein Jahr lang beobachten und ihr Leben durchforsten. Wenn ich wieder so viele Sünden finde, dass die Waage in Richtung Bestrafung ausschlägt, dann hoffe ich für sie, dass sie nicht zu viel Gefallen am Weihnachtsmänner-ich-verarsche-die-Kinder-Spiel gefunden hat. Sie könnte sonst die erste Frau sein, die in meiner Kühltruhe landet.

Warum ich dir das alles erzähle?

Hast du nicht letztes Jahr den Nikolaus gespielt? Und willst du es dieses Jahr noch einmal tun?

Denk drüber nach. War dein Leben so rechtschaffen, dass es meiner Überprüfung standhält?

Du denkst jetzt, das alles ist ein Witz? Aber ich beobachte dich schon.

Ich würde es mir an deiner Stelle noch einmal in Ruhe überlegen …

Der Nylonstrumpfmörder

Ich bin nach Gelsenkirchen zurückgekommen, um hier den nächsten Mord zu begehen. Ja, das muss sein. Und du, Süße, du wirst mein nächstes Opfer.

Ja, zappel nicht so rum. Ich habe dich auserkoren.

Hör mir zu, du sollst wissen, warum du stirbst.

Die Stadt hat sich sehr verändert, seit meine Schulkarriere hier am Grillo-Gymnasium kläglich scheiterte. Ein Meisterschüler von Beuys unterrichtete dort Kunst. Das war eine Offenbarung in all dem verstaubten akademischen Mief.

Das Grillo war damals noch eine reine Jungenschule. Erst nach meinem Abgang wurden Mädchen aufgenommen.

Mein jüngerer Bruder Jürgen, von allen Little John genannt, kam nach mir schon in den Genuss der Koedukation.

Ich konnte ihn nicht mehr beschützen, dabei hatte ich es meiner Mutter so versprochen! Aber ich habe versagt.

Little John ist verurteilt worden. Lebenslänglich, mit anschließender Sicherheitsverwahrung. Klingt verrückt, ist es aber nicht. Aus Lebenslänglich werden selten mehr als fünfzehn Jahre, dann kommt die gute Führung, ein psychologisches Gutachten, die gute Sozialprognose und dann vielleicht vorsichtig die Freiheit.

Aber auch wenn mein Bruder seine Strafe abgebüßt hat

und der Rachedurst der Gesellschaft befriedigt wurde, soll die Allgemeinheit weiter vor ihm geschützt werden. Das Gericht hält ihn nämlich für einen gefährlichen Gewaltverbrecher.

Er wurde als Triebtäter verurteilt. Als Lustmörder. Als Serienkiller.

Die Illustrierten haben ein Freudenfest daraus gemacht: *Der Nylonstrumpfmörder.*

Alle drei Frauen waren wie Ausstellungsstücke genau inszeniert. Jedes Detail musste stimmen.

Natürlich ist die Staatsanwältin lang und breit darauf eingegangen, dass Jürgen die Opfer entmenschlicht hätte. Es sei der Versuch gewesen, die Frauen zu Gegenständen zu machen.

Er hatte ja immer eine erotische Beziehung zu Sachen. Drei aufblasbare Spielgefährtinnen haben sie bei ihm gefunden. Aber die hat er nur noch aus Nostalgiegründen aufbewahrt, sie zu entsorgen hätte er nicht übers Herz gebracht. Er hat sie – auf seine Art – geliebt, obwohl sie inzwischen durch viel menschlichere Puppen aus so einer Art Wachs verdrängt worden sind. Die fühlen sich nicht mehr an wie eine Einkaufstüte von Aldi, sondern eher wie ein Marzipankuchen – zum Reinbeißen.

Jürgen gab ein Schweinegeld dafür aus. Er hat sie stundenlang gekämmt und geschminkt, immer wieder an- und ausgezogen. Kein Wunder, dass er sein Hobby zum Beruf gemacht hatte. Oder sollte ich besser sagen, seine Leidenschaft zum Alltagsgeschäft?

Ein Schaufensterdekorateur mit Einserabitur und abgebrochenem Psychologiestudium ist schon eine kuriose Nummer. Aber wenn er in der Bahnhofstraße ein Fenster mit Dessous ausgestattet hat, dann blieben Männer und Frauen gleichermaßen davor stehen. Die Puppen sahen aus, wie man sich die lebende Sünde vorstellt, die reine Verführung.

Er war ein gefragter Mann, mein kleiner Bruder. Das Kaufhaus hat irre Umsatzsteigerungen mit seinen traumhaften Inszenierungen hingelegt. Er hat nicht einfach für irgendetwas geworben. Er erschuf magische Welten, jeder, der sie sah, wurde in einen Strudel eigener Träume und Phantasien gesogen.

Die Menschen kauften dann ein Mieder oder ein paar halterlose Strümpfe, um etwas von dem Zauber mit nach Hause nehmen zu können.

Er hatte alle seine Fenster fotografisch dokumentiert. Das sprach später heftig gegen ihn. Die Staatsanwältin benutzte die Bilder gegen ihn, als seien es Aufnahmen von Tatorten und die Schaufensterpuppen seine Opfer.

Ich habe ihm für jeden Mord ein Alibi gegeben, aber der Richter hat das als Schutzbehauptung für meinen Bruder hingestellt.

Jetzt zappel nicht so rum! Du sollst wissen, warum du stirbst. Es ist ja sozusagen für eine gute Sache. Dein Tod ist nicht sinnlos!

Ich muss meinen Bruder aus dem Knast holen. Das bin ich ihm und unserer Mutter schuldig.

Mein Bruder hat bis zum Schluss seine Unschuld beteuert, aber juristisch ist alles gelaufen. Da gibt es keine Verfahrensfehler, keine Chance auf Wiederaufnahme.

Es sei denn – ja, eine Möglichkeit gibt es – und sie ist leider mit deinem Tod verknüpft: Die Serie muss einfach weitergehen.

Jeder Fernsehkommissar hätte längst kapiert, dass der Falsche im Knast sitzt. Aber die Bullen hier sind zu dämlich. Ich habe es bereits noch einmal gemacht, um meinen Bruder herauszupauken.

Die Deutschlehrerin in der Munckel-Straße, ja, das war ich. Ironischerweise habe ich sie keine hundert Meter vom Gerichtsgebäude entfernt umgebracht. Praktisch zwischen Polizeipräsidium und Gericht, aber weißt du, was sie daraus gemacht haben? Eine Beziehungstat! Die Schwachköpfe haben ihren Mann verhaftet, er soll sie mit ihrer Strumpfhose erdrosselt haben, weil sie angeblich eine Affäre mit einem Schüler hatte. Der hat das dann nicht ausgehalten und einen Selbstmordversuch unternommen. Sie sollte von der Schule fliegen und, ach ...

Ich habe sofort gespürt, dass sie eine lüsterne Schlampe war. Es hat nicht die Falsche getroffen, aber meinem Bruder hat das überhaupt nicht geholfen.

Dabei habe ich alles ganz genau inszeniert. Ich habe sie so zurechtgemacht, wie sie damals unsere Mutter gefunden haben. Jedes Detail stimmte. Die rotverschmierten Lippen, die toupierten Haare, die weitgespreizten Beine, die rasierte Möse, das hochgerutschte dunkelblaue Seidenhemdchen mit den weißen Rüschen und den Spaghettiträgern. Der Oberkörper von der Couch gerutscht, so dass der Kopf den Boden berührte, die Beine auf dem Sofa. Die schwarze Nylonstrumpfhose wie einen Schal um ihren Hals gewickelt.

Unsere Mutter ist an einem Cocktail aus Schlaftabletten und Alkohol gestorben. Ihr geliebter katholischer Weinbrand, Mariacron, hat sie ins Jenseits gespült.

Sie hatte immer noch mindestens eine Reserveflasche im Schrank. Meistens kaufte sie das Zeug im Karton, wenn es bei REWE im Angebot war oder im Kaufhof.

Mein kleiner Bruder hat sie gefunden, ja, er kam eher von der Schule nach Hause als ich.

Er kniete vor ihr und streichelte unentwegt ihr Gesicht. Statt einen Arzt zu rufen oder die Polizei, schaukelte er immer nur hin und her und summte irgendeine Scheiß-Melodie. Ich habe dann alles in die Wege geleitet.

Was meinst du?

Nein, natürlich hat Little John unsere Mutter nicht umgebracht. Er hat sie geliebt, und ich, ich habe sie auch geliebt. Sie war eine Göttin für uns. Wir haben alles für sie getan. Alles.

Wir waren ihre Männer. Sie hätte sich nicht ständig mit diesen erbärmlichen Kerlen erniedrigen müssen. Die waren nicht gut für sie. Nicht gut! All diese miesen kleinen Affären ... Die Typen haben sie doch nur ausgenutzt.

Ich will nicht sagen, dass sie sich von jedem hat flachlegen lassen. Nein, das nicht. Sie war keine Nutte.

Als wir in der Schalker Straße gewohnt haben, da hat das mal eine Nachbarin behauptet. Der hab ich's gezeigt, der blöden Kuh. Ich hab sie im Wäschekeller gepackt, als sie gerade dabei war, ihre Schlüpfer zum Trocknen aufzuhängen. Ich habe sie gewürgt, bis sie aufgehört hat zu zappeln.

Nein, ich habe sie nicht getötet. Ich habe ihr nur unmissverständlich klargemacht, dass meine Mutter keine Nutte war.

Unsere Nachbarin, sie hieß Elke ... Elke Irgendwas, ist tagelang mit einem Tuch um den Hals herumgelaufen, um die blauen Flecken zu verdecken. Aber ihre geplatzten roten Adern in den Augäpfeln hat jeder gesehen.

Sie ist nicht zum Arzt gegangen und auch nicht zur Polizei.

Einmal hat sie mir im Flur zugeraunt, sie hätte genau gespürt, dass ich einen Steifen dabei bekommen hätte. Ja, so war die. Der hat es noch Spaß gemacht.

Stehst du auch darauf, wenn ich zudrücke?

Na, ist ja auch egal. Sterben musst du so oder so.

Ich denke, wenn die zweite Gelsenkirchener Braut so gefunden wird, dann wacht auch eure verschnarchte Kripo auf und erkennt die Serie. Dann werden sie das Muster mit früheren Fällen vergleichen, und es ist nur noch eine Frage der Zeit, bis sie Little John freilassen müssen.

Nun schau nicht so ungläubig! Das verstehst du doch, oder? Er ist mein kleiner Bruder! Ich muss es tun. Er sitzt unschuldig im Gefängnis. Mit U-Haft und all dem Mist schon seit fast drei Jahren.

Dass du stirbst, daran sind die Gelsenkirchener Bullen schuld! Wenn die schon bei der Deutschlehrerin die richtigen Schlüsse gezogen hätten, dann könntest du dein ödes Leben weiterführen bis zur Rente. Aber nein, diese Blindfische kommen ja mit einem Mord nicht aus!

So ganz nebenbei, vielleicht fällt es dir dann leichter, ins Jenseits zu gehen … Du holst damit nicht nur Little John raus, sondern auch noch den verstörten Mann von dieser liebestollen Lehrerin. Ja, so wird die Sache rund. Dein Leben gegen das von zwei Unschuldigen.

Nein, ich werde dich nicht vergewaltigen. Ich bin ein anständiger Mann. Gut erzogen. Ich halte einer Dame die Tür auf. Ich helfe noch in den Mantel, ja, ich bin keiner dieser modernen Stoffel. Ich habe Tischmanieren. In der Straßenbahn stehe ich auf, wenn Damen keinen Sitzplatz haben. Meine Mutter hat mir beigebracht, wie man Frauen behandelt.

Du bist doch auf meine guten Manieren reingefallen, stimmt's? Meine sauberen Fingernägel sind dir gleich aufgefallen und mein gebügeltes Hemd.

Ja, ich bügle alles selber. Da staunst du, was? Bügeln hat unsere Mutter mir auch beigebracht. Ich habe ihre Blusen in Form gehalten. Jede einzelne keine Rüsche habe ich eins A zum Stehen gebracht.

Little John war ungeschickt beim Bügeln. Aber er hat gut gekocht und war der Held am Staubsauger. Ich war für die Wäsche zuständig, er für die Abfallentsorgung und fürs Fensterputzen. Bei uns gab es keine Streifen an den Scheiben, die man im Sonnenlicht sehen konnte.

Du hast auch keine Ahnung davon, wie man Glas sauber hält. Deine Fenster sehen aus wie Sau.

Das nennst du sauber? Du hast doch nur den Dreck mit einem Lappen flüchtig verrieben. Komm, tu jetzt nicht so, man kann das nicht auf seine Putzfrau schieben. Jeder ist für seinen eigenen Dreck verantwortlich.

Schau mal durch meine Fenster. Na, das ist ein Blick, was? Da unten der Bildungsbunker. Das Musiktheater. Da die Innenstadt mit all den Billigläden.

Ich werde dich nicht in deiner Wohnung umbringen. Es ist mir bei dir einfach … wie soll ich sagen? Es ist mir nicht wohnlich genug. Ich kriege da keine Atmosphäre hin.

Dein Sofa zum Beispiel. Knallweißes Kunstleder. Zu dick, zu klobig. Auf so einem Angeber-Sofa würdest du als Leiche förmlich verschwinden. Ich arbeite ja nicht mit Blut. Das weiße Leder kann kein Kontrast werden.

Unsere Mutter hatte Geschmack. Wohnzimmermöbel müssen gedeckte Farben haben, kein Schleiflack und kein Leder, schon mal gar kein Kunstleder! Da muss ich mich schütteln.

Hier kann ich dich natürlich nicht töten, da könnte ich ja gleich eine Selbstanzeige machen. Außerdem, blöd wie die Kripo hier ist, würden die immer noch keinen Zusammenhang zum Nylonstrumpfmörder sehen, wenn die eine Frauenleiche gut zurechtgemacht in meiner Wohnung finden.

Seit die auf irgendeiner Fortbildung das Wort »Beziehungstat« gehört haben, glauben die, Serienmörder gäbe es nur im Kino. Auf die Kripo ist heutzutage kein Verlass mehr, und die Mordkommission ist kaum mehr in der Lage, Fahrraddiebe zu fangen. Nein, ohne die Presse läuft praktisch nichts mehr rund. Deshalb habe ich einen anderen Plan.

Sieh mal, weißt du, was das hier ist? Genau! Ein Schlüsselbund. Schlaues Mädchen!

Aber das sind nicht irgendwelche Schlüssel, nein. Der ist zum Beispiel von der Buchhandlung Junius. Hab ich vor drei Wochen nachgemacht. Ich habe auch einen zum Kaufhof, da könnten wir über die Tiefgarage rein. Der hier ist von diesem schnuckeligen Stehcafé. Ich esse da immer ein Stück Streuselkuchen, wenn die dralle Blonde bedient.

Wenn die sich vorbeugt, Junge, Junge ... Ich weiß dann gar nicht, wo ich hingucken soll. Die hat den Kittel immer bis hier offen und darunter nur so ein hautfarbenes Mieder. Ja, die trägt noch ein richtiges Korsett. So etwas ist heute ja völlig aus der Mode gekommen.

Unsere Mutter hatte mehrere. In schwarz und eins in weinrot ... Ich habe die immer mit der Hand gewaschen. In der Maschine gehen die feinen Stützstangen kaputt.

Ich seh schon, davon verstehst du nichts. Guck dich doch an, mit deinen Liebestötern! So etwas hätte unsere Mutter nie angezogen.

Das Gummi an deinem Slip ist gerissen. Und diese verwaschene Abbildung darauf – was soll das sein? Ein Seehund? Ein Bär? Ich habe es im ersten Moment für eine Ratte gehalten!

So, jetzt trinkst du diese Flasche Whisky leer. Komm, stell dich nicht so an, runter mit dem Zeug, sonst machst du mir später zu viele Schwierigkeiten. Ich muss dich ja schließlich irgendwie transportieren. Falls uns jemand anhält, bringe ich nur meine betrunkene Frau nach Hause. Sterben wirst du erst im Schaufenster.

Na, wie findest du die Idee? Komm, trink!

Möchtest wohl lieber einen katholischen Weinbrand, was? Der steht dir aber nicht zu.

Du darfst dir ein Schaufenster aussuchen. Wo möchtest du ausgestellt werden? Kaufhof? Junius? Stehcafé? Das wird Schlagzeilen machen!

Kein kriminaltechnischer Dienst wird das Bild zunichtemachen, bevor es die Öffentlichkeit sieht. Kein Pathologe wird dich zerschneiden, bevor der Zusammenhang zwischen deinem Tod und den Morden, die angeblich mein Bruder begangen hat, deutlich wird. Die Journalisten und Fotografen werden noch vor der Polizei da sein.

Nun, keine Sorge, du musst diese Billigklamotten vom Wühltisch nicht tragen! So muss dich keiner sehen. Die Menschen werden dich anders in Erinnerung behalten. Ich habe dir würdige Sachen besorgt.

Morgen schon bist du berühmt. Komm, trink, Süße! Es wird Zeit.

Weißt du, manchmal, in ganz dunklen Stunden, dann frage ich mich, ob mein kleiner Bruder das wirklich wert ist. Manchmal frage ich mich, ob er unsere Mutter umgebracht hat. Nicht all die anderen, nein, das kann er nicht gewesen sein, das weiß ich genau, denn das war ich, aber unsere Mutter … Sie hat ihn nicht vorgezogen, nein, er war nur immer ein bisschen schwächer als ich. Ängstlicher. Kränklich. Er hat sich jede Kinderkrankheit eingefangen. Zwei Unfälle …

Ich dagegen, ich war unverwüstlich. Unser Little John hat mehr unter Mamas Typen gelitten als ich. Er hat sein Herz an jeden gehängt. Er war ja noch jünger als ich. Er ist auf jeden Mist reingefallen, den die Typen ihm erzählt haben. Er ist ein Pechvogel. Ist er immer schon gewesen. Jetzt sitzt er sogar für meine Morde. Aber nicht mehr lange.

Die Vorahnung

1.

Etwas Ungeheuerliches geht vor. Ich weiß es, wie Tiere wissen, dass ein Erdbeben kommt. Nein, das sind keine Märchen! Es gibt diesen sechsten Sinn. Der Tsunami hat es mal wieder bewiesen. Im Yala-Nationalpark in Sri Lanka wurden Hunderte Menschenleichen gefunden. Aber kein einziger Tierkadaver. Es war ein Reservat für Krokodile, Wildschweine, Elefanten, Wasserbüffel und Affen.

Woher wussten die Tiere vor den Menschen, was geschehen würde? Bestimmt nicht durch Hightech und Satellitenüberwachung. Sogar Alexander von Humboldt hat es schon beschrieben. 1797 hatten die Tiere in der Stadt Cumana in Venezuela lange verrücktgespielt, bevor ein Erdbeben die Stadt verwüstete. In China beobachten sie Hühner- und Rinderfarmen, ja sogar Fischzuchtanlagen, um frühzeitig Hinweise auf Erdbeben zu bekommen.

Schon der römische Schriftsteller Plinius der Ältere hat berichtet, unruhige Vögel, hysterische Hunde und nervöses Weidevieh würden eine Katastrophe ankündigen.

Woher ich all solche Sachen weiß? Nun, woher wissen andere, mit wie vielen PS ein Auto ausgerüstet ist, wer auf Platz Eins der Charts ist oder wie viel ein Fußballspieler kostet? Ich interessiere mich halt dafür!

Unser Klassenlehrer, Herr Fink, der Idiot, hat natürlich für alles eine naturwissenschaftliche Erklärung. Schlangen und Ratten würden, weil sie in Erdlöchern leben, die Schallwellen und Vibrationen wahrnehmen, behauptet er.

Ja klar. Die Schlangen und Ratten kriegen das mit – nur unsere Wissenschaftler, die sind zu blöd dafür. Und wenn die Ratten die Erschütterungen in ihren Erdlöchern bemerkt haben und genau wissen, dass da kein Bagger herannaht, sondern ein Tsunami, dann schicken sie eine SMS an die Vögel, Elefanten, Krokodile und so, damit ihre Freunde schnell genug abhauen. Vielleicht informieren die Schlangen aber auch Tarzan, damit er seine Affenarmee warnt.

Das Ganze ist doch völliger Quatsch! Absolut lächerlich.

Das Erste, was Ödipus, der König von Theben, tat, als er endlich klarsah, was los war, verrät uns, warum die Menschen es vorziehen, blind zu sein. Er stach sich nämlich die Augen aus, so steht es in der Sage.

Wenn wir wieder Zugang zu unserem tierischen Wissen bekämen, würde uns das dann schützen oder verrückt machen?

Ich weiß jedenfalls, dass etwas Katastrophales geschehen wird.

2.

Ich weiß nicht was und nicht wann. Aber ich spüre, es naht heran. Und ich habe diesen Impuls wie die Tiere: Ich will einfach nur fliehen.

Aber flieh mal, wenn du zwölf bist und einen verständnisvollen Vater hast, mit dem man »über alles reden kann« und der lieber dein Freund wäre als dein Vater. Und eine

Mutter, die immer schärfere Röcke anzieht als deine ältere Schwester.

Bei uns ist es anders als in anderen Familien. Nicht meine vierzehnjährige Schwester Tina hat sich ein Bauchnabel-Piercing machen lassen, nein! Meine Mutter trägt bauchfreie Tops.

Mein Vater sagt, sie sei in die Pubertät gekommen, nicht meine Schwester. Die läuft seitdem in Leinensäcken herum und sieht aus wie ein Bettelmönch.

Wohin soll ich fliehen, und wie kann ich meine Eltern und meine Schwester mitnehmen?

Ich liebe meine Familie, auch wenn sie alle völlig verrückt sind.

Leider ist mein Papa den ganzen Tag im Haus.

Er hat sein Büro im oberen Stockwerk, genauer gesagt, das gesamte obere Stockwerk ist ein einziges Büro. Er hat eine Halbtagssekretärin, die zehn Jahre jünger ist als er und zwanzig Jahre jünger als meine Mutter. Die kommt jeden Morgen um neun und bleibt bis vierzehn Uhr. Wenn ich früh genug aus der Schule zurück bin, höre ich sie und Papa oft oben lachen. Strafverteidiger scheint ein ziemlich witziger Beruf zu sein. Früher dachte ich das nicht, aber seitdem sie bei meinem Vater arbeitet, geht es immer fröhlicher bei uns zu.

Neuerdings weigert meine Mutter sich, für die »eingebildete Zicke« mitzukochen, deshalb macht sie jetzt immer eine Stunde eher Schluss und geht.

Papa kommt dann runter und isst mit uns gemeinsam.

Es geht uns finanziell ziemlich gut. Mein Vater kauft alle drei Jahre ein neues Auto, um »die alte Kiste los zu sein, bevor die Reparaturen anfangen«.

Im Moment haben wir einen dunkelblauen BMW der 5er

Serie. Tina will nicht länger in so einem »Angeberauto« fahren und möchte am liebsten irgend so ein Studentenauto, einen Corsa oder einen Twingo. Mindestens zehn Jahre alt soll das Ding sein und Rostbeulen haben, weil sie unbedingt zur Schau tragen möchte, dass sie Autos eigentlich verachtet.

Meine Mutter will »auf keinen Fall wieder so ein Alte-Leute-Auto«, sondern etwas »Junges, Modernes – am liebsten ein Cabrio«.

Mein Vater findet, als Strafverteidiger müsse er »eine gewisse Seriosität auch mit dem Autokauf demonstrieren«.

Da es bei uns in der Familie eigentlich recht demokratisch abläuft und die drei sich nicht einigen können, bin ich so etwas wie das Zünglein an der Waage. Wenn ich mich also für einen von den Vorschlägen entscheide, gibt meine Stimme vermutlich den Ausschlag.

Natürlich werde ich meiner Schwester nicht den Gefallen tun und für irgend so eine Schrottmühle stimmen.

Als wir am Tisch über den Autoprospekten sitzen, schlage ich vor, einen Mercedes G320 zu kaufen.

Alle drei schauen mich entgeistert an, als hätte ich empfohlen, einen russischen Panzer anzuschaffen.

Meine Schwester findet, das sei »nur ein peinliches Angeberauto« und weigert sich jetzt schon einzusteigen.

Meine Mutter jammert: »Damit findet man doch nirgendwo einen Parkplatz«.

Mein Vater fragt mich mit verständnisvoller Stimme: »Aber Lukas, warum denn so einen Geländewagen? Wir wohnen doch nicht in der Wüste, wir fahren doch hier nur über gutausgebaute Straßen.«

»Man kann damit besser fliehen«, sage ich. »Man bleibt nicht so leicht im Morast stecken.«

Meine große Schwester lacht zynisch. Dass ich im Gegensatz zu ihr mit Muttermilch großgezogen worden sei, habe nicht nur den Brüsten meiner Mutter geschadet, sondern auch noch meinem Verstand.

Meine Mutter greift sich sofort an den Push-up-BH und will wissen, was denn bitte mit ihren Brüsten nicht in Ordnung sei, sie habe immerhin welche, im Gegensatz zu Tina.

Mein Vater stöhnt. Er zieht mich vom Tisch weg und geht mit mir in den Garten. Immer wenn meine Mutter und Tina anfangen, sich zu streiten, verlässt mein Vater mit mir den Raum.

»Weißt du«, sagt er, »die haben gerade eine schwierige Phase miteinander. Wie gut, dass es mit uns beiden Männern besser läuft. Wir würden uns nie so anzicken, was, mein Großer?«

Er boxt mir lachend gegen den Oberarm.

Ich hebe die Deckung gegen eine von ihm angedeutete rechte Gerade und frage: »Heißt das, wir kaufen den Mercedes?«

»Natürlich nicht, Lukas. Das ist ein Auto für Spinner. Außerdem ist der viel zu teuer und verbraucht enorm viel Sprit. Zwanzig Liter mindestens.«

»Nein, Papa, nur fünfzehn Liter.«

Er nimmt mich in den Arm. »Ich kann dich ja verstehen. Als ich in deinem Alter war, wollte ich immer, dass mein Vater …«

Ich lasse ihn erst gar nicht weiterreden. Wenn er sich erst einmal in seine Kindheit verstrickt, kramt er eine Geschichte nach der anderen aus, und ich komme gar nicht mehr zum Zuge. Ich appelliere an sein Verantwortungsbewusstsein: »Stell dir mal vor, Papa, eine Katastrophe kommt.«

»Was für eine Katastrophe denn?«

»Naja, zum Beispiel, also ... ein Erdbeben. Oder eine riesige Flutwelle.«

»Eine riesige Flutwelle? Woher soll denn hier eine riesige Flutwelle kommen? Wir haben Deiche und glaub mir, die Ostfriesen verstehen etwas vom Deichbau!«

»Na, stell dir einfach vor, wir müssen fliehen, Papa. In welchem Auto möchtest du sitzen, wenn es um dein Leben geht? In einem modischen Sportwagen mit offenem Verdeck oder in einem Mercedes G320 mit Allradantrieb und Elektronischem Stabilitäts-Programm ...«

»Hey, was befürchtest du, mein Sohn? Alles ist gut, es wird uns nichts geschehen. Wir brauchen den Wagen nur, um einkaufen zu fahren. Ich muss damit zum Gericht, und du glaubst, deine Mutter möchte in ihrer Jazztanzgruppe mit so einem klobigen Geländewagen vorfahren?«

Und dann schlägt er allen Ernstes vor, ich könne mir doch zum Geburtstag einen Geländewagen als Modellauto wünschen.

Er habe als Kind auch gerne mit Modellautos gespielt. Zum Beispiel habe er einen knallroten Ferrari gehabt.

Ja, was soll man dazu noch sagen? Ich glaube, mein Vater ahnt gar nicht, wie sehr er mich damit beleidigt.

3.

Ich ziehe mich einfach in mein Zimmer zurück und lese die Prophezeiungen des Nostradamus. Das war ein Pestarzt aus Südfrankreich, der angeblich die gesamte Weltgeschichte vorausgesagt hat. Auch den 11. September und den Krieg im

Irak. Sogar Papst Benedikt XVI. hat er angekündigt. Er nannte ihn den Weißblauen (das sollte wohl für bayrisch stehen).

In der Nacht träume ich von Feuersbrünsten. Ich sehe die Stadt von oben. Unsere Straße. Unser Haus. Eine Feuerwalze, vergleichbar mit einer Sturmflut, nur eben aus Flammen, begräbt alles unter sich.

Schweißnass werde ich wach und renne runter in den Keller, da hängt unser Feuerlöscher. Ich hole ihn von der Wand und lese mir die Gebrauchsanweisung durch. Was nutzt so ein Ding, wenn man nicht weiß, wie es funktioniert?

Dabei stelle ich fest, dass der Feuerlöscher schon seit über 14 Monaten über dem Verfallsdatum ist.

Ich laufe ins Schlafzimmer meines Vaters. Seit einiger Zeit haben unsere Eltern getrennte Schlafzimmer. Papa sitzt oft bis in die Nacht über Akten und schläft im Bett gern beim Fernsehgucken ein, und meine Mutter will in keinem Raum schlafen, in dem elektrische Anlagen auf Standby stehen. Einen Fernseher mag sie überhaupt nicht.

Ich rutsche aus und knalle mit dem Feuerlöscher auf den Steintreppen lang hin. Dabei bricht ein Schneidezahn von mir ab. Es tut gar nicht besonders weh, zumindest nicht weher als die schrille Stimme meiner Mutter in meinen Ohren, als sie mich sieht.

Meine Mutter macht sich Sorgen und fragt sich, ob ich Drogen nehmen würde, ich sei jetzt genau in dem anfälligen Alter, während mein Vater nur seine Ruhe will und wieder ins Bett. Das mit meinem Schneidezahn könne morgen Zahnarzt Dohle regeln.

Aber ich zeige meinen Eltern vorwurfsvoll den Feuerlöscher und frage sie, ob sie sich etwa mit diesem Gerät wohlfühlten, das seit 14 Monaten über dem Verfallsdatum ist.

Wie denn, bitteschön, wir damit einen Brand löschen wollen?

Ich glaube, ich gehe meinem Vater ganz schön auf den Keks, denn er tönt mit großen Gesten, wenn schon unser Feuerlöscher nicht funktioniere, dann könnten wir ja wenigstens in unseren BMW springen und damit fliehen. Immerhin sei der Wagen vollgetankt.

Ich muss meiner Mutter noch dreimal versichern, dass ich wirklich keinerlei Drogen genommen habe. Ich erzähle von meinem Traum, da wird sie gleich ganz anders. Sie will mir sogar einen Tee machen, aber ich habe keine Lust auf Tee, ich nötige ihnen einfach das Versprechen ab, einen neuen Feuerlöscher zu kaufen oder den alten zumindest neu auffüllen zu lassen.

Aber man kann sich auf meine Familie nicht verlassen. Also, in solchen Sachen nicht. Denen fehlt der sechste Sinn für Katastrophen. Das, was Tiere auszeichnet oder eben neuerdings mich. Die glauben nicht daran, dass sich etwas Schlimmes anbahnt. Die können die Zeichen nicht lesen. Für die ist ja immer alles gutgegangen.

Meine Mutter interessiert sich mehr für ihre Kleidergröße und irgendeinen Fitnesspapst, der in die Stadt kommen soll und einen Vortrag halten will.

Mein Vater will einen Prozess gewinnen für einen großindustriellen Steuerhinterzieher. Natürlich weiß mein Papa, dass der Typ schuldig ist, so wie es jeder weiß und wie jede Zeitung darüber berichtet hat. Aber mein Papa will ihn heraushauen. Er hat die Hoffnung, dass er dann »mehr Kunden dieser Größenordnung« bekommen wird. Mein Vater will nämlich nicht immer nur Ladendiebe verteidigen oder Typen, die aus Eifersucht ihre Ehefrau umgebracht haben. Sein Ziel sind die richtig großen Fische und von denen hat er jetzt einen an der Angel.

Meine Schwester findet das alles ekelhaft und unmoralisch. Sie hilft jetzt immer in einem Dritte-Welt-Laden mit, den sie Eine-Welt-Laden nennt. Sie arbeitet dort kostenlos, weil sie »den Fairen Handel unterstützen will«. Seitdem trinken wir Kaffee, der dreimal so teuer ist wie der normale. Meinem Vater schmeckt der Kaffee nicht, aber Tina behauptet, an dem Supermarktkaffee würde Blut kleben.

Die sind alle so sehr mit ihrem eigenen Kram beschäftigt, dass sie gar keine Gedanken auf unsere Sicherheit verschwenden. Das bleibt also an mir hängen.

4.

Die Zeichen mehren sich. Im Bermuda-Dreieck verschwindet ein Flugzeug plötzlich von allen Radarschirmen. Es ist wahrlich nicht das Erste. Wer die Geschichte des Bermuda-Dreiecks kennt, weiß, wovon ich rede. Die Wissenschaftsidioten in den Zeitungen sprechen von natürlichen Erklärungen, die es dafür gäbe, zum Beispiel sei der Privatjet als Drogentransporter missbraucht worden.

Klasse Begründung. Wieso verschwindet dann ein Drogentransporter plötzlich von den Radarschirmen? Außerdem haben sich im Bermuda-Dreieck schon ganze Passagierflugzeuge, Militärmaschinen und Schiffe in Luft aufgelöst. Jeder weiß das, aber die Menschen weigern sich, es zu sehen. Wahrscheinlich, weil es ihnen zu viel Angst macht, genau hinzugucken.

Der Ätna spuckt wieder Lava aus und demonstriert uns damit, dass die Erde, auf der wir uns bewegen, nur eine dünne Kruste ist, unter der es höllisch brodelt. Die Schale kann jederzeit brechen, und die Hölle kommt zu uns.

In den USA drehen Bienenschwärme durch und greifen die Farmer an.

Das Unheil kommt näher, aber ich weiß nicht, in welcher Form es uns treffen wird. Ich fühle mich verantwortlich dafür, meine Familie zu schützen.

Ich muss das alleine tun. Sie schaffen es nicht.

Zum Glück kann ich im Internet drei preiswerte Feuerlöscher ersteigern. Das ist sehr praktisch. Die Dinger werden ins Haus geliefert, und ich muss mich nicht damit abschleppen.

Natürlich kaufe ich batteriebetriebene Rauchmelder und bringe sie in jedem Zimmer an. Meine Eltern bemerken sie nicht. Entweder denken sie, die Dinger hätten schon ewig an der Decke geklebt, oder sie gucken einfach nicht nach oben, wenn sie sich durch die Räume bewegen. Es ist zum Schreien!

Im Internet bestelle ich auch ein gutes Schlauchboot mit Außenbordmotor. Ich lasse alles von der Kreditkarte meines Vaters abbuchen. Zum Glück hat er, der Strafverteidiger, scheinbar überhaupt keine Sicherheitsbedenken, wenn er zu Hause am Computer sitzt.

Ich kann die Geheimzahlen und Kreditkartennummern problemlos nachlesen.

Notrationen, von denen man sich ernähren kann, sind kein Problem. Ich bestelle Kohlehydratkomprimat-Riegel, Dosenbrot, sich selbsterhitzende Mahlzeiten und Wasseraufbereitungstabletten.

Es gibt ein 30-Tage-Paket vegetarisch, ein 90-Tage-Paket

mit Fleisch und ein 360-Tage-Paket. Ich überlege nicht lange und bestelle drei 360-Tage-Pakete und zwölf Vegetarier-Pakete für Tina. Da gibt es echt alles, vom Gemüse-Risotto über Rührei mit Zwiebeln bis zur Mousse au Chocolat.

Schwieriger wird es mit den Waffen. Mein Vater hat zwar dauernd mit Kriminellen zu tun und könnte sicherlich problemlos an einen Waffenschein kommen, er tut es aber nicht. Er findet, niemand solle Waffen im Haus haben, weil, nur wo eine Waffe ist, kann auch eine Waffe losgehen. Wenn es nach ihm ginge, wären nicht mal die Polizeibeamten bewaffnet und die Bundeswehr würde mit Gummimessern und -knüppeln in der Kaserne trainieren. Das ist wahrscheinlich der einzige Punkt, an dem er und meine Schwester sich völlig einig sind.

Wenn wilde Tiere kommen oder Außerirdische, wenn irgendjemand das Trinkwasser vergiftet und deswegen die Menschen verrückt werden oder es plötzlich in der Innenstadt von Zombies wimmelt wie in George A. Romeros Film, dann müssen wir uns verteidigen. Das wird in doppelter Hinsicht ein Problem, denn erstens haben wir keine Waffen und zweitens, selbst wenn es mir gelingt, Waffen heranzuschaffen, kann in meiner Familie niemand damit umgehen.

Meiner Mutter traue ich noch am ehesten zu, eine Pistole abzufeuern. Aber kann man zum Beispiel mit einer 9 mm Sig Sauer P239 einen lebenden Toten stoppen? Oder einen Grizzly, ein Mammut, ein Wesen aus dem Weltall?

Ich finde einen Menschen, der seine Beretta verkaufen will, aber das ist eine Waffe aus dem 2. Weltkrieg – wer sagt mir, dass die überhaupt noch funktioniert?

Am liebsten wäre mir eine Pumpgun, so ein Elefantentöter. Dazu ein paar hundert Schuss Munition. Ich finde im Internet sogar mehrere Angebote, aber alle verlangen einen Waffenschein und eine Altersangabe.

Ich rufe einen der Typen an und erkläre ihm meine Situation.

Er hat Verständnis und ist bereit, mich zu treffen. Die Übergabe der Pumpgun plus 200 Schuss scharfer Munition soll an der Windmühle am Ortsausgang stattfinden. Er will 1000 Euro von mir, in bar.

5.

Bargeld aufzutreiben ist für mich natürlich viel schwieriger, als einfach Überweisungen mit der Kreditkarte meines Vaters zu tätigen. Bis er die Auszüge davon in Händen hält, vergehen manchmal sechs Wochen. Dann erinnert er sich nicht mehr an alles. Er guckt eigentlich nur unten auf den Betrag und solange sein Konto nicht allzu sehr ins Minus rutscht, interessiert ihn das alles nicht besonders. Seit er den »großen Fisch an der Angel« hat, sieht sein Konto gut aus, und er befasst sich nicht mehr mit so einem Kleinkram wie der letzten Tankquittung.

Die Feuerlöscher sind inzwischen angeliefert, und das Schlauchboot mit Außenbordmotor befindet sich auf dem Dachboden. Unsere Lebensmittelrationen sind gut verpackt. Ich habe uns einen Gaskocher besorgt und Schlafsäcke, in denen man auch bei 20 Grad minus draußen übernachten kann.

Den Typen mit der Pumpgun zu treffen, ist überhaupt kein Problem. Ich habe mir eine glaubhafte Geschichte ausgedacht, warum ich abends noch mal weg muss. (Um einen kranken Klassenkameraden zu besuchen, dem ich angeblich versprochen habe, bei den Matheaufgaben zu helfen, und dann habe ich es vergessen. Natürlich muss ich ein Versprechen einlösen. Jeder in der Familie wird das verstehen.).

Aber solche Ausreden sind gar nicht nötig, denn mein Vater ist nicht im Haus. Er geht mit einem neuen Klienten essen, der in seiner Firma seit Jahren Geld unterschlagen hat und jetzt »reinen Tisch machen will, um ein neues Leben anzufangen«.

»Mit anderen Worten«, sagt mein Papa grinsend, »er weiß, dass er kurz davor ist aufzufliegen, und versucht sich jetzt durch eine Selbstanzeige zu retten. Das ist ein kluger Schritt. Ich werde ihn dabei begleiten, und wenn mich nicht alles täuscht, wird das Honorar ausreichen, um die letzte Hypothek fürs Haus abzubezahlen.«

Meine Schwester will in keinem Haus wohnen, das von Verbrechern finanziert wurde. Meiner Mutter ist das alles egal, Hauptsache, ihre Freundinnen erfahren es nicht. Sie, die gerne Steaks isst, am liebsten nur kurz angebraten und noch ganz blutig, sagt komischerweise zur Verteidigung von Papa, der Mann ihrer Freundin Susanne sei Chef einer Großschlachterei, und dessen Arbeit findet sie viel unmoralischer, da nimmt sie lieber das Geld von Steuerhinterziehern und Weiße-Kragen-Ganoven.

Tina ist in ihrer Dritte-Welt-Gruppe. Sie planen eine Aktion gegen den Verkauf von Palmöl, weil Palmöl sich so klasse und biologisch anhört, in Wirklichkeit aber dafür ganze Wälder abgeholzt werden, angeblich 80 Fußballfelder pro Tag. Bei der Aufzucht der Palmen würde so viel Chemie verwendet, dass die Flüsse sterben. Meine Schwester hat Bilder aus Ecuador mitgebracht, von Gewässern, in denen es keinen einzigen Fisch mehr gibt. Doch sie versteht die eigenen

Bilder nicht. Sie denkt die Dinge nicht logisch weiter. Wir stehen kurz vor dem Ende! Die Apokalypse naht!

Tina müsste sich eigentlich mit mir verbünden, wenn sie all das, was sie sagt, ernst meint. Aber ich glaube, die geht gar nicht aus Überzeugung in diese Umweltgruppe. Die ist einfach auf der Suche nach einem Freund und will nicht bei den Modenschauen und Modelnummern in den Discos mitmachen.

Meine Mutter will irgendeinen Ski-Trockenkurs machen, um sich im Winter nicht die Beine zu brechen. Ich bin also ohnehin alleine und kann ohne jede Ausrede zum Treffen an der Windmühle fahren.

Ich habe gleich so ein komisches Gefühl, dass der Typ mit der Pumpgun nicht kommen wird. Aber dann steht ein Mann mit einem Vollbart, der langsam weiß wird, vor mir. In der rechten Hand hält er eine Sporttasche. Er zwinkert mir zu und fragt, ob wir verabredet sind.

Ich nicke: »Ich glaube, ja.«

Er lächelt, er habe etwas für mich.

»Ich habe auch etwas für Sie«, antworte ich und tippe auf den Briefumschlag in meiner Jack-Wolfskin-Jacke.

Dann packen mich plötzlich zwei Typen von hinten und erklären mir, ich sei verhaftet.

Na danke. Ich bin in eine Falle getappt!

Sie heben mich hoch, und ich fürchte, dass sie mir die Arme brechen, so grob gehen sie mit mir um. Einer stellt das Geld sicher, und ich drohe ihnen, mein Vater sei Strafverteidiger und fände es bestimmt gar nicht witzig, wenn sie mich hier verhaften würden.

»Und was sagt dein Vater dazu, dass du mit 1000 Euro versucht hast, eine Pumpgun zu kaufen?«

Obwohl ich ihnen versichere, dass niemand bei uns zu Hause ist, bestehen sie darauf, mich zurückzubringen. Fast zeitgleich mit uns trifft mein Vater ein. Ich sehe ihm die Erschütterung deutlich an. Einen Moment lang kann er gar nicht glauben, dass ich wirklich sein Sohn bin, so als hätte man einen fremden Jungen angeschleppt, der mir nur zufällig ähnlich sieht. Aber dann wird er ganz Strafverteidiger. Er erklärt, ich sei erstens strafunmündig und zweitens würde ich zu der ganzen Sache schweigen. Noch bevor ich überhaupt etwas sage, fährt er mich an: »Still, jetzt rede ich!«

Dann wendet er sich wieder zu den beiden Typen: »Mein Sohn ist nur zufällig an der Mühle vorbeigekommen. Es handelt sich um einen öffentlichen Platz. Er war in meinem Auftrag unterwegs, um ein Geburtstagsgeschenk für meine Frau zu besorgen. Und glauben Sie mir, sie wünscht sich keine Pumpgun! Es handelt sich um eine Verwechslung.«

»Und wie erklären Sie sich, dass die Kontaktaufnahme von Ihrem Computer aus geschehen ist? Wir haben die IP-Adresse.«

Jetzt braust mein Vater erst mal richtig auf. Das Ganze sei sowieso nicht legal, es sei ein Lockvogelgeschäft, man habe mich hereingelegt, und so würden anständige Jugendliche kriminalisiert. Er droht mit Dienstaufsichtsbeschwerden und kündigt an, diese Sache werde ein Nachspiel haben.

Die Polizeibeamten verziehen sich zerknirscht und wirken wie geschlagene Wrestlingkämpfer, die vom Publikum ausgebuht werden.

Dann macht mein Vater sich erst einmal einen Espresso. Er spricht kein Wort. Er steht an der Maschine, hört zu, wie die Kaffeebohnen gemahlen werden, und ist ganz in sich versunken. Ich glaube, dass dies eine gute Gelegenheit ist, ihm klarzumachen, wie schlimm es um uns alle steht. Er kann sich jetzt nicht mehr vor der Verantwortung drücken. Er muss mir dabei helfen, die Familie zu retten.

6.

Nachdem er auch noch einen zweiten Espresso im Stehen getrunken hat, hört er mir endlich zu. Ich zeige ihm das Schlauchboot mit Außenbordmotor, die Überlebenspakete und die Feuerlöscher.

Er reagiert anders, als ich gehofft habe. Er ist wenig beeindruckt und sagt. »Ich glaube, dass du professionelle Hilfe brauchst, Lukas, bevor die ganze Sache aus dem Ruder läuft. Ich habe dich in letzter Zeit sehr vernachlässigt. Vielleicht sollten wir mehr miteinander unternehmen. Hast du Lust, einen Golfkurs mit mir zu machen?«

Ja, so ist mein Vater. Andere wären in der Situation vielleicht durchgedreht und hätten ihre Kinder sogar verprügelt. Meiner schlägt mir vor, mit ihm zusammen einen Golfkurs zu machen.

Das freut mich aber nicht. Im Gegenteil, ich bin richtig sauer darüber, denn die ganze Sache sagt mir doch, dass er mich überhaupt nicht ernst nimmt. Außerdem will er nur selbst einen Golfkurs machen, um endlich »in die besseren Kreise« Einlass zu finden, die er so dringend als Klienten gewinnen möchte.

Ich solle mir keine Sorgen machen. Alles würde gut. Natürlich will er alles regeln. Er macht nicht mal wegen der 1000 Euro einen Aufstand, und dass alles von seiner Kreditkarte abgebucht wurde, nimmt er mit einem fast erleichterten

Nicken zur Kenntnis. Wenn ich die Sachen geklaut hätte, wäre es für ihn viel schlimmer gewesen, glaube ich.

Nachts höre ich, wie er mit meiner Mutter spricht. Die beiden zanken sich nicht wirklich, aber sie sind doch ziemlich laut. Mehrfach betont mein Vater, seine Oma sei genauso gewesen, sie hätte ständig den dritten Weltkrieg vorausgesagt, Erdbeben oder »anderen Blödsinn, der nie eingetreten ist«. Wir müssten jetzt handeln, sonst könnte das alles noch böse enden, prophezeit mein Vater. Damit ist er endlich auf meiner Linie, aber er meint das alles anders als ich.

In der Nacht rieche ich Qualm. Nein, es ist nicht wirklich der Geruch von Feuer, mehr der von verbrannten Gummireifen.

Ich wundere mich natürlich, warum die Rauchmelder nicht angeschlagen haben. Sie waren zwar preiswert, aber ich habe sie ausprobiert. Wenn man mit der Glut einer Zigarette nur in ihre Nähe kommt, heulen sie los. Nur eine Spur von Qualm reicht aus und sie schlagen an.

Ich habe die empfindlichsten Rauchmelder gewählt, die ich kriegen konnte.

Sie sind nur für Nichtraucherhaushalte geeignet. Deshalb glaube ich zunächst zu träumen, aber als ich aus dem Bett aufstehe, ist der Geruch immer noch da.

Das Ganze kommt von unten aus dem Keller. Na klar, da habe ich keine Rauchmelder angebracht. Ich Idiot! Ich war zu geizig. Drei, vier Rauchmelder mehr hätten nur ein paar Euro gekostet, aber uns das Leben retten können!

Ich stürme ins Schlafzimmer meines Vaters und schreie: »Feuer! Feuer!«

Mein Vater schläft immer nackt. Er schießt aus dem Bett hoch, und kaum steht er vor mir, brüllt er mich auch schon an, jetzt habe er aber genug von meiner Spinnerei und ob ich nicht wenigstens nachts Ruhe geben könnte.

Meine Mutter ist von dem Lärm ebenfalls wach geworden. Sie kommt in ihrem Seidenpyjama auf den Flur und mischt sich ein: »Riech mal, riech mal! Lukas hat recht! Es brennt tatsächlich!«

Die Feuerlöscher sind immer noch auf dem Dachboden. Ich will hoch, um sie zu holen.

Meine Mutter ruft die Feuerwehr, denn aus dem Keller kommen jetzt dicke Rauchschwaden, und nun heulen auch die Rauchmelder los.

Ich bringe die Feuerlöscher runter und will damit in den Keller, aber meine Mutter hält mich auf. Das sei Aufgabe der Feuerwehr, ich dürfe auf keinen Fall da runter.

Wir ziehen uns alle ganz schnell an. Meine Schwester will ihren Kanarienvogel retten und auf keinen Fall ohne ihn gehen.

Ich zähle die Minuten bis zum Eintreffen der Feuerwehr, und eins weiß ich jetzt ganz genau: Im Katastrophenfall werden sie zu spät kommen, denn dann wird nicht nur unser Haus brennen, sondern vermutlich wird das Feuer in mehreren Stadtteilen gleichzeitig ausbrechen.

Mein Vater zieht andere Rückschlüsse aus dem Geschehen. Er zieht mich zur Seite, während die Feuerwehrleute mit ihren Löschgeräten in den Keller eindringen, er fragt mich allen Ernstes, ob ich das Feuer gelegt hätte.

Am liebsten hätte ich ihm doof gezeigt. Das tue ich aber nicht, ich weise diesen Verdacht nur weit von mir: »Ich habe im Bett gelegen und geschlafen, Papa. Ich bin kein Feuerteufel, ich will eine Katastrophe verhindern, nicht sie herbeiführen!«

Er bemüht sich, so zu tun, als ob er mir Glauben schenken würde, aber ich sehe es ihm deutlich an: Er hat Zweifel. Selbst als die Feuerwehrleute nach dem Löschen sagen, sie hätten die Brandursache zwar nicht genau feststellen können, aber es sei vermutlich durch einen Kabelbrand im Wäschetrockner entstanden, nickt mein Vater, fast dankbar erleichtert, dass es nun eine offizielle Erklärung gibt, doch er schenkt ihr nicht wirklich Glauben.

Mein Vater steckt den Feuerwehrleuten sogar Geld zu.

»Für die Kaffeekasse«, sagt er, doch es reicht aus, um sich für die nächsten Jahre mit einem Kaffeevorrat auszustatten.

Ich glaube, er tut das, damit sie bei ihrer Darstellung bleiben, es sei ein Kabelbrand gewesen, und weil er ihnen dankbar ist, dass sie keine Verdachtsmomente gegen seinen Sohn formulieren.

Bei dem dann folgenden Gespräch darf meine Schwester nicht dabei sein, aber meine Mutter findet klare Worte. Mein Vater schweigt die meiste Zeit und nickt nur. Er presst die Lippen so fest zusammen, dass sie zu einem rosa Strich in seinem Gesicht werden.

Ich hätte ein übersteigertes Geltungsbedürfnis, sagt meine Mutter, deswegen wolle ich mich zum Retter machen. Da wir aber alle nicht bedroht würden, müsste ich die Gefahren selbst herbeiführen. Das alles käme, weil ich mich in Wirklichkeit klein und mickrig fühlen würde, und die Kehrseite meines Geltungsbedürfnisses sei eben ein Minderwertigkeitskomplex. Daran sei auch mein Vater schuld. Der zuckt zusammen, muss ihr dann aber recht geben, als sie sagt, es sei ja schwer, gegen so einen tollen Mann zu bestehen. Es gebe doch praktisch keinen Bereich des Lebens, in dem ich in der

Lage sei, ihn zu überholen, und Söhne würden sich nun mal in Konkurrenz zu ihren Vätern befinden.

Mein Vater nickt. Irgendwie schmeichelt das alles ihm sogar noch, und er schlägt wieder vor, wir sollten zusammen Golf spielen.

Und plötzlich fällt es mir wie Schuppen von den Augen: Die eigentliche Katastrophe hat längst ihren Gang genommen. Das sind nicht meine Eltern!

7.

Es sind nur Imitate. Sie wurden ausgetauscht. Mein richtiger Vater, der Strafverteidiger, der Gerechtigkeitsfan, würde sich doch niemals brüsten, reiche Verbrecher zu beschützen und solche Klienten zu haben.

Meine Mutter war doch nie so eine hohle, blöde Ziege.

Wieso trägt sie kürzere Röcke als meine Schwester?

Wieso malt sie sich so an?

Wieso lacht sie so schrill?

Die Erklärung von meinem Vater, sie sei wohl etwas spät in die Pubertät gekommen, klingt zwar witzig, ist aber nur ein Versuch der Aliens zu erklären, warum ihre Kopien nicht wirklich geglückt sind.

Sie versuchen, mich auch zu einem der Ihren zu machen. Der Psychologe, zu dem sie mich schicken wollen, ist ihr Umprogrammierer.

Aber da haben sie sich geschnitten! Nicht mit mir! Ich will meine richtigen Eltern zurückhaben! Vermutlich haben sie meine Schwester auch schon umgedreht. Vielleicht sind sie in ihren Körper gekrochen und haben sich seiner bemächtigt.

Ich habe so was mal auf RTL gesehen.

Jetzt verstehe ich. Das war nicht nur ein schrecklicher Horrorfilm, das war eine Warnung an die Menschen. Die Filmemacher haben uns die Wahrheit erzählt! Meine Eltern sind Mutanten.

Ich schreie ihn an: »Du bist nicht mein Vater!«, und ich hole das große Fleischmesser aus dem Messerblock, den er Mama zu Weihnachten geschenkt hat und der kaum genutzt wird.

Jetzt zeigt mein angeblicher Vater sein wahres Gesicht. Er springt auf, reißt den Stuhl hoch und hält ihn drohend wie eine Waffe zwischen uns beide.

»Leg das Messer weg! Leg das Messer weg, Lukas!«

Meine Mutter schreit in Tönen, wie ich sie noch nie gehört habe. Es tut weh in den Ohren, es dringt hinein bis in meine Knochen. Sie soll aufhören. Aufhören!

Bevor sie jetzt beide auf mich losgehen, lasse ich das Messer fallen und entschuldige mich bei ihnen. Ich fange sogar an zu heulen. Ich spüre, wie die Tränen über mein Gesicht laufen.

Ich will wieder ein guter Sohn sein! Ich will aufhören mit all dem Mist! Ich werde in einen Sportverein gehen.

Ich werde Tischtennis spielen wie meine Klassenkameraden.

Ja, ich will mich für Sport interessieren, für Fußball, und natürlich werde ich mit meinem Vater das Golfspielen erlernen.

Meine Eltern sitzen jetzt wieder friedlich bei mir und hören mir zu. Meine Mutter kocht einen Baldrian-Melisse-Tee für mich. Ich kann das Zeug nicht runterwürgen. Ich tue so, als ob ich wieder ihr lieber Junge werden würde. Dumm und angepasst. Einer, der von nichts etwas mitkriegt und keine Vorahnungen hat.

Aber ich beschließe, heute Nacht aufzustehen und ihnen die Hälse durchzuschneiden.

Ich muss es tun. Die Welt steht am Rande eines Abgrunds …

Wo ich jetzt bin? Nun, sie nennen es Klinik. Ubbo-Emmius-Klinik. Es ist eine Art Gefängnis. Dahin bringen sie alle die, die ihr böses Spiel durchschaut haben. Gerade liefern sie wieder ein Mädchen ein. Sie ist nur ein wenig älter als ich. Sie hat versucht, sich zu Tode zu hungern. Ich kann das verstehen. Es ist ihr lieber, als den Aliens zum Opfer zu fallen.

Meine Eltern leben noch. Beziehungsweise, die Personen, die sich für meine Eltern ausgeben. Sie besuchen mich. Ich lege keinen Wert darauf. Ich spreche nicht mit ihnen, solange ich hier gefangen gehalten werde. Meine Schwester würde ich gern einmal wiedersehen. Doch die kommt schon lange nicht mehr.

Es ist mir nicht gelungen, die Katastrophe aufzuhalten. Alles, was ich tun kann, ist zu versuchen, diese Aufzeichnungen hier herauszuschmuggeln. Es ist eine Art Flaschenpost. In der Hoffnung, dass sie jemand findet, der versteht …

Der Schutzengel

Mordwaffen landen normalerweise in der Asservatenkammer der Kriminalpolizei. In meinem Fall geht das nicht.

Die Nordsee passt in keine Plastiktüte.

Ich habe immer dafür gesorgt, dass erst gar nichts in die Asservatenkammer kam. Ein richtig gelungener Mord ist ein Kunstwerk. Ja, es gibt das perfekte Verbrechen. Es ist eines, das niemand als solches erkennt.

Genaugenommen waren meine Verbrechen ja sowieso keine. Aber bei den verrutschten Maßstäben in der Gesellschaft heutzutage regelt man seine Sachen besser diskret.

Michael Rose saß auf der Terrasse im Strandkorb und bestrich sein Rosinenbrot mit Butter, während er ruhig in die Digicam sprach. Es war ihm wichtig, locker und entspannt zu wirken. Er wollte seiner Tochter nicht etwas hinterlassen, auf dem er verklemmt rüberkam, wie ein Mann, der den Rechtfertigungsschweiß kalt im Nacken spürte.

Er trank einen Schluck von seinem geliebten Tee und lächelte, als sei dies eine Aufnahme fürs Werbefernsehen.

Rose hatte seinen Bart kurz getrimmt und über den Wangenknochen und an den Lippen scharf konturiert. Ein paar lästige Härchen, die aus der Nase wuchsen, fielen der Nagelschere zum Opfer. Er fand, er sah gut aus, und das Silbergrau seiner Haare gab seiner Erscheinung und seinen Worten etwas Weises, ja Wahrhaftiges.

Rose goss sich Tee nach und hoffte, das Knistern des Kandis würde eine heimelige Atmosphäre schaffen. Er ließ Sahne gegen den Uhrzeigersinn in die Tasse tropfen und hielt sie scheinbar zufällig so, dass die aufsteigenden Wölkchen voll im Bild waren.

Eine Möwe vertrieb die Raben aus seinem Kirschbaum.

Ich sehe ja ein, dass es wichtig ist, die Dinge aufzubewahren, denn irgendwann gibt es plötzlich neue Erkenntnisse oder Ermittlungsmethoden. Man denke nur an die DNA-Analyse. Dieser genetische Fingerabdruck hat inzwischen viele Unschuldige aus dem Gefängnis geholt. Das ist dann immer der Moment, in dem auch die härtesten Verfechter der Todesstrafe nachdenklich werden, weil man sich bei Hingerichteten nicht so gut entschuldigen kann …

Unzufrieden mit seiner letzten Aussage richtete er sich auf und holte die Kamera zu sich. Die Vögel hatten ihn abgelenkt.

Ich habe mich verhaspelt, dachte er.

Er klatschte in die Hände, um die streitenden Tiere loszuwerden.

Die Möwe drehte eine Runde über seinem Dach und beobachtete ihn dann von der Straßenlaterne aus. Sie thronte dort oben, als würde die Siedlung ihr gehören.

Er ließ die Aufnahme noch einmal laufen. Der Anfang gefiel ihm. Aber den Unsinn mit der DNA wollte er löschen. Diese Aussage machte viel zu sehr den Eindruck, er könnte befürchten, sich eines Tages vor Gericht verantworten zu müssen.

Er ging näher ran und schützte das Display gegen die Sonne. War da in dem blauweißen Segeltuch ein dunkler Fleck?

Tatsächlich!

Er musste alles noch einmal machen. Er holte eine Scheuerbürste und ein Reinigungsspray für Teppiche. Er schrubbte mit dem weißen Schaum eine Weile an dem Flecken herum. Dann ärgerte er sich. Jetzt sah alles noch schlimmer aus. Der Rest des Stoffes wirkte gegen die nun helle Stelle grau.

Diese ganze Strandkorbstimmung mit der Teetasse war ihm plötzlich zu spießig. So altbacken wollte er nicht rüberkommen.

Er steckte sein Asthmaspray in die Jackentasche, packte die Kamera ein und beschloss, nach Norddeich zu fahren. Im letzten Moment kam er noch einmal zurück, wickelte das

Rosinenbrot sorgfältig in eine Serviette ein und ließ das kleine Paket in der Jackentasche verschwinden. Er hatte sich seit dem letzten Herzinfarkt daran gewöhnt, alles langsam, ohne jede Hast, ganz in Ruhe zu erledigen. Manchmal unterzuckerte er, und dann war so ein Krintstuut genau richtig.

Es kündigte sich ein Sonnenuntergang an, der viel ausdrucksstärker war als so ein schnöder blauweißer Strandkorb. Ja, er wollte sich vor diesem Hintergrund in Szene setzen. Raus aus der Enge des Strandkorbs. Hinein in die weite, offene Landschaft. Die Naturgewalten sollten hinter ihm toben, damit deutlich wurde, dass er ein Leuchtturm war inmitten der Brandung.

Rose fuhr über die Norddeicher Straße zunächst zum Hafen, aber dort legte gerade die Frisia an. Die letzte Fähre aus Norderney. Die wenigen Parkplätze waren voll, außerdem rannten jetzt hier zu viele Touristen herum.

Helden wie er gingen in der Masse zu schnell unter. In der Menge wurde alles so profan. Größe inszenierte man am besten in der Einsamkeit. Ja, der wahre Held musste ein einsamer Wolf sein. Ein Lonesome Cowboy.

Der Gedanke trieb ihm Tränen in die Augen.

Zwei Rad fahrende Pärchen, die nebeneinander die komplette Straßenseite einnahmen und in ihrer zur Schau gestellten Verliebtheit sogar Händchen hielten, zwangen ihn, das Tempo zu drosseln.

Das war typisch für Ostfriesland. Die Radfahrer verhielten sich wie eine Besatzungsmacht, die das Recht auf ihrer Seite wusste. An manchen Tagen liebte er diese Art der Entschleunigung und passte sich mühelos der Geschwindigkeit der Radfahrer an. Heute wäre er am liebsten in ihre Gruppe gerast, um sie niederzuwalzen.

Wie um ihn zu verhöhnen überholte ihn jetzt ein Eis schleckender Jüngling links. Der radelte nun munter neben den zwei Pärchen her. Sein Pferdeschwanz wippte auf und ab. Alle fünf ignorierten die Autoschlange hinter sich genüsslich.

Rose stellte den Wagen auf dem großen Parkplatz beim Ocean Wave ab und flanierte über den Dörper Weg auf den Deich zu. Er wog ab, was dagegen sprach, eine Bratwurst zu essen oder ein Fischbrötchen. Aber die fünf Radfahrer waren vor ihm beim Imbiss, und er hatte keine Lust, sich jetzt hinter denen in die Schlange zu stellen.

Zwischen Diekster Köken und der Strandhalle waren noch zu viele Touristen unterwegs, aber schon hundert Meter weiter, dort, wo wegen der Schafe keine Hunde mehr auf dem Deich herumstreunen durften, war er allein. Er setzte sich ins Gras und positionierte die Kamera auf einer Parkbank.

Über Juist schwebte eine dunkle Wolke, die von den Strahlen der untergehenden Sonne geradezu zerrissen wurde, als hätte sie ein Loch hineingebrannt. Die flammenden Ränder wurden von Schwarz umrahmt. Dahinter das dunkle Blau. Hunderte Male hatte er im Deichgras gesessen, sich vom Wind die Gedanken freipusten lassen und den Wolkenformationen zugesehen. Jeder Abend war anders. Nie bot sich ihm das gleiche Bild.

Hier hatte er Pläne geschmiedet und später in die Tat umgesetzt. Der Deichkamm war immer ein Ort der Inspiration für ihn gewesen.

Er verrenkte sich, um einen Blick durch die Kamera werfen zu können. Er wollte diesen Sonnenuntergang mit drauf haben und sich selbst davor. Sein Rücken schmerzte, aber das durfte jetzt keine Rolle spielen. Die Tonaufnahmen würden gut werden. Es war nicht zu windig.

Wenn du diese Aufzeichnungen von mir anschaust, Liebste, dann bin ich tot. Dies ist mein Vermächtnis an dich. Andere Männer hinterlegen ein Testament beim Notar. Das ist in meinem Fall nicht gut möglich. Er würde sicherlich die Polizei informieren, und ich möchte meine letzten Jahre an der Nordsee genießen, statt sie im Knast zu verbringen. Ich habe auch keine Lust, mich in öden Gerichtsverhandlungen für meine Taten zu rechtfertigen.

Die Sonne schien auf Juist zu fallen wie eine glühende Bombe.

Er ahnte, dass sie ihm im Film einen Heiligenschein bescheren würde. Er korrigierte seine Position noch einmal und lächelte in die Kamera.

Ich wollte dir immer ein gutes Leben bieten, mein Engel, und sicherlich hast du dich gefragt, wie ich es geschafft habe, das Haus im Stiekelkamp in Norden zu finanzieren. Diese älteste ostfriesische Stadt war immer der Ort unserer Sehnsucht.

Ich habe dich damals belogen, Schätzchen. Dein Vater hat nie im Lotto gewonnen. Ich habe es versucht, oh ja, Woche für Woche habe ich meine Dummensteuer entrichtet. Sogar Systemtipps habe ich ausprobiert. Aber das alles macht nicht wirklich reich, sondern es nährt nur die Illusion, man könnte es so schaffen.

Ich habe als Gärtner angefangen. Friedhofsgärtner, welch ein Wort! Aber auch als Mitarbeiter eines Krematoriums kann man sich so ein Haus und so ein Leben nicht leisten. Nie. Egal wie viel man arbeitet! Überstunden machen nicht reich.

Nun, liebe Melanie, ich habe eine simple Methode gefunden, zu Geld zu kommen.

Nicht alles verbrennt im Ofen bei 1200 Grad. Künstliche Gelenke, Sargnägel bleiben übrig. Auch große Knochen, die dann später in einer Art Mühle zu Asche zerkleinert werden. Naja und dann eben auch das Zahngold.

Glaubst du die Angehörigen gucken in der Urne nach, ob auch alles drin ist?

Er war so versunken in seinen eigenen Redefluss, so begeistert von seiner schlüssigen Argumentation, dass er das Pärchen zunächst nicht bemerkte, das von der Meeresseite her über den Deich in seine Richtung lief.

Er blickte in ihre Gesichter und suchte darin zu lesen. Hatten sie etwas mitgekriegt? Musste er sie an Ort und Stelle abstechen?

Es würde nicht einfach werden, die Sache nach einem Doppelselbstmord aussehen zu lassen. Dazu hätte er Gift gebraucht und einen rührenden Abschiedsbrief, inspiriert von Romeo und Julia.

Sie sprachen ihn unbefangen an, baten ihn, ein Foto von ihnen zu machen. Sie wollten sich vor diesem Sonnenuntergang küssen oder wenigstens im Arm halten und das dann gleich auf Facebook posten, um die Daheimgebliebenen neidisch zu machen. Der junge Mann hielt ihm das iPhone hin.

Rose ließ sich das Gerät erklären und fragte grinsend, ob man mit diesem Ding denn auch telefonieren könne. Er erntete einen Lacher.

Rose ließ die eigene Kamera weiterlaufen. Er fand, so wurde alles schön authentisch. Dieser kleine Zwischenfall gab ihm die Gelegenheit zu zeigen, was für ein lockerer, hilfsbereiter Typ er war. Ja, genauso sollte seine Tochter ihn in Erinnerung behalten.

Das Pärchen war zufrieden mit seinem Foto und bedankte sich. Er ging zurück zu seiner Digicam und setzte sich in Positur.

Er kämmte sich mit den Fingern durch die Haare.

Du magst doch Lyrik! Liebste Melanie, kennst du Gottfried Benn? Er schrieb über einen Goldzahn:

»Den schlug der Leichendiener sich heraus,
versetze ihn und ging für tanzen.
Denn, sagt er, nur Erde soll zur Erde werden.«

Er war stolz auf sich, denn er hatte den Vers auswendig gelernt. Auf keinen Fall wollte er ihn ablesen. Seine Melanie sollte ihren Vater als gebildeten, an schöner Literatur interessierten Menschen in Erinnerung behalten.

Dreißig Jahre lang habe ich das Gold aus der Asche aufgesammelt mein Engel. Es hat für das Haus im Stiekelkamp gereicht. Ich hinterlasse es dir schuldenfrei. Aber nicht nur das. Ich habe im Keller einen Goldschatz vergraben. Wenn du das Weinregal wegschiebst und dort die Bretter auf dem Boden anhebst, dann wirst du staunen. Weißt du noch, wie oft wir gemeinsam in den Dünen auf Schatzsuche waren? Es gibt ihn wirklich, den Goldschatz der Piraten.

Mach nicht alles gleich zu Geld, das fällt auf. Beim heutigen Goldpreis reicht das Vermögen für viele unbeschwerte Jahre.

Er reckte sich und lachte: *Ja, dein Vater hat gut für dich gesorgt. Es soll dir an nichts mangeln. An gar nichts. Jetzt, da ich tot bin, kann ich dich nicht mehr beschützen, so wie ich es immer getan habe.*

Falls es ein Leben nach dem Tod gibt, komme ich als dein Schutzengel zurück. Ja, so habe ich mich immer gefühlt, das war meine eigentliche Bestimmung: dein Schutzengel zu sein. Erinnerst du dich noch an diesen schrecklichen Lehrer, Herr Jansen, oder wie der hieß … Du hast vor der Mathearbeit solche Angst gehabt. Dir ist richtig schlecht geworden. Du warst völlig blockiert im Gehirn. Konntest am Ende gar nicht mehr rechnen, nicht einmal die einfachsten Aufgaben.

Ich bin zum Elternsprechtag gegangen, aber dieser Möchtegernpädagoge war so etwas von uneinsichtig. Wir haben uns nur gestritten, und danach wurde alles noch schlimmer für dich.

Ich wollte dich von der Schule nehmen, aber das alles wurde immer komplizierter. Mir blieb schließlich gar nichts anderes übrig, als ihn zu überfahren.

Ja, dieser schlimme Unfall damals, erinnerst du dich? Das war ich. Natürlich erinnerst du dich. Ihr habt alle so geweint damals am Grab. Erst habt ihr ihn gehasst, ihn den »Sabberkönig« genannt und ihm die Pest an den Hals gewünscht. Ihr wolltet ihn alle loswerden, du und deine Freundinnen. Und dann am Grab habt ihr euch die Augen ausgeheult, als sei er der beste Lehrer aller Zeiten gewesen ... Dann habt ihr diese nette Frau Finke bekommen. Ja das war eine Lehrerin! Du bist von einer glatten Fünf auf eine Drei Plus gekommen, und am Ende hättest du im Abschlusszeugnis fast eine Eins ergattert ...

Er winkte ab. Eine Möwe näherte sich ihm vorsichtig, fast ängstlich, als würde sie spüren, dass von diesem Mann eine Gefahr ausging.

Bestimmt wirst du am Ende auch um deinen Carsten weinen, ganz wie es sich gehört für eine trauernde Witwe. Aber ich werde dich befreien, meine kleine Prinzessin. Die Art wie er dich ansieht, habe ich immer gehasst. Was sollte ich als dein Vater tun? Natürlich wusste ich, dass er nicht gut für dich ist und dir eines Tages wehtun wird. Doch du warst so verliebt, du hast alles durch eine rosarote Brille gesehen.

Aber er betrügt dich nicht nur, nein. Wenn es nur so einfach und billig wäre. Was er tut, ist viel schlimmer: Er treibt einen Keil zwischen uns. Seit ihr zusammen seid, haben wir nie wieder gemeinsam Urlaub gemacht. Er nimmt dich voll in Beschlag. Heute spielst du Tennis. Früher hast du Tennis gehasst. Du trinkst Prosecco mit diesem klebrigen, süßen Zeug drin … Früher hast du Alkohol gehasst, weil du genau weißt, dass der Schnaps Mamas Untergang war. Von wegen Depressionen! Der Alkohol hat sie umgebracht, nicht die Scheidung und erst recht nicht, dass du mir zugesprochen wurdest. Nein, mein Engel, du hast keine Schuld. So etwas darfst du gar nicht erst denken …

Du bist ein so guter Mensch, viel zu gut für diese Welt. Deine reine Seele zieht solches Geschmeiß wie diesen Carsten an. Du musst nicht durch so einen schmutzigen Scheidungsprozess wie ich. Das wäre viel zu viel für dich. Du hast damals viel zu sehr gelitten. Die eigene Scheidung wäre wie eine Retraumatisierung für dich. Das werde ich dir ersparen. Ich, dein Schutzengel. Dein Vater.

Ich habe mich mit Carsten angefreundet. Entweder ist er so blöd, dass er nichts gemerkt hat, oder er ist sensibel wie ein Metzgermesser. In seinem übergroßen Narzissmus hat er echt geglaubt, dass ich ihn jetzt doch als Schwiegersohn akzeptiere. Ihn, diesen Kretin!

Jedenfalls wird er sich von mir das Watt zeigen lassen. Wir gehen gemeinsam von Norddeich nach Juist. Das sieht ganz einfach und harmlos aus, als könnte man hinspucken, aber der Weg ist voller Gefahren. Wattwanderungen vom Festland nach Juist sind verboten, aber das weiß das Döfchen nicht. Was versteht ein Carsten aus Bayern schon vom Wattemeer?

Er hat sich nie hier eingelebt. Er will dich zu sich und seinen Eltern holen, in ihren Betrieb nach München. Der denkt, ich hätte das nicht gemerkt? Er will uns trennen. Uns!

Sterben wird er. Morgen früh. Ich habe mich mit ihm verabredet. Wir wollen bei Sonnenaufgang los. Er will sich von mir die Schönheit des Meeresbodens zeigen lassen.

Er wird in eine Wattwüste laufen und darin umkommen. Die Priele sind viel zu tief, und das ablaufende Wasser hat eine Sogkraft, der auch der beste Schwimmer nicht standhält. Ich glaube allerdings gar nicht, dass er so weit kommt. Ich habe ihm gesagt, er soll Stiefel anziehen, damit er sich die Füße nicht an den scharfen Muscheln aufschneidet. Der Idiot hat sich auch noch für den Tipp bedankt. Seine Stiefel werden im Schlick steckenbleiben, und er wird schließlich barfuß weitermüssen. Ich führe ihn dann über die größte Muschelbank mit Austernkolonien. Ihre scharfen Schalen werden die Haut unter seinen Füßen in Fetzen schneiden und wenn nicht, dann habe ich vorsichtshalber einen abgebrochenen Flaschenhals im Rucksack. Der macht vergleichbare Verletzungen. Schließlich wird er im Schlick versinken, und die Nordsee erledigt den Rest für mich. Für uns wollte ich sagen, mein Kind. Für uns.

Ich werde aus Versehen alles das vergessen, was ein Wattführer braucht, um Hilfe zu leisten. Kein Seil, um ihn herauszuziehen. Kein Funkgerät. Ein Handy, ja, aber leider ist der Akku leer. Man wird mich deshalb nicht bestrafen können. Ich bin ja schließlich kein lizensierter Wattführer. Ich bin nur ein trauernder Schwiegervater, der einen Fehler gemacht hat und nun schwer daran leidet …

Rose fand, dass er seine Arbeit gut gemacht hatte. Er war hungrig geworden. Er zog seinen Krintstuut aus der Jackentasche und biss in das Rosinenbrot. Er kaute ganz langsam. Den Rest warf er der Möwe hin, doch sie floh vor ihm, als er sich aufrichtete.

Zu Hause im Stiekelkamp begrüßte er seinen Schwiegersohn mit der freundlichen Ermahnung: »Wir müssen um vier aufstehen!«

Der nickte mit nur schlecht gespielter Vorfreude. »Männertag! Schon klar.«

Melanie versprach: »Ich steh mit auf und mach euch Krabben mit Rührei. Eine Stärkung vor so einer Tour ist schon wichtig!«

Er ließ die beiden vor dem Fernseher im Wohnzimmer allein. Schwerfällig ging er die knatschenden Holztreppen hoch. Er grinste: *Genießt euren letzten Abend zu zweit. Ich hoffe, es endet nicht wieder mit wüsten Beschimpfungen und Heulerei …*

Er zog seinen blauweiß gestreiften Schlafanzug an und legte sich aufs Bett. Er hatte einen großen Tag vor sich. Es war alles nur eine Frage der richtigen Planung, das hatte er in seinen Krimis gelernt.

Die Nachttischlampe zirkelte ihm ein warmes Licht ab. Es reichte aus, um noch ein paar Seiten in seinem Kriminalroman zu lesen. Dann schlief er erschöpft ein. Neben sich auf der Ablage ein Glas Wasser, die Herztabletten und die Kamera.

Im Wohnzimmer nahm Melanie Carstens Hand. »Ich finde es toll, dass ihr endlich einen Weg zueinander findet.«

»Er hat es mir nicht gerade leicht gemacht, dein alter Herr.«

»Die Wattwanderung wird eure Beziehung zueinander verbessern. Ich weiß, wie schwierig er ist, aber gib ihm bitte eine Chance.«

Dann ging Melanie in die Küche und deckte den Frühstückstisch schon einmal ein. Die Männer sollten sehen, wie begeistert sie von dem Versuch der zwei war, sich anzunähern und das Kriegsbeil endlich zu begraben. Die ständigen Streitereien der beiden hatten auch ihre Beziehung zu Carsten schwer belastet, ja zermürbt. Jetzt hoffte sie auf einen Neuanfang.

Sie schlich zu ihrem Vater ins Zimmer, holte die Herztabletten und legte sie neben sein Frühstücksbrettchen. Die durfte er morgen bei der anstrengenden Tour auf keinen Fall vergessen. Genausowenig wie sein Asthmaspray. Und weil sie eine liebevolle Tochter war, nahm sie auch seine Digicam an sich, um die Akkus wieder aufzuladen, was ihm immer erst einfiel, wenn die Kamera streikte. Diese schöne Wattwanderung sollte doch dokumentiert werden.

Dann sah sie, was er gerade aufgenommen hatte, und für einen Moment wurde ihr schwindelig. Sie musste sich setzen. Dann trank sie ein großes Glas Leitungswasser. Sie wusste nicht, was sie tun sollte, sie war viel zu schockiert. Sie spielte sogar kurz mit dem Gedanken, dieses Geständnis zu vernichten, aber dann wurde ihr klar, dass sie Carsten informieren musste.

Der erschien jetzt ohnehin in der Küche, um sich noch ein Bier zu holen, und meckerte über den Film. »Es ist so spannend, als würde man Farbe beim Trocknen zugucken. Die Versager denken wohl, nur weil Polizisten drin vorkommen, sei es ein Krimi ... Was ist mit dir Melli? Ist dir schlecht?«

Sie sah aus, als hätte sie in den Abgrund der Hölle gesehen. Stumm wies sie auf die Digicam. Er setzte sich und spielte die letzten Minuten noch einmal ab.

Mit einer Stimme, die ihm unbekannt vorkam, sagte sie: »Wir müssen die Polizei rufen.«

Aber Carsten war ganz anderer Meinung. »Lass uns nichts überstürzen, Melli. Man wird dir alles wegnehmen. Das Haus. Das Zahngold. An Unrechtsgut kann man kein Eigentum erwerben. Wir stehen vor dem Nichts, wenn es so kommt. Das kann ich nicht zulassen. Andererseits hat sein Herz Wände dünn wie Papier. Und dann noch sein Asthma ... Stell dir vor, auf der Wattwanderung ist seine Spraydose leer … Jedermann weiß, wie gefährlich der Weg vom Festland nach Juist ist … Er ist ein alter kranker Mann. Ich bin jung und gesund. Es wird niemanden wundern, wenn ich lebend zurückkomme und er nicht …«.

Dann lächelte er sie an, wie es früher so oft ihr Vater getan hatte, und sie wusste, dass sie einen neuen Beschützer hatte.

Der Erlöser

Ich habe es überall versucht, mein Sohn. Auf der Champs-Elysées in Paris. In der Rue La Fayette. Natürlich in Manhattan auf dem Broadway und auf der Fifth Avenue. Die Wall Street kannst du vergessen! Ein totaler Reinfall. Überhaupt, pfeif auf Amerika. Wer da Geld hat, hat keine Zeit. Sie sind dort selbstverliebt bis zum Autismus und ständig von Bodyguards umgeben. Das gute, alte Europa ist ein viel besseres Jagdrevier.

Auf der Kö in Düsseldorf und dem Kurfürstendamm in Berlin habe ich gleich zweimal zugeschlagen.

Finger weg von Venedig, sag ich nur. Die Stadt hat etwas Schreckliches. Da lieben sich alle. Leute wie wir suchen keinen Ort für Flitterwochen, sondern einen für Scheidungen und gebrochene Herzen. Kapiert?

Florenz dagegen ist eine Reise wert. Diese Segmentbogenbrücke, Ponte Vecchio, ist eine wahre Goldgrube. Überhaupt sind Brücken nicht zu verachten. Die Kapellbrücke in Luzern zum Beispiel. Sie ziehen unglückliche Menschen an. Wenn du Frauen mit Liebeskummer suchst, empfehle ich dir eine Brücke.

Früher habe ich ja Luxushotels bevorzugt. Das Sacher in Wien. Das Kempinski in Berlin, das Atlantic in Hamburg oder das Vier Jahreszeiten in München.

Aber Hotels sind nicht gut. Man hinterlässt zu viele Spuren. Und irgendjemand kann sich später immer an einen erinnern. Außerdem bleiben die Frauen da nicht lange.

Wohlhabende Männer, die verlassen werden, mieten sich gerne in Luxushotels ein, um zu zeigen, dass sie sich noch etwas wert sind, und abends machen sie die Bars der Stadt unsicher, holen sich Edelnutten aufs Zimmer und spielen den harten Lebemann.

Frauen ziehen sich eher in romantische Ecken zurück, wo sie ihrer Trauer nachhängen können. Meist Orte, an die sie irgendeine sentimentale Erinnerung haben. Wenn die die Luxushotels aufsuchen, dann fischen sie schon wieder, dann ist die Wut nicht mehr frisch.

Der beste Ort, sie zu finden, ist hier. Die Seebrücke von Heiligendamm. Dieser Blick ist gigantisch. Wenn man geradeaus schaut und in Richtung Meer geht, dann fühlt man sich wie Jesus, der übers Wasser läuft. Bei allen Menschen wird der Gang leichter, beschwingter. Ich beobachte sie nur. Ja, selbst wenn sie unter sich die Holzplanken knirschen hören, haben sie schon nach den ersten hundert Metern das Gefühl, übers Wasser zu schweben. Ihr Gang bekommt etwas Tänzerisches, Leichtes.

Schau sie dir an! Die Ostsee hat etwas, das macht süchtig. Es ist ein Gemisch in der Luft, das den Menschen einen Kick gibt, wie eine Prise Koks.

Bei den Kindern siehst du es am deutlichsten. Die beginnen immer zu rennen. Sie breiten die Arme aus, als seien ihnen Flügel gewachsen und wollten jeden Moment losfliegen.

Diese Brücke hat etwas Magisches. Hier habe ich die meisten getroffen. Auch deine Mutter.

Willst du, dass wir über deine Mutter sprechen?

Ich habe dich überall gesucht, ich bin dir ständig nachgereist.

Ich will nicht über meine Mutter reden, ich will werden wie du. Ich will, dass du mir alles beibringst. Alles. Ich bin aus deinem Holz geschnitzt.

Als meine Mutter starb, hat sie mir die ganze Wahrheit erzählt. Bis dahin wusste ich nichts. Ich musste siebenundzwanzig werden, um endlich zu kapieren, wer ich bin und was mit mir los ist.

Stimmt es, dass sie mich bis zum Schluss geliebt hat?

Ja. Sie hat noch zweimal geheiratet. Es war jedes Mal eine Katastrophe. Auf dem Sterbebett, in den letzten Tagen, da sprach sie nur von dir. Angeschlossen an Schläuche, die sie am Leben hielten, hat sie alles noch einmal durchlebt.

Ich habe sie gefüttert, mit Brei und Tee aus der Schnabeltasse, aber wenn sie von den Restaurants sprach, in denen ihr gemeinsam essen wart, dann konnte sie die Menüreihenfolge aufzählen. Ihre Augen bekamen einen Glanz, und sie schlürfte diesen labberigen Milchbrei von meinem Löffel wie eine Auster aus der Schale. Sie lebte nur noch in der Erinnerung, und, ja, ich glaube, du warst die große Liebe ihres Lebens. Die wenigen Tage, die ihr gemeinsam hattet, waren bedeutsamer als der gesamte Rest.

Lass uns weitergehen, hier auf der Brücke. Spürst du, dass sie etwas mit einem macht? Schau nicht nach unten. Schau geradeaus. Zum Horizont. Aufs Meer.

Hast du hier heute schon ein neues Opfer gesehen?

Ich würde sie nicht *Opfer* nennen, mein Sohn. Ich habe sie nicht umgebracht, nicht abgezockt, nicht niedergemetzelt. Ich habe sie erlöst!

Erlöst?

Ja. Ich war ihr Erlöser. Komm, lass uns zum Bahnhof gehen. Dort habe ich deine Mutter zum ersten Mal gesehen. Sie kam mit dieser süßen Schmalspurbäderbahn aus Bad Doberan. Sie nannte die Bahn *Molli*.

So heißt sie auch heute noch.

Bahnhöfe sind auch solche Orte. Brücken und Bahnhöfe. Zeichen für Neubeginn, Abschied und Übergang zu etwas Neuem.

Deine Mutter war eine wunderschöne Frau. Nicht schön im Sinne dieser proletenhaften Topmodels. Nein, ich meine, sie hatte eine adlige Grandezza. Ihre Art, sich zu bewegen, war überirdisch. Mitten in der Menschenmenge wirkte sie einsam, ja verlassen, als sei sie einer anderen Realitätsebene entsprungen. Kaum denkbar, dass sie in einen Bäckerladen ging, um sich ein Brot zu kaufen ... Eine Würstchenbude – ganz und gar unmöglich. Sie wäre eher verhungert, als so etwas zu tun. Alles an ihr strahlte Würde aus. Grazie. Das, was die englischen Royals gerne darstellen wollen, aber nie schaffen, das war deine Mutter in Perfektion.

Männer haben sie verehrt, wurden in ihrer Gegenwart augenblicklich so etwas wie Diener und Kofferträger.

Sie hielt den Blick ständig gesenkt, sah Menschen nur sehr selten gerade ins Gesicht. Fast so, als hätte sie Angst, ihr Gegenüber dadurch zu verletzen. Sie war ein scheues Reh.

Wenn sie so schön war und die Menschen so sehr bezaubert hat – und daran zweifle ich keine Sekunde –, warum hat er sie dann ständig betrogen?

Lass uns im Grandhotel einen Kaffee trinken. Ich will doch nicht mehr zum Bahnhof. Er wird nie mehr den Zauber haben wie damals, als deine Mutter der Bahn entstieg. Aber ich brauche einen Espresso. Wir könnten dort auch zu Abend essen. Das Gourmetrestaurant Friedrich-Franz ist mit einem Michelin-Stern ausgezeichnet.

Ich krieg jetzt nichts runter.

Macht es dir zu schaffen, dass deine Mutter mich geliebt hat? Du verstehst das falsch. Es gehört mit zum Geschäftsmodell. Die Frauen müssen sich verlieben. Nur dann vertrauen sie wirklich. Frauen sind so, mein Sohn …

Ich musste sie verlassen. Alle. Das war Plan des …

Geschäftsmodells?

Ja, ich glaube, das ist die richtige Bezeichnung. Halt – bleib stehen. Siehst du die da?

Ja natürlich, ich bin doch nicht blind.

Sag mir, was du siehst, wenn du sie siehst.

Sie trägt einen dämlichen Hut, völlig unpassend. Am Meer kann so ein Ding nur wegfliegen. Sie muss ihn die ganze Zeit mit einer Hand festhalten.

Und was sagt dir das?

Dass sie blöd ist?

Du musst noch viel lernen, mein Sohn. Aber wir haben ja Zeit. Ich werde es dir beibringen.

Was soll ich denn, bitteschön, daraus entnehmen, dass sie diesen bescheuerten Hut trägt?

Das ist kein Allerweltsmodell. Sie wollte nicht hierhin. Es war alles ganz anders geplant. Ich vermute, sie hatte vor, ihren Hut in Baden-Baden beim Pferderennen auszuführen. Wahrscheinlich hat sie dieses Wagenrad mit Dramaeffekt dort sogar gekauft. Bei Oliver Maugé. Die Galopprennen in Baden-Baden genießen einen internationalen Ruf. Vielleicht nicht unter Pferdeliebhabern, aber auf jeden Fall unter Hutfetischisten. In Iffezheim bei Baden-Baden werden mehr extravagante Hüte ausgeführt als sonst irgendwo auf der Welt, und ich wette, sie kommt von dort. Irgendetwas ist schiefgegangen, und sie ist übereilt abgereist. Jetzt führt sie ihren Hut doch aus, wie zum Trotz, weil sie sich von dem Typ nicht alles kaputtmachen lassen will.

Das alles schlussfolgerst du aus ihrem Hut?

Unser Beruf ist nichts für Stümper. Wir müssen Seher sein, im wahrsten Sinne des Wortes. Zunächst schauen wir uns die Frau an, und vom Äußeren schließen wir auf ihren inneren Zustand. Die Seele einer Frau kannst du von außen erkennen. Oder du hast in unserem Beruf nichts zu suchen.

So ähnlich wie mein Freund, der Automechaniker? Der hört sich nur den Motor an und weiß gleich, was kaputt ist.

Nein, der Vergleich gefällt mir nicht. Menschen sind ungleich komplizierter als Maschinen. Lass uns ein wenig hinter ihr hergehen und sage mir, was du sonst noch siehst.

Naja, du weißt doch nun schon alles.

Unsinn. So wie sie sich hier bewegt, ist sie nicht zum ersten Mal an diesem Ort.

Ja, und es widerspricht auch deiner Theorie, Frauen würden nicht mondäne Luxushotels aufsuchen, sondern …

Dies ist ein Ort ihrer Sehnsucht. Vielleicht hat sie ihn hier kennengelernt. Oder ihre erste große Liebe verloren. Etwas verbindet sie mit Heiligendamm. Sie war schon oft hier. Sie bewegt sich geradezu schlafwandlerisch. Aber damals war sie in anderen Bewusstseinszuständen. Jetzt ist sie in sich gekehrt. Sie schaut sich die Gegend gar nicht an. Siehst du das? Sie nutzt die Hand nicht nur, um den Hut festzuhalten, sondern gleichzeitig auch, um ihr Gesicht zu verbergen. Einerseits erhofft sie sich hier Trost, andererseits will sie nicht gesehen werden. Sie wird nicht lange bleiben. Wenn du sie abfischen willst, hast du heute eine Chance, vielleicht noch morgen früh. Spätestens dann wird sie woandershin fahren, um sich in einem Versteck zu verkriechen.

Schau genau hin. Was sagt dir ihr Gang?

Ihr Gang? Nun, sie ist gesund, sportlich …

Sei genauer. Dass sie nicht am Stock geht, ist doch offensichtlich. Aber sie hat früher einmal Ballett getanzt. Schau nur, wie sie die Füße voreinander setzt. Wie sie zu den Zehen hin abrollt, wie gerade sie ihr Rückgrat hält. Ja, Ballett. Garantiert. Allerdings in den letzten Jahren nicht mehr.

Sie hat einen Fahrer. Der muss hier noch irgendwo sein.

Einen Fahrer? Wie kommst du darauf?

Ihre Schuhe sind gänzlich ungeeignet für die Bahnfahrt oder für einen Spaziergang am Strand. Sie hat Lebenserfahrung und ist intelligent. Sie hätte viel zu viel Angst, mit den Highheels in irgendwelchen Gittern hängenzubleiben. Für eine längere Autofahrt sind die Schuhe auch ungeeignet. Ohne jede weitere Planung ist sie einfach eingestiegen und hat sich hierherbringen lassen. Vermutlich von ihrem Chauffeur.

Sie könnte auch einfach ein Taxi genommen haben.

Unwahrscheinlich. Sie will weit weg sein von dem Mann, der sie verletzt hat. Wenn sie aus Baden-Baden kommt, ist sie vermutlich nicht mit einem Taxi gekommen. Es wäre ihr auch unangenehm, zu einem Fremden einzusteigen. Sie hat den Chauffeur schon lange. Er kennt sie gut, vielleicht besser als ihr Mann.

Sie ist Millionärin?

Nein, mein Sohn. Millionäre haben keine Chauffeure. Millionäre fahren vielleicht ständig Erster Klasse und finden es ganz toll, in guten Hotels abzusteigen. Sie ist mindestens zehn Millionen schwer. Vielleicht sogar mehr. Ein Chauffeur, Hauspersonal, der Hut von Maugé – und dieses Kleid sieht zwar grauenhaft aus, ist aber auch nicht von der Stange. Dieses Jäckchen ist vielleicht schön für einen Theaterbesuch oder auch einen Tag auf der Rennbahn, aber hier am Meer völlig fehl am Platz. Trotzdem habe ich – damals als Student – schon Autos gefahren, die waren billiger.

Ein selten guter Fang. Willst du es versuchen? Dich an sie heranmachen?

Ich dachte, wir üben noch.

Naja, so ein Fisch geht einem nicht alle Tage ins Netz.

Ich weiß nicht …

Skrupel oder Versagensängste? Es kommt darauf an, sich die wirklich großen, dicken, lohnenden Fische an Land zu ziehen. Diese öden, kleinen Nummern für zwanzig-, dreißigtausend Euro, glaub mir, das hält man nicht lange durch. Und dann werden sie noch anhänglich, und man wird sie nicht mehr los. Es geht um die wirklich großen Vermögen. Bei allem, was wir tun. Das, was du von ihr verlangst, darf ihr gar nicht wehtun. Über drei-, vierhunderttausend denkt die da gar nicht nach.

Ja, aber wie machst du das? Wie sprichst du sie an? Ich kann doch nicht einfach hingehen und sagen:

»Hören Sie, ich sehe an Ihrem Hut und Ihrem Gang, dass Ihr Mann Sie betrogen hat. Gegen eine kleine Aufwandsentschädigung wäre ich bereit, ihn umzubringen. Machen Sie sich keine Sorgen, ich werde es nach einem Unfall aussehen lassen, und niemand wird Verdacht schöpfen, denn Sie sind zu der Zeit ja ganz woanders …«

So etwa?

Das ist gar nicht nötig. Sie wird dir erzählen. Du musst nur zuhören, wenn sie dir ihr Herz ausschüttet, und im entscheidenden Moment nicken und Ja sagen. Verständnisvoll gucken. Vielleicht mal Händchen halten. Aber ja nicht zuviel. Und dann, wenn sie an diesen Punkt kommt, ihre eigene Minderwertigkeit, die durch alles Geld der Welt nicht aufgehoben werden kann, weil eine andere Frau doch attraktiver für ihn war – vermutlich hat er ihre Kohle sogar genommen und damit seine Nutten bezahlt; so zumindest war es bei deiner Mutter –, dann wird sie selbst irgendwann den Satz sagen: *Ich könnte den Kerl umbringen.* Und das ist dann dein Part.

Sie weiß, dass eine Scheidung eine einzige Schlammschlacht wird. Vermutlich fürchtet sie sogar, in der Öffentlichkeit durch den Dreck gezogen zu werden. Er wird die Hälfte ihres Vermögens verlangen und vielleicht sogar mehr, um nicht ein paar dreckige Fotos ins Internet zu stellen, die er von ihr gemacht hat. Edle Damen aus gutem Hause spielen gern mal das verruchte Luder. Später tut ihnen das dann leid. Aber solche Fotos hat er garantiert von ihr. Das hilft ihm später beim Scheidungsprozess.

Du willst doch nicht behaupten, meine Mutter hätte …

Tut mir leid, mein Kleiner, dass ich dich enttäuschen muss. Auch deine Mutter war einfach nur eine Frau. Sie hat alles getan, um diesen hoffnungslosen Typen zu halten. Ich weiß, dass es für Kinder schwer ist, sich ihre Mutter in Strapsen vorzustellen, aber …

Ich will das gar nicht hören.

Schon gut, schon gut.

Bist du mit allen ins Bett gegangen, bevor du ihre Ehemänner ausgeknipst hast, oder war meine Mutter da die große Ausnahme?

Nicht mit allen, aber mit den meisten.

Sie haben sich alle in dich verliebt?

Ach was. Viele haben es auch einfach aus Rache getan. Um

es ihrem Mann heimzuzahlen. Da war ihnen der Erstbeste gerade recht. Und der war eben ich … Früher nannten sie mich *Teflon*, weil ich nichts habe anbrennen lassen. Manchmal habe ich erst das Geschäftliche mit ihnen geklärt, aber mit den meisten war ich am ersten oder zweiten Abend im Bett, und später dann haben wir uns nicht mehr wiedergesehen.

Weil die Frauen nicht mehr wollten?

Ich wollte nicht. Mein Kleiner, du musst wirklich noch viel lernen. Jemand wie wir, der darf sich nicht binden. Der kann keine Familie als Klotz am Bein haben. Da winkt doch schon das nächste Geschäft. Ein neues Abenteuer.

Wie hast du die Männer umgebracht?

Immer auf eine andere Art. Das ist wichtig. Es darf nie einen Zusammenhang geben. Autounfälle sind meine Spezialität. Treppenstürze. Gift. Einmal habe ich es wie Selbstmord aussehen lassen.

Wie viele gehen auf dein Konto?

Einundzwanzig. Mehr als einer pro Jahr ist ungesund. In den letzten Jahren ist es ruhiger geworden. Vor drei Jahren habe ich zum letzten Mal zugeschlagen. Und du wirst es nicht glauben – es war für eine Exkundin. Ja, sie war eine meiner ersten Kundinnen. Damals hat sie geschworen, so etwas würde ihr nie wieder passieren. Aber dann … Wie das Leben so spielt. Sie war mit meiner Arbeit sehr zufrieden …

Ich schlage vor, du machst dich jetzt an diese Dame vom Pferderennen da heran. Ganz vorsichtig. Vielleicht ein Candlelight-Dinner bei Friedrich-Franz.

Ich werde nicht weit von euch weg sitzen und euch beobachten. Später können wir dann über alles reden und die Fehler aufarbeiten.

Mein Sohn, du sollst einer der Besten werden. Ich werde

dir alles beibringen, was ich draufhabe. Alles. Ich bin stolz auf dich. Ich hätte nie gedacht, dass ich ein Kind habe, und jetzt habe ich einen so kräftigen Sohn und der will wirklich werden wie ich. Ich kann mein Wissen weitergeben ... Welches Glück für einen Mann!

Plötzlich habe ich eine Familie. Ein ungewohntes Gefühl für mich, einen Sohn zu haben. Ein Kind ...

Fällt dir denn gar nichts auf an mir, Vater?

Ja, dass du ein helles Kerlchen bist und dich nicht verarschen lassen willst auf der Welt. Genauso wenig wie ich. Wir sind wirklich aus einem Fleisch und Blut.

Ich hatte gedacht, deine Beobachtungsgabe sei schärfer.

Wie?

Ich sehe dir doch gar nicht ähnlich.

Wie soll ich das verstehen?

Ich bin meinem Vater wie aus dem Gesicht geschnitten. Nicht dir.

Welchem Vater? Ich denke ...

Ich bin nicht dein Sohn. Du hast meinen Vater umgebracht. Im Auftrag meiner Mutter. Seitdem ich es weiß, habe ich dich gesucht.

Du bist nicht mein Sohn?

Hast du es immer noch nicht kapiert? Ich bin nicht wie du. Ganz und gar nicht. Ich habe einen völlig anderen Weg eingeschlagen. Ich bin zur Kripo gegangen. Mordkommission. Die Dame da vorne ist übrigens keine zehn Millionen schwer, sondern meine Chefin. Hauptkommissarin Klaasen. Sie hält nicht den Hut fest, sondern sie verbirgt mit der Hand den Kopfhörer, mit dem sie unserem Gespräch gelauscht hat.

Sie hat nicht Ballett gemacht, sondern Judo. Und ich war ihr Fahrer. Von wegen, Chauffeur!

Ja, ich denke, das war's, Casanova. Schau noch mal raus aufs Meer. Den Rest deines Lebens wirst du solche Augenblicke nur noch haben, solange die Erinnerung nicht nachlässt. Dich wird keiner erlösen. Du kriegst lebenslänglich. Lebenslänglich.

Ich wusste, dass ich dich bei deiner Eitelkeit packen konnte.

So, und jetzt die Hände auf den Rücken, du Erlöser!

Unter Menschen

1.

Ich sehe aus wie sie.

Bis vor kurzem glaubte ich, selber einer von ihnen zu sein. Aber jetzt weiß ich es besser.

Ich habe nur ihre Verhaltensweisen übernommen. Ich esse wie sie mit Messer, Löffel und Gabel. Ich frisiere meine Haare, putze meine Zähne, kleide mich wie sie.

Doch es ist bedeutungslos für mich. Nur aus Gründen der Tarnung wichtig.

Alle ihre unsinnigen Gefühle – ich heuchle sie perfekt.

Dieses Gejammere, wenn einer stirbt! Ich sitze neben ihnen beim Begräbnisschmaus, klage mit ihnen, ja, weine sogar, nur … ich bin nicht wirklich traurig. Ich sehe, wie sie es machen und äffe sie nach, um nicht aufzufallen.

Dieses Getue um Liebe und Eifersucht! Diese Angst vor dem Alleinsein! All das spiele ich mit, ohne es zu empfinden. Vielleicht spüren sie ja auch nichts und vollziehen nur alte Rituale.

Seit Evi mich verlassen hat, weiß ich es genau. Ich gehöre nicht zu ihnen.

Es tat nicht weh. Auch nicht, sie mit dem anderen zu sehen. Ich empfand nichts. Und darüber erschrak ich.

Ich hätte eifersüchtig sein müssen. Aber es langweilte mich nur, wie diese öden Filme, bei denen sich die Menschen abends amüsieren.

Da verstand ich: Ich gehöre nicht dazu. Ich bin keiner von ihnen.

Aber wo gehöre ich hin? Wo sind meine Leute? Warum haben sie mich ausgesetzt auf diesem Planeten? Haben sie mich hier vergessen, als ich ein Kind war? Ich muss es herausbekommen …

Bestimmt laufen von meiner Sorte noch mehr herum. Gut getarnt. Unerkannt. Vielleicht sind wir Androiden? Haben mich diese Menschen gebaut und testen nun, ob ich auffalle … unter ihnen auffalle?

Vielleicht gibt es unter meiner Haut gar keine Organe. Keine Knochen und kein Fleisch. So wie es in mir keine echten Gefühle gibt.

Ich bin eine Fälschung.

Ein nachgebauter Mensch, und niemand hat es mir gesagt.

Ich habe mich schon oft verletzt. Und immer hat es geblutet. Aber … diese Wunden waren nie tief. Und verheilten schnell. Vielleicht sind meine Drähte, Schaltrelais und Kabel nur von ein oder zwei Zentimetern roter Flüssigkeit umgeben, damit ich nicht bei der kleinsten Wunde auffalle. Ich war nie ernstlich krank oder verletzt.

Nun, das lässt sich leicht feststellen. Ich könnte mir einfach einen Finger abschneiden – oder, besser, ich öffne die Hülle über meinem Handgelenk. Dort müssten die Scharniere sitzen und die Zugkabel für die Finger.

Ja, ich werde mir über dem Handgelenk einen Einblick verschaffen. Ich lege genau hier alles frei.

2.

Nein, ich bin kein Androide.

Ich stieß nicht auf Kabel und Schnüre, sondern auf Knochen, Knorpel und seltsam elastische Bänder. Es sieht in mir aus wie in einer aufgeschnittenen Ratte.

Ich habe nie einem Menschen unter die Haut geguckt. Aber ich glaube, sie sehen ähnlich aus.

Jedenfalls bin ich keine Maschine. Er sei denn, die Verdrahtung liegt in den Knochen … Natürlich – warum bin ich nicht gleich darauf gekommen! Sie haben ihre Kabel durch meine Knochen gezogen. Raffiniert!

Etwas hat mich daran gehindert, die freigelegten Knochen aufzubrechen. Vielleicht haben sie mir eine Sicherung dagegen eingebaut. Sie haben mich so programmiert, dass ich es nicht schaffe, die Kabel zu durchtrennen, mit denen sie mich …

Aber sie müssen mich beobachten. Ganz sicher. Soviel Aufwand für nichts? Ich bin Gegenstand eines Experiments. Jede Bewegung von mir registrieren sie.

Ob Evi eine von ihnen ist? Bestimmt.

Ihre quälenden Fragen: »Wo warst du gestern Nacht? Wo hast du dich wieder herumgetrieben? Sag die Wahrheit! Wo?«

Sie war verzweifelt, wenn sie meinen genauen Aufenthaltsort nicht wusste. Klar. Sie musste Rechenschaft ablegen. Ihre Leute haben sie schließlich zurückbeordert, weil sie nicht zuverlässig war.

Von wegen, sie hat sich in einen anderen verliebt und hält es bei mir nicht mehr aus!

Sie hat versagt. Das ist es.

Jetzt wirst du ein paar Probleme haben – Liebling! Was machen deine Leute mit einem Versager? Bekommst du eine andere, weniger wichtige Aufgabe oder knipsen sie dich aus wie die Weihnachtsbeleuchtung nach den Feiertagen?

Als ich wegen eurer stümperhaften Fehlschaltung die Schmerzen im Kopf nicht mehr aushalten konnte und deiner Meinung nach zu viele Tabletten nahm … Jetzt verstehe ich, warum du so hysterisch geworden bist! Du hattest Angst, dass deine Leute dich fertigmachen, wenn ihre kostbare Maschine kaputtgeht. Denn du hattest die Verantwortung für mich. Du ganz allein. Ich könnte mich schieflachen!

Was musst du für Ängste ausgestanden haben, als ich die Tabletten nahm. Und wie nett du später zu mir gewesen bist. Hast mich von vorne und hinten bedient. Ich habe es eine Weile sogar genossen. Aber es war furchtbar, von dir kontrolliert zu werden. Jetzt verstehe ich den Grund.

Warum hast du mir nicht einfach gesagt, dass sie dich zwingen? Bist du vielleicht auch von ihnen gemacht worden … und wer überwacht mich jetzt …

3.

Das habt ihr euch fein ausgedacht. Ihr seid gerissener als ich dachte. Das Netz um mich ist dicht gelegt. Aber eure Schöpfung ist klug! Ja, ihr habt euch keinen Hampelmann an Drähten geschaffen, sondern eine eigenständige, intelligente Einheit.

Ich bin euch auf die Schliche gekommen.

Der Chef schickt mich zum Arzt. Der Arzt will wissen, wie das passiert ist.

»Wie haben Sie das gemacht, Herr Kowalski? Sieht ja aus wie eine Selbstverstümmelung …«

Er wollte wissen, wie weit ich gekommen bin! Ob ich die Drähte gefunden habe. Ob eure Sicherung in meinem Kopf durchgebrannt ist … ob ich den Knochen geknackt habe.

Nein, habe ich nicht. Aber ich weiß auch so Bescheid. Ich bin doch nicht blöd.

Überweisung zum Nervenarzt. Ha! Wegen einer zerschnittenen Hand – für wie dumm haltet ihr mich eigentlich? Der soll mich umpolen. Eine neue Sicherung einbauen. Meine Erinnerung auslöschen. Mich ruhigstellen. Ich kenne eure Tricks.

Ich werde nicht zu diesem Nervenarzt gehen. So nennt ihr eure Gehirncomputer-Spezialisten, stimmt's? Nicht, bevor ich nicht weiß, was ihr mit mir vorhabt. Und die Tabletten nehme ich erst recht nicht.

4.

Ich weiß jetzt, wie ihr mich überwacht. Jetzt bin ich endlich draufgekommen.

Seit Evi weg ist, zapft ihr meine Elektrogeräte an. Das Fernsehen benutzt ihr als Auge – das hatte ich längst bemerkt. Aber auch den Toaster, den Heißwasserboiler. Die Glühbirnen in jedem Zimmer. Das Telefon. Die Boxen der Stereoanlage. Riesige Lauscher! Die ganze Wohnung ist eine gigantische Abhöranlage. Perfekt. Sogar im Aquarium.

Wenn Evi es mir mit weniger einschmeichelnden Worten angedreht hätte, wäre es mir vielleicht gar nicht aufgefallen.

Aber sie hat es zu gut gemeint – und gerade kurz vor ihrem Auszug.

»Das beruhigt dich bestimmt. Es soll gut sein für die Nerven. Besser als das ewige Fernsehen.«

Ihr hattet bemerkt, dass ich von eurem Fernsehauge wusste. Ich habe mir vor dem Kasten keine Blöße mehr gegeben. Ich habe einfach nur reingeschaut, als ob nichts wäre.

Dann hast du das Aquarium aufgestellt. Abhörgeräte in Pumpe und Heizstab. Kameras in der Neonleuchte. Dieses Licht – wie in einem Fernsehstudio. Primitiv. Das musste mir auffallen. Ihr unterschätzt eure eigene Schöpfung.

Ich habe eure Anlage zerstört. Hahaha. Ja. Es war ganz einfach. Ich brauchte nicht einmal einen Hammer, um eure Kameras zu zerdeppern und eure Mikros zu zerquetschen.

Die Steckdosen habe ich mit Knetgummi und Quark verklebt. Die Lampen einfach abgerissen. Das war ein Spaß!

Die Wanze aus dem Telefon habe ich im Aquarium ertränkt. Zu etwas war es eben doch gut.

Seit ich die Fenster zugeklebt habe, seht ihr nichts mehr. Ich bin sicher, jetzt schickt ihr jemanden, der sich einschmeicheln soll bei mir.

Eine neue Evi – oder gar die alte? Eine Kreatur, die euch sklavisch ergeben ist. Eine neue Maschine …

Und das ist gut so. Ich habe alles für euch vorbereitet. Ich will den Mechanismus kennenlernen, nach dem ich funktioniere. Ihr habt mir eine Sicherung eingebaut, die verhindert, dass ich in meine Knochen sehe und in meinen Kopf.

Aber ihr habt etwas vergessen. Jawohl! Ich habe keinerlei Hemmungen, einen fremden Kopf aufzumeißeln oder fremde Knochen aufzuhebeln. Ihr werdet Evi schicken. Ich bin mir ziemlich sicher. Sie wird behaupten, dass sie eigentlich nur ihre Sachen holen will. Die Sommerkleider und die Stöckelschuhe.

Aber das braucht sie nicht mehr, denn es ist alles vorbereitet – für die Operation.

Sandra und Anna

An diesem Morgen war alles ganz anders. Sandra stellte die Tasse nicht so vorwurfsvoll auf den Tisch wie sonst.

Er hatte sie schlimm zugerichtet. Unmöglich, die blauen Flecken wegzupudern. Aber sie hatte es versucht.

Sie führte ihm ihre Verletzungen nicht so vor wie sonst, wenn sie wie zufällig das Nachthemd von den Schultern rutschen ließ, um ihm zu zeigen, dass er sie fast zerquetscht hätte.

Sie wusste, dass er sich am anderen Tag an kaum etwas erinnerte. Filmriss nannte er das und wollte nicht glauben, was er angerichtet hatte.

Warum war sie heute so freundlich? Kein verheultes Gesicht, kein vorwurfsvoller Blick, nichts.

Sie behandelte ihn freundlich, als wäre nichts gewesen. Aber da war etwas. Musste etwas gewesen sein. Oder sollte er sie gestern nicht verprügelt haben?

Quatsch. Wenn er so besoffen wie gestern gewesen war, hatte er es jedes Mal getan … und unter ihrer dicken Schminke konnte er das blaue Auge schimmern sehen.

Seine alten schlechten Angewohnheiten – zum Beispiel, sie zu verprügeln – hatten die Tendenz, in ihm weiterzuleben. Therapieresistent. Jeden Trick wendeten sie an, um nicht entdeckt zu werden, aber der Alkohol spülte sie zutage.

Jedes Mal. Gnadenlos.

Sandra glaubte, der Whisky verändere seinen Charakter, aber das stimmte nicht. Der Alkohol machte ihn frei genug, seinen Charakter wirklich auszuleben. Und weil er jetzt wusste, was für ein Tier er in Wirklichkeit war, soff er, um es zu vergessen. Nüchtern war es nicht zu ertragen. Aber mit jedem Glas wurde es weniger schlimm, ja, bekam eine gewisse Logik.

Warum quälte sie ihn jetzt nicht mit den Ereignissen der letzten Nacht? Sie wusste, dass ihm jedes Geräusch wehtat. Es hätte gereicht, die Kaffeetasse etwas lauter aufzusetzen, um ihm Schmerzen zu bereiten. Warum tat sie es nicht, als kleine verständliche Rache, wie sonst auch?

Am nächsten Morgen hatte er sie nie geschlagen. Im Gegenteil. Manchmal war er reumütig auf Knien vor ihr herumgekrochen, hatte sie um Verzeihung gebeten für jede Verletzung und jede Beleidigung.

Diesmal musste er nicht beteuern, es bestimmt nie wieder zu tun, denn etwas war heute anders, ganz anders als sonst.

Sogar ihre Körperhaltung hatte sich verändert. Die Schultern hingen nicht wie sonst kraftlos herab. Auch sah sie nicht verschämt vor sich auf den Boden, sondern stolz geradeaus. Fast hochnäsig.

Früher hatte er sich nie viel Gedanken um Sandra gemacht. Dafür sorgte sie sich umso mehr um ihn. Seit sie diese Freundin hatte, diese verfluchte Hexe, war sie wie ausgewechselt. Irgendwie stolz.

Früher traute sie sich tagelang nicht raus, wenn er es mal wieder getan hatte. Sie schämte sich sogar, zur Arbeit in die kleine Boutique zu gehen. Beim letzten Mal war sie heulend zu ihrer neuen Freundin gelaufen und erst am nächsten Tag zurückgekommen.

Drohend hatte sie wie eine Erscheinung im Türrahmen gestanden und aus ihrem Zeigefinger den Richterspruch abgefeuert:

»Wenn du das noch einmal tust, noch ein einziges Mal, dann bringe ich dich um!«

Erst hatte er geglaubt, eine Halluzination zu haben. Stand sie wirklich so da? Traute sie sich tatsächlich, so mit ihm zu reden? Er hatte allen Grund, ihr böse zu sein. Sie war lange weggeblieben. Und nun bat sie nicht reumütig um Verzeihung, sondern drohte ihm.

Ungläubig hatte er sie angesehen. Sie wiederholte ihren Satz ohne Zittern in der Stimme und war dann wie eine siegreiche Feldherrin an ihm vorbeigeschritten. Aber er hatte es wieder getan. Gestern Nacht. Da war er sicher.

Natürlich! Sie verbarg ihre Wunden vor ihm, weil es ihr peinlich war. Schließlich hatte sie gedroht, ihn umzubringen, wenn er noch einmal …

Um jetzt nicht ganz und gar ihr Gesicht zu verlieren, musste sie so tun, als sei nichts gewesen, denn sie konnte das einmal Gesagte nicht rückgängig machen. Sie hatte nur zwei Möglichkeiten: Entweder musste sie ihn umbringen oder ihm vorspielen, nicht misshandelt worden zu sein.

Der Gedanke amüsierte ihn. Es würde ihr nicht immer gelingen.

Weihnachten hatte sie im Krankenhaus behandelt werden müssen. Über die Feiertage war es immer besonders schlimm. Der kleine Chirurg hatte ihm Vorwürfe machen wollen wegen der Schnitte, die genäht werden mussten. Dieser Hänfling!

Er sollte sie nicht mehr mit Gegenständen schlagen. Aber was sollte er machen? Wenn es über ihn kam, kontrollierte er sich nicht mehr, da nutzten all die guten Vorsätze nichts.

»Da hast du dich mit deiner unverschämten Drohung aber in eine blöde Lage gebracht, Sandra«, spottete das Teufelchen in ihm. »Früher konntest du mir wenigstens deine blauen Flecken vorführen. Jetzt ist das auch vorbei. Jetzt hast du gar kein Publikum mehr.«

»Falsch!«, rief eine andere Stimme in ihm. »Da ist noch diese Hexe. Ihre neue Freundin, diese Emanzenlilli. Diese Anna. Der wird sie jeden Zentimeter geschundener Haut vorführen. Pore für Pore.«

»Siehst du, und da hat er mir mit der Faust – Nein, dieser blaue Fleck über der Rippe stammt nicht von einem Fußtritt, sonst wären die Rippen gebrochen. Das kenn ich. Er hat mich gestoßen, und da bin ich gegen die Tischkante geknallt.«

Diese Stimmen in seinem Kopf waren sonst am Morgen danach anders. Anklagender. Voller Selbsthass. Voller Abscheu gegen die eigene Tat.

Aber heute … indem sie die Verletzungen vor ihm verbarg, half sie ihm, darüber hinwegzukommen. Das war gut. Sein Kopf brummte ohnehin wie ein alter Fernseher nach Sendeschluss. Aber er schwitzte nicht so entsetzlich wie sonst in den schrecklichen ersten Stunden am Morgen danach.

Seine Hände fühlten sich kalt und blutleer an, als er damit über das Bartstoppelfeld strich. Er liebte dieses Schaben. Es war das einzige Geräusch, das er am Morgen danach ertragen konnte. Das Konzert seiner Barthaare.

Sandra dachte an alles. Orangensaft mit einem Spritzer Zitrone. Zwei Eier im Glas. Sie sagte kein überflüssiges Wort, schaltete das Radio nicht ein und hob den Wasserkessel von der Herdplatte, bevor er zu pfeifen begann. Was ihn irritierte, war, dass sie ihre alten Klagelieder nicht sang. Diese Platte, die er schon rückwärts furzen konnte:

»Warum tust du das? Hör doch auf zu trinken, Liebling. Sieh nur, wie ich aussehe. Vielleicht solltest du mal eine Therapie ...«

Er hatte drei Therapien hinter sich. Aber der Satan in ihm war stärker. Er musste jetzt noch lachen, wenn er daran dachte, wie sehr er die Ärzte hinters Licht geführt hatte. Richtig stolz waren sie auf ihren Therapieerfolg gewesen. Und diese lächerliche Entgiftung!

Er war nicht körperlich abhängig vom Alkohol, wie so viele bedauernswerte Gestalten, nein. Er konnte Monate aushalten, ohne einen Tropfen anzurühren. Das waren euphorische Zeiten, in denen Sandra geradezu frisch verliebt wirkte. Sie schmeichelte ihm und umgarnte ihn, verbreitete gute Laune um sich und wusste doch, der nächste Absturz würde kommen.

In den Phasen dazwischen konnte er reizend sein. Sogar über Heirat und Kinder sprachen sie, bis er dann wieder ein Glas trank – nur gegen den Durst – und dann konnte er nicht mehr aufhören, musste weitersaufen. Zwei, manchmal drei Tage lang, bis er zu Boden ging. Aber vorher musste sie dran glauben. Jedes Mal.

Sie spürte es schon am Tag vorher, wurde stiller, ja scheu. Schreckhaft. Auch er ahnte es. Sein Blick bekam etwas Brütendes. In ihm wütete eine Schlacht. Die Eingeweide brannten und brüllten nach dem bekannten Löschzug.

Jetzt war es nur noch eine Frage von Stunden. In seinen Augen flackerte bereits die fröhliche Erwartung. Er hatte den Kampf dagegen eingestellt und suchte nur noch eine Ausrede, einen Grund.

Nach dem ersten Glas war er gut drauf. So kannten ihn die Freunde aus der Nachbarschaft, witzig, schlagfertig, immer cool.

Nach dem dritten Glas kamen schon bissige Untertöne in seine Sätze. Jetzt wusste Sandra, dass es besser für sie war, unauffällig zu verschwinden. Er konnte, wenn er trank, ihre Nähe nicht ertragen. Oder trank er, weil er ihre Nähe nicht ertragen konnte? Manchmal, in schwarzen Stunden, glaubte sie daran. Suchte die Schuld bei sich.

Er wusste das. Es gab ihm Kraft. Sie würde ihm immer wieder verzeihen. Alles. Sie war wie ein Hündchen, das immer zurückkommt, egal, ob sein Herrchen es prügelt und hungern lässt oder es pflegt und hochpäppelt. Ein zahnloses Schoßhündchen, das auf jeden Pfiff parierte. Gut erzogen und stubenrein.

Wenn meine Knochen nicht mehr zittern, dachte er, mache ich mich ein bisschen nützlich. Das kommt gut bei ihr an. Ich werde den Mülleimer aus der Küche tragen und draußen leeren.

Das war schon fast ein Ritual. Er tat es nur am morgen danach. Meist war der Mülleimer voll mit Bierdosen und zerdeppertem Geschirr. Sie wischte ja immer gleich alles weg. Noch während er tobte und die Regale leer fegte, räumte sie Scherben weg. Sammelte auf, was er durch die Gegend schleuderte, und stellte es wieder an den vorgesehenen Ort. Oder, falls es kaputt war, schaufelte sie alles in den Abfall.

Am anderen Tag kippte er die Überreste seines Vandalentums in den Müllcontainer vor dem Haus, stopfte einen neuen blauen Haushaltsmüllsack in den Mülleimer und stellte ihn schließlich in die Küche zurück. Er tat das, als ob er damit die Ereignisse der Nacht auswischen könnte.

Er machte zwei sinnlose Ansätze hochzukommen. Erst beim dritten Mal gelang es ihm, den massigen Körper hochzuwuchten.

Er zog den Mülleimer hinter sich her. Das Geräusch auf dem Teppich klang ähnlich wie das Handschaben auf seinen Bartstoppeln. Aber auf dem Flurboden quietschte es nervtötend.

Als er pustend wieder oben ankam und einen neuen blauen Müllsack in den Abfalleimer stopfen wollte, stellte er fest, dass der Sack für den Eimer viel zu groß war.

Um ein Haar wäre er wieder wütend geworden und hätte losgebrüllt, dass sie zu blöd sei, Müllsäcke zu kaufen.

Aber das Teufelchen in ihm schrie: »Halt's Maul! Tu so, als hättest du nichts bemerkt. Wieg sie in Sicherheit!«

Wortlos verließ er das Haus zu einem Spaziergang. So hatte sie Zeit, den Staubsauger zu benutzen, ohne ihm auf die Nerven zu gehen.

Als er zurückkam, brutzelten bereits Zwiebeln in der Pfanne, und sie würfelte mit einem großen, scharfen Messer Fleisch in mundgerechte Stückchen.

»Ist das Messer neu? Ich habe es noch nie gesehen.«

Sie schüttelte nur stumm den Kopf und arbeitete konzentriert weiter.

Sie lügt, dachte er, sie lügt.

Sie ließ die Fleischstückchen vom Marmorbrett in die Pfanne rutschen und trennte mit zwei Beilhieben den Suppenknochen im Knorpelbereich auseinander, bevor sie ihn in den vorbereiteten Topf gleiten ließ.

»Und dieses Beil? Woher hast du das?«

»Geliehen.«

»Sei nicht so mundfaul! Von wem?«, brüllte er.

»Von meiner Freundin Anna.«

Also doch. Er hätte es sich denken können. Von der alten Emanzenhexe.

»Wozu braucht die so ein Knochenbeil? Kann die überhaupt kochen?«

»Besser als du denkst«, sagte Sandra leise, fast zu sich selbst, aber mit einem triumphierenden Lächeln, das ihm Angst machte.

»Ich habe keinen Hunger!«, zischte er und verbrachte den Rest des Tages allein in seinem Zimmer mit knurrendem Magen, brummenden Därmen und einer fieberhaften Ungewissheit.

Er verließ das Zimmer nur, um sich im Bad Wasser zu holen. Nach einer Sauftour quälte ihn ständiger Durst. Er brauchte mehrere Kannen Kaffee und immer wieder eiskalte Getränke. Orangensaft, auch Cola mit einem Spritzer Zitrone.

Heute trank er Wasser. Leitungswasser aus einem Zahnputzbecher.

Er musste vorsichtig sein. Nach einem Alkoholexzess dauerte es manchmal zwei Tage, bis seine Geschmacksnerven wieder sensibel wurden. In seinem jetzigen Zustand schmeckte er nur extrem scharf gewürzte Speisen. Alles, was unterhalb der Pfeffer-Peperoni-Curry-Schwelle blieb, bemerkte er nicht. Sie könnte ihm problemlos Schlaftabletten in den Kaffee rühren oder Gift. Er würde es nicht herausschmecken.

Er ließ das Wasser erst ins Waschbecken prasseln, dann unsicher ins Glas. Er zögerte, bevor er trank. Roch am Wasser. Nichts.

Quatsch, dachte er plötzlich. Wie sollte sie das Leitungswasser vergiftet haben?

»Ganz einfach!«, rief das Teufelchen. »Im Bad – eine Etage

höher – stehen die Leitungen aus der Wand. Dort, wo der Zähler angebracht ist, kann sie leicht einen Becher Gift einfüllen. Vielleicht hat sie es schon gestern Nacht gemacht. Jetzt lauert das Gift wie eine Klapperschlange in den Rohren. Irgendwann hast du es im Glas.«

Er drehte alle Wasserhähne voll auf. Auch die Dusche. Dann drückte er mehrmals die Wasserspülung der Toilette.

So einfach würde sie ihn nicht fertigmachen.

Da stand sie im Türrahmen. Mit dampfendem Kaffee auf dem Tablett. Zurückhaltend lächelnd, aber erstaunt. Fühlte sie sich ertappt, als sie sah, dass aus jedem Hahn Wasser strömte?

»Was ist?«, fauchte er sie an.

»Ich dachte, vielleicht geht es dir nicht so gut ... und ich wollte dir Kaffee bringen ...«

»Warum sollte es mir nicht gutgehen?«

»Naja, du hockst in deinem Zimmer, kommst nicht runter, und ich dachte ...«

»Ich trinke deinen Kaffee nicht.«

Sie drehte sich um, wollte heraus aus dem Badezimmer, aber so einfach wollte er ihr den Rückzug nicht machen.

Er packte sie. Grub seine Finger in ihre Schulter.

»Trink du den Kaffee.«

»Ja, aber – warum?«

»Ich will, dass du ihn trinkst. Jetzt und hier.«

Sie stand starr, sagte nichts, aber ihr Blick verriet, dass sie sich weigerte, den Kaffee auszutrinken.

»Los, trink!«

Kaum merklich schüttelte sie den Kopf.

»Trink, oder ich knall dir eine.«

Sie bewegte sich nicht.

»Trink! Ich warne dich! Ich schlag dich windelweich. Ich …«

Mit zitternder Hand nahm sie die Tasse, führte sie zum Mund und schluckte.

Der Kaffee war noch heiß. Eigentlich nur in kleinen Schlückchen zu genießen. Aber sie trank in langen Zügen, mit angewidertem, schmerzverzerrtem Gesicht.

So war sie oft. Machte die Schmerzen, die er ihr zufügte, größer statt kleiner. Es hätte völlig gereicht, wenn sie den Kaffee in kleinen Schlückchen getrunken hätte. Aber nein, sie stürzte die heiße Brühe hinunter wie einen kühlen Drink.

Als sie die Tasse absetzte, wurde ihm das Hemd zu eng. Zu heiß, zu kratzig. Er knöpfte es auf und pellte sich heraus.

»Warum wolltest du den Kaffee nicht trinken?«

»Ich habe ihn getrunken.«

»Aber erst wolltest du nicht.«

»Weil ich Kaffee mit Milch und Zucker nicht mag. Ich trinke ihn schwarz. Seit zwanzig Jahren.«

Das Hemd glitt aus seiner Hand, fiel vor ihm auf den Boden und blieb wie ein kleiner Pyramidenbau auf dem Badezimmerboden liegen.

Sandra bückte sich und hob es stumm auf. Für einen Moment war ihr Gesicht so nah an seinen Füßen, dass er die Versuchung zuzutreten kaum unterdrücken konnte.

Sie kannte dieses Spiel. Sie erwartete den Tritt, aber er blieb aus.

Ratlos verharrte sie einen Augenblick in der verletzlichen Situation, bis sie ganz sicher war, dass er sie nicht treten wollte. Sie sah zu ihm auf und fragte sich, was sie falsch gemacht hatte.

Er drängte sich an ihr vorbei und schloss sich in seinem Zimmer ein.

Sie drehte erst die Dusche aus und dann alle Wasserhähne. Das Hemd stopfte sie in die Waschmaschine.

Der harmlose Zwerg, der ihn um Wasser bat, war zu einem brüllenden Monster geworden, das nach Nahrung schrie.

Die restlichen Bierdosen im Kühlschrank lockten ihn an. In den Dosen war garantiert kein Gift. Die kleinste Beschädigung würde auffallen. Ja, Bier aus der Dose konnte er gefahrlos trinken.

Doch er wusste, nach der dritten Dose würde er leichtsinnig werden, lachen über diesen Quatsch, von wegen »Ich bring dich um!«. Dann würde er zum Whisky greifen. Der hatte einen hohen Eigengeschmack. Ein bisschen Arsen konnte leicht unerkannt bleiben.

Außerdem, wer sagte ihm, dass sie Gift benutzen wollte? Sie könnte ihn einfach im Schlaf erschlagen oder erstechen.

Er kontrollierte die Tür. Abgeschlossen.

Er konnte risikolos einnicken. Wenn sie versuchen sollte, die Tür aufzubrechen, würde er wach werden. Er hatte einen leichten Schlaf – wenn er nüchtern war. Wenn er betrunken war, brauchte man schon eine Schusswaffe, um ihn zu wecken. Er spürte, dass der Alkohol, sein alter Freund, jetzt zu seinem Feind wurde. Er musste trockenbleiben! Nur so hatte er eine Chance gegen Sandra und die Hexe von nebenan.

Zweimal klopfte sie an seine Tür und fragte, ob er etwas essen wolle.

»Nein!«, schrie er jedes Mal. »Hau ab!«

Gegen Abend versuchte sie es noch einmal …

Diesmal bot sie ihm Tabletten gegen seine Kopfschmerzen an. Woher weiß sie, dass ich Kopfschmerzen habe, fragte er sich.

Immerhin hatte er beim Frühstück von dem Kaffee getrunken. Vielleicht hatte die Dosis nur nicht gereicht, um ihn umzubringen. Irgendetwas musste diese mörderischen Kopfschmerzen ja ausgelöst haben.

Natürlich nahm er die Tabletten nicht. Er machte nicht einmal die Tür auf.

Inzwischen knurrte sein Magen fast so laut wie der Säufer in ihm. Immer wieder drängten sich Bilder von einem mit Steaks und Würstchen beladenen Holzkohlegrill in sein Bewusstsein. Scharfer Senf hätte den schalen Geschmack in seinem Mund gut wegbrennen können, einen Hauch von Fäulnis und Moder.

Er wollte wieder ins Badezimmer, um sich Wasser zu holen und zu duschen. Seine Haut juckte. Eine Spinne schien mit langen Beinen über seinen Rücken zu laufen und ein Netz zu knüpfen. Er kratzte sich rote Striemen in die Haut. Aber das Jucken ließ nicht nach. Er brauchte heißes Wasser.

Doch gerade als er den Schlüssel herumdrehen wollte, hörte er im Flur Stimmen. Mit wem redete Sandra? Sie war nicht allein. Sie hatte Komplizen.

Er drückte das Ohr fest an die Tür. Jetzt hörte er nur noch seinen eigenen Atem. Aber er war sicher, Sandra war nicht allein. Vielleicht lauerte sie mit dem neuen Messer oder dem Knochenbeil bewaffnet hinter der Tür … vielleicht wartete schon der große blaue Müllsack auf ihn …

Er verharrte, bis sein rechtes Bein einschlief, ohne sich zu bewegen. Erst als er von der Tür zur Couch humpelte, hörte er die Stimmen erneut. Sandra flüsterte Fragen und Erklärungen, aber die Antworten kamen laut und selbstbewusst. Plötzlich stand er nackt in einem Brennnesselbusch. Die Stimme kannte er: ihre Freundin. Die Hexe.

Jetzt redete Sandra mit süßer Stimme zu ihm. Aber die Tür öffnete er nicht.

»Bitte, mach doch auf. Jemand muss dir helfen. Du hast seit drei Tagen nichts gegessen und …«

Seit drei Tagen? War er etwa seit drei Tagen in diesem Zimmer?

»Anna ist hier. Sie will mal nach dir sehen.«

Er schlug um sich, um die Brennnesseln vom Körper abzuschütteln. Seine Haut reagierte wie auf Säure.

Sie wollten ihn fertigmachen. Jetzt. Zu zweit.

Er packte den Schreibtischstuhl und schmetterte ihn gegen die Wand. Er wollte ein Bein abbrechen. Aber der Stuhl war stabiler, als er aussah. Lediglich die Glasscheiben am Bücherschrank sprangen.

Mit aller Kraft schlug er den Stuhl gegen den Tisch. Diesmal hatte er Glück. Ein Stuhlbein brach ab. Es hing nur noch mit wenigen Holzsplittern am Stuhl fest. Er packte das Bein und riss es hoch über seinen Kopf. Dabei krachte der Stuhl gegen die Tür.

Die beiden fummelten an der Tür herum.

»Kommt nur!«, rief er. »Ich schlag jedem den Kopf ein, der über die Schwelle tritt!«

Flüstern. Dann entfernten sich Schritte.

»Ha«, lachte er, »sie ziehen sich zurück.«

Für einen Moment fühlte er sich großartig.

Kurze Zeit später hätte er gern jemanden um Hilfe gerufen, aber das Telefon stand ja im Wohnzimmer, und außerdem – wen hätte er anrufen sollen? Freunde hatte er schon lange nicht mehr. Saufkumpane, ja, aber echte Freunde, die einen raushauen, wenn man mal in Schwierigkeiten steckt … so etwas gab es nur im Fernsehen, nicht im richtigen Leben.

Als er auf der Couch ein kurzes Nickerchen machte, legte er sich das Stuhlbein quer über den Bauch und hielt es mit beiden Händen fest.

Trotzdem hatten sie es geschafft hereinzukommen. Anna hielt ihm die Arme fest, und Sandra drückte ein Kissen auf sein Gesicht. Er wehrte sich, versuchte zu schreien, schlug, trat, aber da setzte Sandra sich auf das Kissen.

Der Erstickungstod war schlimm. Langsam und lähmend. Das Letzte, was er spürte, war eine warme, sich langsam ausbreitende Feuchtigkeit an seinen Beinen. Er bepisste sich, und es war wie eine Erlösung.

Als der Stoff längst kalt und hart geworden war, sprang er auf, um sich dem Kampf zu stellen, aber niemand – außer ihm – befand sich im Zimmer.

Er fasste an die Tür. Geschlossen. Der Schlüssel steckte noch.

Hatte er alles nur geträumt? Konnte man solche Träume haben? So realistisch, so schmerzhaft – oder hatten sie ihm Drogen verabreicht, die Halluzinationen hervorriefen? Vielleicht wollten sie ihn wahnsinnig machen, um ihn dann umso leichter loszuwerden. Er sah sich schon im Irrenhaus sitzen, und einmal im Monat kamen Anna und Sandra, um sich an seinem Unglück zu weiden.

War Anna Ärztin oder nur Arzthelferin? Egal, jedenfalls hatte sie gute Beziehungen zu den Weißkitteln, und er war nur ein Säufer, der seine Freundin verprügelte. Ihm würde niemand glauben. Selbst seine Kumpels an der Theke nicht. Die mochten Sandra. Fanden sie nett. Zu oft hörte er den Spruch: »Bring doch mal deine Kleine mit!«

Aber die kannten sie ja nicht, wussten nicht, wie schwer es war, mit jemandem zu leben, der so gut, so rein, so edelmütig und so perfekt war, nie aufbrauste, immer nachgab, nie über die Stränge schlug oder etwas Unvernünftiges tat.

Sie war zu gut für ihn. Er hielt es nicht aus, ständig verstanden und bemuttert zu werden. Fühlte sich mehr betreut als geliebt, mehr als Pflegefall denn als Liebhaber.

Plötzlich vertraute er darauf, dass sie ihm auch jetzt wieder verzeihen würde. Fast hätte er es geschafft, zu ihr hinunterzugehen, um sie zu bitten, aber etwas in ihm hielt ihn ab. Dieser entschlossene Satz: »Wenn du das noch einmal tust, bringe ich dich um.«

Nein, der Satz allein war es nicht. Der Müllsack und das Beil und diese Anna.

Er bemühte sich, das Zimmer aufzuräumen. Hatte er die Kissen zerfetzt?

Er erschrak, als er bemerkte, wie schwach er war. Den kaputten Stuhl musste er mit beiden Händen hochheben, weil er es mit einer nicht schaffte.

Er brauchte Nahrung. Energie. In einem Anfall von Mut drehte er den Schlüssel und spurtete quer durch den Flur ins Bad.

Das Wasser tat gut. Mal heiß, mal kalt. Nie hielt diese Dusche die einmal eingestellte Temperatur.

Er richtete das Gesicht gegen den Duschstrahl und riss den Mund auf. Dann schluckte er.

In der Duschkabine wurde ihm klar, dass es drei Möglichkeiten für ihn gab. Erstens, er durfte nie wieder Alkohol trinken, nicht einen einzigen Schluck, und er musste auf der Hut sein, vor sich, vor Sandra und vor Anna. Und zweitens, er konnte schneller sein, sie umzubringen. Und drittens, er konnte versuchen, sie zu verlassen ... einfach abzuhauen.

Doch während er sich abtrocknete, wusste er: Verlassen

würde er sie nicht. Dazu war er nicht in der Lage. Es klang irrwitzig, aber genauso war es: Er hätte sie lieber getötet, als sie zu verlassen.

Dann stand sie mit zwei Handtüchern und frischer Wäsche vor ihm und fragte mit unschuldigem Gesicht: »Geht es dir besser, Liebling? Wenn du Lust hast, komm doch herunter. Ich habe eine Fleischsuppe gekocht. Als Hauptgang Steak und als Nachtisch Tiramisu.«

»Ein ganzes Menü? Welcher Aufwand!«

Sie lächelte: »Wir haben etwas zu besprechen.«

Sie ließ ihn allein. Aus der Küche lockten verführerische Düfte. Er rasierte sich. Die Hand zitterte nicht. Sauber, glatt, ohne Schnitt. Das fing gut an. Er kam offensichtlich in eine bessere Phase. Wurde ja auch Zeit.

Zufrieden strich er sich übers Kinn. Kurze Zeit später betrat er sauber gekleidet, frisch rasiert und von herbem Aftershave-Duft umgeben, das Speisezimmer.

Als er Anna sah, verflog seine gute Laune sofort. Sie trug ein eng geschnittenes, schwarzes Kleid, das kurz überm Knie endete. Ihre Haare schrien fast, so extrem hatte sie sie blondieren lassen. Und es kam ihm so vor, als sei ihr Busen gewachsen.

Sie wirkte aufgeräumt, freundlich, aber er spürte hinter ihrem Lächeln mehr denn je die Boshaftigkeit. Sie erkannte ihn im Tiefsten seiner Seele. Sie war aus seinem Holz geschnitzt. Haltlos hinter ihrer Fassade, voller Selbsthass und Gemeinheit.

Wie kam es nur, dass Sandra die Nähe solcher Menschen suchte? Sie spürte sie geradezu auf. Wie viele solcher Typen wie Anna und ihn gab es wohl in dieser Stadt? Und Sandra führte sie zusammen. Ihr Mann und ihre Freundin. Zerrissene und umhergetriebene Gestalten, alle beide.

Er bemühte sich, ruhig zu bleiben. Sandra trug die Suppe auf. Sie tat seinem Magen gut.

Was Anna dann sagte, schlug ihm seltsamerweise nicht den Löffel aus der Hand, denn er rechnete mit einer Gemeinheit.

»Also, ich finde es toll, dass du nichts dagegen hast.«

»Ich? Gegen was?«

Anna und Sandra sahen sich komplizenhaft an.

»Hast du es schon vergessen, Schatz? Nein. Du machst Scherze.«

»Was, verdammt noch einmal?«

Anna räusperte sich und setzte sich gerade hin. »Nun, wir haben beschlossen – also, Sandra und ich –, dass es wohl für alle Beteiligten besser wäre, wenn ich hier einziehe.«

»Du willst hier einziehen?« Er war baff.

»Naja«, fuhr Sandra für ihre Freundin fort, »du bist krank. Sehr krank. Und Anna ist Krankenschwester ...«

Er legte den Löffel behutsam auf den Tisch. Sandra hob beschwichtigend die Hände.

»... reg dich nicht auf, die Krankenkasse bezahlt es.«

»Natürlich nur vier Stunden am Tag«, warf Anna ein.

Fast hätte er erleichtert genickt.

»Außerdem, Anna ist allein. Ihre Wohnung ist klein. Und es wird alles viel billiger. Ich meine, das Kochen und so ... wir könnten uns die Besorgungen teilen.«

Sandra wurde nervös, stotterte fast, aber Anna blieb cool. Völlig gefasst. Sie hatte einen Trumpf in der Hinterhand, aber welchen? Sie wollten ihn fertigmachen. Dies war so eine Art Beerdigungsessen für ihn. Sie würden seinen Körper leben lassen, aber seine Seele töten mit ihrer Sorgfalt.

Sandra holte die Steaks aus der Küche. Sofort änderte sich Annas Gesichtsausdruck.

»Du hast keine Chance, glaub mir. Stell dich besser nicht quer. Es wäre ein Leichtes, dich entmündigen zu lassen ...«

Sandra stellte den Porzellantopf auf den Tisch und füllte jedem auf.

»Wir sind Freundinnen. Wie werden zusammenziehen, und niemand, mein Schatz, und ganz bestimmt nicht du, wird uns daran hindern«, sagte Sandra in einem Ton, der ihm Angst machte, weil er keinen Widerstand zuließ. Sie fixierte ihn. »Ob mit oder ohne deine Person – das steht hier zur Debatte. Die Tatsache selbst ist beschlossen.«

»Darf ich mich in Zukunft als Gefangener betrachten?«, fragte er so sachlich wie möglich.

Beide nahmen es als Scherz. Sandra reichte ihm sogar die Hand und versprach: »Im Gegenteil, mein Schatz, wir werden dich aus dem Gefängnis des Alkoholismus befreien.«

»Wir haben da so unsre Methoden!«, flötete Anna enthusiastisch.

Er lernte sie kennen. Alle. Heute erzählt er manchmal seinen Patienten davon.

Sie betreiben inzwischen eine private Klinik für Alkoholabhängige und deren Angehörige. Sie behandeln nicht nur Suchtkranke, sondern auch immer deren Partner. Erfolgreich. Sehr erfolgreich.

Man sagt, wenn die Paare die Klinik verlassen, schenkt ihnen die Geschäftsleitung einen blauen Plastikmüllsack. Als Andenken.

Die rote Taste

Ich war zwölf und fand Erwachsene doof, gemein, hinterlistig, bösartig oder bestenfalls völlig verblödet. Mein Vater war eins dieser saufenden Arschlöcher, die Frau und Kinder verhauen, wenn sie den Kanal vollhaben. Am anderen Tag kroch er dann reumütig vor uns auf den Knien herum, versprach Besserung, und das alles sollte nie wieder vorkommen. Mama blieb bei ihm, was ich nicht verstand.

Als ich kleiner war, glaubte ich, sie tue es wegen mir. Ich hielt ihn nämlich für den Ernährer der Familie. In Wirklichkeit war er das schon lange nicht mehr. Er versoff unser Geld und machte Schulden in Kneipen. Mama ging putzen und gab Nachhilfestunden. Ich trug Zeitungen aus. Wir mussten nicht hungern. Aber es war trotzdem doof.

In unserer Klasse war das Geburtstagsfieber ausgebrochen. Jeder gab zu seinem Geburtstag eine Fete. Meistens mit Kaffee und Kuchen und Eltern und Verwandten. Manchmal auch (viel seltener) mit sturmfreier Bude. Mal bei McDonald's, mal im Kino, egal wie – jeder lud alle zum Geburtstag ein. Natürlich brachte man ein Geschenk mit. Es musste mindestens ein Taschenbuch sein. Ging aber bis zur CD aufwärts.

Bei zweiunddreißig Schülern in der Klasse sind das wenigstens zwei Geburtstage im Monat. Einerseits war das klasse.

Ich mochte diese Feten. Ich mochte alles, was nicht bei uns zu Hause stattfand. Andererseits musste ich jedes Mal ein Geschenk mitbringen. Zweimal hatte ich mich mit was Selbstgebasteltem blamiert. Das machte ich mittlerweile nicht mehr. Einmal hat Mama mir geholfen und einen Kuchen zusammen mit mir gebacken. Wir haben dann Herzlichen Glückwunsch zum Geburtstag mit Zuckerschrift draufgeschrieben. Der Kuchen schmeckte, aber mein Klassenkamerad hatte sich eigentlich eine Bed & Breakfast-CD gewünscht.

Ich konnte solche Boygroups nicht ausstehen, aber ich hatte schon drei CDs von ihnen geklaut. Im CD-Laden konnte ich mich nicht mehr sehen lassen. Beim letzten Mal hätten sie mich nämlich fast erwischt. Sie sind hinter mir hergerannt, aber haben mich nicht gekriegt. Wer einen Säufer zum Vater hat, lernt schnell wegzulaufen.

Die Schule fand ich sowieso ziemlich öde. Wenn bei uns nachts die große Show ablief: »Warum hab ich dich Schlampe bloß geheiratet? Ich hätte so viele tolle Frauen haben können, aber ich Idiot bin bei dir hängen geblieben!«, dann bekam ich nicht viel Schlaf, und meine Träume waren auch nicht gerade die besten. Dann schreibt man am anderen Tag keine Zweien in der Schule.

Natürlich hätte ich meinen Lehrern davon erzählen können. Vielleicht hätten sie auch Verständnis gehabt. Aber ich wollte kein Mitleid. Ich wollte einfach nur sein wie die anderen.

Ich hatte ein Boxergesicht. Bei den Jungs brachte mir das Respekt ein. Kaum einer wagte es, mich schräg anzumachen. Die Mädchen mochten so eine schiefe Nase nicht so sehr. Mein Papa hatte mir zweimal die Nase gebrochen. Einmal den Arm ausgekugelt. Von den gebrochenen Rippen will ich jetzt nicht reden, und um meine blauen Flecken zu zählen, bräuchte man eine Rechenmaschine.

Eines Tages werde ich stark genug sein, um mich zu wehren. Richtig zu wehren. Vielleicht hört er dann auf zu saufen. Vielleicht braucht er das. Dass ich ihm einmal richtig eine verpasse.

Meine Mama steckte ja immer nur Prügel ein. Was sollte sie auch tun? Sie wog nicht halb so viel wie er. Ja, am nächsten Tag, dann machte sie ihm Vorwürfe. Dann ließ sie ihn ein bisschen leiden und zappeln, aber am Ende wurde sie doch immer wieder weich und blieb bei ihm.

Einen richtigen Hausarzt hatten wir nicht. Ich musste immer wieder zu einem anderen Doktor und erzählen, ich sei die Treppe runtergefallen oder vom Fahrrad gestürzt. Wenn wir immer zum gleichen Arzt gingen, würde dem natürlich was auffallen. Einer hat mal etwas gemerkt. Ich glaube, ich war gerade im ersten Schuljahr. Er sah die Flecken an meinem Rücken, weil mein Papa mich getreten hatte. Ich war dann gegen den Küchenschrank geflogen. Der Arzt glaubte mir nicht, dass ich die Treppe heruntergefallen sei. Meine Mama, die mich zum Doktor brachte, weil sie befürchtete, ich hätte innere Blutungen, stand mit ihrer Sonnenbrille da. Es war im Dezember, draußen fiel der Schnee, und hinterm Rand ihrer Brille wurde das dunkelblau geschlagene Auge sichtbar.

Ich war damals zu klein und zu verstört, um zu verstehen, was der Arzt wollte. Aber das Wort Jugendamt fiel ein paarmal. Frauenhaus und Scheidungsrichter. Alles Worte, die in mir Grauen auslösten. Wie oft hatte mein Papa mich angeschnauzt, wenn ich nicht spuren würde, käme ich in eine Erziehungsanstalt. Ihm würde das sowieso alles zuviel mit uns, und er käme ohne uns viel besser klar. Erziehungsanstalt …

Jugendamt ... ich stellte mir das vor wie ein Gefängnis für Kinder. Man schläft in einem Saal mit zwanzig Leuten, Erzieher gehen mit dem Rohrstock durch die Reihen, man muss seine Finger vorzeigen, und wenn sie nicht sauber sind, kriegt man einen Schlag mit dem Rohrstock auf die Finger.

Neulich hatte Papa noch erzählt, dass es ihm selbst so ergangen war. Er war nicht in einem Erziehungsheim. Bei ihm passierte das in der Schule. Heute würde so was in der Schule keiner mehr machen. Ich wusste auch nicht, ob ich Papa glauben sollte. Manchmal drohte er nur ganz furchtbar. Er stellte die Welt um uns herum als so grausam und schrecklich dar, dass wir es bei uns zu Hause geradezu schön und gemütlich fanden. Ich glaube, langsam durchschaute ich seine Tricks.

Nun nahte mein Geburtstag. Was sollte ich machen? Als einziger keine Geburtstagsparty geben? Dann konnte ich mich endgültig in der Schule nicht mehr sehen lassen. Ich konnte die anderen aber auch schlecht zu mir nach Hause bitten. Ich wusste doch nie, was mit meinem Alten los war. Vielleicht war er gut drauf, begrüßte meine Klassenkameraden, machte Späße mit ihnen und erzählte ihnen von seiner Schulzeit. Er konnte ganz gute Witze erzählen. Er hatte mindestens zehn Standardwitze drauf. Ich kannte sie natürlich schon rückwärts auswendig, aber meine Klassenkameraden fänden sie bestimmt ganz prima. Man wusste allerdings nie, wie er drauf war. Vielleicht lümmelte er sich auch mit offenem Hosenlatz auf der Couch herum, zappte durch die Fernsehprogramme und schimpfte darüber, dass sie so schlecht waren. Wenn er langsam besoffen wurde, wollte er immer eine Bürgerinitiative für einen Fernsehboykott gründen. Dabei stierte er in die Glotze und trank sich weiter zu.

Wir hatten immer kleine, billige Fernsehgeräte. Gebrauchte

Apparate. Manchmal kriegten wir sie von Nachbarn geschenkt, die sich ein neues kaufen wollten. Wenn mein Papa richtig sauer war, warf er nämlich zunächst eine Flasche in den Bildschirm. Manchmal hob er den Kasten auch hoch und schleuderte ihn gegen die Wand. Danach erst verhaute er meine Mama.

Er brachte sich immer erst mit Sachen in Stimmung, die er in Stücke schlug. Sie flehte jedes Mal, er solle das doch seinlassen. Irgendwann ließ er es dann auch sein, und dann war sie dran.

Wenn ich mich nicht einmischte, passierte mir nicht unbedingt etwas. Manchmal tat ich so, als ob ich schlafen würde. Ich biss ins Kopfkissen, presste die Augen fest zusammen und versuchte, nicht zu heulen. Er leuchtete mir gern ins Gesicht und guckte, ob ich auch wirklich schlief. Wenn mein Gesicht nass war, musste ich aufstehen. Ich wusste dann immer, wie es endete. Obwohl er sich am Anfang bemühte, mit freundlicher Stimme zu sprechen.

Das Wohnzimmer sah verwüstet aus, irgendwas hatte er wieder kaputtgeschlagen. Mama saß heulend in der Ecke. Wenn er sie verprügelt hatte, setzte sie sich nie auf einen Stuhl. Sie verkroch sich immer halb hinters Sofa oder zwischen Küchenschrank und Herd. Kleine Ecken, wie Katzen sie sich gern aussuchen, wenn sie sich vor der Welt verstecken wollen.

Ich musste dann meine Schulhefte herausholen. Und wehe, ich hatte sie nicht da. Es war völlig egal, was für Noten ich hatte. Er hielt mir immer die gleiche Standpauke. Ich hatte schon für Zweien ein paar gescheuert gekriegt. Wenn der Schnaps ihn noch nicht bewusstlos gemacht hatte, begann er gern, nachts mit mir zu üben. Er diktierte mir dann seitenweise alte Diktate aus meinem Arbeitsheft. Natürlich vertat er sich in der Zeile, redete viel zu schnell, lallte dabei, verlor den Faden und kicherte. Wenn ich einen Fehler machte, scheuerte er mir eine. So lerne man am besten, glaubte er. Sein Vater hatte ihn auch so streng rangenommen, und ihm habe das nicht geschadet, sagte er.

Einmal hat Mama gewagt, ihn darauf hinzuweisen, dass drei Uhr morgens nicht die richtige Zeit für Nachhilfestunden sei. Dann musste der Notarzt kommen, so hat er draufgehauen. Ich biss also auf die Zähne und schrieb.

Ich hatte schon mal daran gedacht, ihn umzubringen. Ganz ehrlich. Mehr als einmal.

Der Jörg, mein Klassenkamerad, brauchte eine Woche lang nicht zur Schule zu kommen, weil sein Vater gestorben war. Er habe den schlimmsten Verlust seines Lebens erlitten, hat unser Klassenlehrer gesagt. Alle haben sich um Jörg gekümmert, ihn getröstet. Eine Weile sah er aus, als könne er nie wieder lachen.

Ich fühlte mich ganz merkwürdig dabei. Nie habe ich so sehr gespürt, wie in dieser Zeit, dass etwas mit mir ganz anders war als mit den anderen. Wenn mein Vater gestorben wäre, wäre das für mich kein Grund zum Heulen gewesen, sondern wahrscheinlich der schönste Tag meines Lebens. Befreit wäre ich in die Schule jubiliert, hätte meine Freunde umarmt und schließlich bei uns zu Hause eine Fete gegeben. Egal, ob Geburtstag oder nicht.

Aber mein Vater starb nicht. Der fiel schon mal hin, hatte die typischen Säuferverletzungen am Kopf, wenn er gegen die Heizung oder die Tür stolperte, aber Mama und mich verletzte er immer schlimmer als sich selbst.

Ich machte im Grunde schon lange keine Hausaufgaben

mehr. Vor der Schule trug ich Zeitungen aus. Im Sommer machte mir das nichts. Im Herbst und im Winter war es ganz schön Scheiße, weil ich oft bis auf die Knochen durchgefroren und nass in den Klassenraum kam. Wenn die anderen verpennt und fröhlich von ihren Frühstückstischen aufstanden, hatte ich immer schon gut drei Straßenzüge bedient.

Mama stand, auch wenn sie eine üble Nacht gehabt hatte, meistens morgens mit mir auf, um mir eine Schnitte für die Schule zu schmieren. Ich aß sie unterwegs. Egal, wie sie schmeckte. Es war so, als würde ich mir ein Stück Liebe meiner Mutter einverleiben.

Ich versuchte, in der Schule cool zu bleiben. Das war gar nicht so einfach. Ich wollte nicht der arme verprügelte Junge mit dem saufenden Vater und der hilflosen Mutter sein. Es gefiel mir besser, aufsässig, frech und aggressiv zu wirken.

Meine Deutschlehrerin, eine ganz zierliche kleine Person, hat mich schon zweimal zur Seite genommen und gesagt: »Dirk, du kannst dich mir wirklich anvertrauen. Ich seh doch, dass mit dir etwas nicht stimmt. Du hast Ränder unter den Augen, du bist unausgeschlafen, unkonzentriert. Du hast schon seit Wochen deine Deutschhausaufgaben nicht mehr gemacht. Woher kommen deine blauen Flecken? Was ist los?«

Ich blieb stumm wie ein Fisch.

»Du kannst mir wirklich vertrauen, Dirk. Ich sag's auch nicht weiter, wenn es niemand wissen soll. Aber vielleicht kann ich dir helfen.«

Das Doofe war nur, ich vertraute Erwachsenen nicht. Denn ich fand sie, wie ihr wisst, doof, gemein, hinterlistig, bösartig, bestenfalls völlig verblödet. Ich wollte sie mir nur vom Leib halten. Deshalb verkündete ich lautstark: »Bei mir ist das so,

Frau Schüller. Ich hab keine Zeit, all meine Hausaufgaben zu machen. Es gibt noch wichtigere Dinge. Deshalb nehmen alle Fächer bei mir an einer Tombola teil. Ähnlich wie bei der Ziehung der Lottozahlen. Jeden Tag ziehe ich ein neues Los. Sie haben Pech gehabt, Frau Schüller. Deutsch war schon lange nicht mehr dabei.«

Das hörte sich cool an, was? Ich war ganz stolz auf mich. Ich sah ihr entsetztes Gesicht. Ich hatte ihr wehgetan, bevor es ihr gelang, mich zu verletzen. Bei meinem Vater war ich selten so gut.

Inzwischen fragten mich die Lehrer nicht mehr: »Na, hast du heute deine Hausaufgaben, Dirk?«, sondern sie fragten: »Habe ich an der Verlosung teilgenommen oder nicht?«

Meist zuckte ich die Schultern: »Sie hatten mal wieder Pech.«

Das löste in der Klasse jedes Mal ziemliches Gelächter aus. Es war auf jeden Fall leichter für mich, als mich jedes Mal zusammenscheißen zu lassen. Aber ich wurde das Gefühl nicht los, dass meine Lehrer mich inzwischen aufgegeben hatten und deswegen nur noch versuchten, es ins Lächerliche zu ziehen. Sie wollten mich loswerden. Ich sollte die Schule so rasch wie möglich verlassen. Niemand hatte es gesagt. Aber ich glaubte es trotzdem. Es war wie zu Hause. Eigentlich war ich denen hier auch nur im Weg, dachte ich.

Na, war ja auch egal. Wenn ich es nicht schaffte, irgendwie eine annehmbare Geburtstagsparty auf die Reihe zu kriegen, konnte ich mich hier sowieso nicht mehr sehen lassen. Ich hatte es mit Mama besprochen. Wenn ich mich für unsere schäbige Wohnung nicht schämte, könnte ich meine wichtigsten Freunde zu einem Stück Kuchen einladen, wenn Papa nicht da war. Aber man wusste nie, wann er da war.

Andere Väter gingen regelmäßig zur Arbeit. Meiner ging regelmäßig in die Kneipe. Andere wussten, wann ihre Väter Büroschluss hatten. Ich hatte keine Ahnung, wann meiner wieder vor der Tür kniete, weil er das Schlüsselloch nicht fand

Für unsere ganze Klasse wäre unsere Wohnung sowieso nicht groß genug. Sie war im Grunde sogar für uns drei zu klein.

Ich könnte alle ins Kino einladen. Im Kino war genügend Platz. Kino fanden alle prima. Und anschließend ein Eis. Aber das kostete mehr, als wir im Monat an Unterstützung kriegten. Es war völlig undenkbar. Soviel konnte Mama nicht putzen und ich nicht klauen. Selbst wenn es mir gelänge, würden sich alle fragen, wie wir an das Geld gekommen waren. Sie wussten doch alle, dass wir von Sozialhilfe lebten. So was blieb nie geheim. Jedes Mal, wenn wir einen Ausflug mit der Klasse machten, musste ich nämlich einen extra Antrag stellen, damit jemand für mich die Reisekosten trug. Ich fand das peinlich und erniedrigend. Aber ich wollte wenigstens eine Geburtstagsparty geben. Irgendwie. Das musste ich schaffen, und wenn es das Letzte war, das ich im Leben tat.

In dieser Nacht habe ich davon geträumt, meinen Vater die Treppe herunterzuschubsen. Die Treppe, die Mama und ich angeblich so oft heruntergefallen sind, wenn er uns in Wirklichkeit doch nur verprügelt hatte. Er brach sich das Genick dabei. Wie eine Puppe, die ihre Glieder unnatürlich verrenkt hat, lag er unten und hauchte seinen letzten Atem aus. Wenn ich das noch vor meinem Geburtstag täte, würde jeder verstehen, warum ich keine Geburtstagsparty gebe. Andererseits könnte ich dann aber auch eine steigen lassen, denn der Alte wäre ja nicht mehr im Weg. Ob sich irgendjemand in meiner Klasse auch schon mal so komische Gedanken gemacht hat?

Ob irgendein anderer Junge in meinem Alter auch mit solchen Träumen aufwachte? War ich ganz alleine?

Wenn mein Papa nach Hause kam, durfte der Fernseher auf keinen Fall an sein. Wir alle mussten das Fernsehen verachten. Niemand von uns durfte Fernsehgucken. Wenn überhaupt, dann schaltete er das Gerät ein, entschied, welche Sendung gut war und welche nicht, meckerte daran herum, und wir mussten ihm recht geben. Manchmal lag er acht Stunden lang auf der Couch und glotzte besoffen in die Flimmerkiste. Mich schickte er ins Bett, weil es nichts für mich war, oder rief mich, weil ich mir das angucken sollte. Das mochte ich überhaupt nicht. Wenn er mich rief, war es immer sehr gefährlich. Vielleicht fand er die Sendung da gerade sehr lehrreich und erwartete, dass ich nun sagte: »Oh, prima, Papa, da hab ich heute ja wieder etwas gelernt.«

Vielleicht fand er sie aber auch saublöd und hatte mich nur gerufen, um mir zu demonstrieren, dass die Leute beim Fernsehen viel blöder waren als er. Dann musste ich natürlich etwas ganz anderes sagen und auf die Fernsehleute schimpfen. Es war schwierig, vorher genau zu wissen, was er dachte. Ich musste es an seinem Gesicht ablesen. Ich war ziemlich gut geworden darin im Laufe der Jahre, denn er hatte jeden meiner Fehler wirklich hart bestraft.

Manchmal guckte ich natürlich Fernsehen. Heute zum Beispiel. Er war – na wo wohl – in der Kneipe gegenüber. Meine Mama putzte, und ich lag, fast wie er sonst, auf der Couch, nur dass ich dabei kein Bier trank, und schaute mir meine Lieblingsfamilienserien an. Ich liebe Familienserien im Fernsehen. Die haben immer so verständnisvolle Eltern. Sie kümmern sich um die Probleme der Kinder, denken darüber nach, besprechen das lange. Manchmal machen sie alles falsch, aber irgendwie wollen sie doch etwas Gutes. Sie sehen ihre Kinder zumindest. Meine Eltern hatten mit sich selbst genug zu tun. Ich hatte das Gefühl, sie sind nicht für mich da, sondern ich für sie.

Ich hielt die Fernbedienung in der Hand, immer ganz aufs Fernsehen gerichtet. Wenn ich seine Schritte im Flur hörte, schaltete ich immer sofort aus. Doch diesmal war es so spannend. Ich hatte es einfach nicht gehört. Vielleicht war er auch heraufgeschlichen, um mich zu erwischen. Ich weiß es nicht. Beim letzten Mal, als er mich beim Fernsehgucken erwischt hatte, musste ich fünfzig Kniebeugen machen und anschließend Liegestütze, bis ich auf dem Boden kleben blieb und nicht mehr hochkam, denn er wollte nicht, dass aus mir »ein verweichlichter Stubenhocker« würde. Es war sein Versuch, aus mir eine Sportskanone zu machen.

Die Tür flog auf, und er stand da. Die Fahne schlug mir sofort entgegen. Ich konnte eine reine Bierfahne von einer Rotweinfahne, einer Bier- und Schnapsfahne oder einer reinen Schnapsfahne sehr gut unterscheiden. Die Fahne sagte viel über das aus, was gleich passieren würde. Je mehr Schnaps im Spiel war, umso aggressiver wurde er.

Diesmal war es eine reine Schnapsfahne. Den Oberkörper nach vorn gebeugt, das Kinn herausgereckt, die Augen rund aus den Höhlen hervorgetreten, blähte er die Nasenflügel auf und zeigte auf mich. Das Gehirn hatte den Satz wohl schon abgeschickt, aber die Zunge brauchte noch eine Weile, um die lallenden Laute zu formulieren.

Ich spürte die drohende Gefahr genau und zog mich in die Sofaecke zurück. Ich drückte den roten Knopf der Fernbedienung, um das Fernsehprogramm auszuschalten. Manchmal vergaß er mitten im Satz, was er sagen wollte und was geschehen war. Vielleicht hatte ich heute auch diese Chance. Doch das Fernsehen lief weiter. Nur mein Vater blieb stocksteif stehen.

Für einen Moment glaubte ich, jetzt wahnsinnig geworden zu sein. Irgendwann schnappte man wahrscheinlich über, wenn man unter solchem Druck stand wie ich. Mein Vater hielt den Zeigefinger noch hoch. Ein bisschen Speichel tropfte aus seinem Mund heraus. Die Augen starrten mich an. Er war mitten in der Bewegung wie eingefroren.

Ich sah zum Fernseher. Ein schwarzer Streifen lief über den Schirm. Der Film lief weiter. Aber ganz langsam. So als würde Bild für Bild langsam von unten auf den Schirm geschoben.

Ich saß eine Weile so, guckte zwischen dem Fernseher und meinem Vater hin und her und kaute auf meinem Handrücken herum, bis ich Blut schmeckte. Das hier war Wirklichkeit. Ich hatte gerade irgendwie die Welt angehalten. Mit unserer Fernbedienung.

Zitternd nahm ich die Fernbedienung in beide Hände, richtete sie auf meinen Vater und drückte den roten Knopf erneut. Sofort machte er einen Schritt auf mich zu und brüllte: »Du blödes …«

Ich drückte sofort wieder. Er stand starr.

Wie es funktionierte, weiß ich nicht – aber es funktionierte.

Ich erinnerte mich an den Religionsunterricht. Dort war einmal die Rede davon gewesen, dass jemand zu einer Salzsäule erstarrt sei.

Nun wagte ich es, meinen Vater anzufassen. Nein, der war nicht aus Salz. Der war aus Fleisch und Blut, wie eh und je. Aber er konnte sich nicht mehr bewegen. Ich war mir nicht sicher, ob er mitkriegte, was um ihn herum geschah. Ich fuhr mit meiner Hand vor seinen Augen hin und her. Nichts. Keine Reaktion. Wie eine Plastikpuppe.

Jetzt wurde ich übermütig. Ich steppte vor seinen Augen einen Tanz, machte ihn strubbelig, bohrte in seiner Nase und amüsierte mich prächtig mit ihm. Vielleicht würde er gleich wieder beweglich werden und sich grausam an mir rächen. Aber Prügel bekam ich doch sowieso. Warum sollte ich nicht vorher mal meinen Spaß haben?

Ich konnte ihn herumschieben wie ein Möbelstück. Unser Fernseher, der ja mehr zu einer Illustrierten geworden war, die langsam selbständig ihre Seiten umblätterte, zeigte einen jungen Prinzen, der vom Pferd fiel. Ich schätzte, es dauerte eine halbe Stunde, bis er auf dem Boden ankam. Möglicherweise bewegte mein Vater sich genauso langsam. So, dass es fürs menschliche Auge kaum zu sehen war. Dann musste ich für ihn aber auch genauso schnell sein. Das heißt, er kriegte gar nicht mit, was ich tat. Ja, so war es. Ich war mir ziemlich sicher.

Mama musste gleich nach Hause kommen. Ich nahm mir vor, ihr eine Überraschung zu bereiten. Ich ging zum Kleiderschrank und kramte unten nach dem alten Christbaumschmuck.

Als sie hereinkam, traf sie fast der Schlag. Sie stoppte nicht einfach in der Bewegung wie Papa, oh nein. Sie stieß einen spitzen Schrei aus, wurde blass, hielt sich am Stuhl fest und sank dann darauf nieder. Sie hielt ihr Herz fest, und ich sah, wie die Adern an ihrem Hals pochten. Ihre Lippen wurden schmal, ihre Wangen abwechselnd rot und wieder weiß.

Mein Papa stand mitten in der Wohnküche, mit ausgebreiteten Armen auf einem Bein. Ich hatte ihn mit Christbaumkugeln und Lametta geschmückt und die silberne Tannenbaumspitze mit Gummiband auf seinem Kopf befestigt.

Er sah klasse aus. Wie ein Weihnachtsmonster. Ein Geburtstagsclown. Ein Spaßvogel. Auf jeden Fall nicht wie einer, der seine Familie verhaute und seinem Sohn morgens um drei Uhr Nachhilfestunden gab.

»Was ... was hast du getan?«, fragte Mama atemlos.

»Ich kann ihn anhalten, Mama. Es funktioniert ganz toll. Willst du auch mal?«

Sie wehrte ab, als ob ich ihr angeboten hätte, eine Giftschlange zu streicheln. Ich drückte auf den roten Knopf. Gleich geriet unser Tannenbaum in Bewegung, stellte sich auf beide Beine, wackelte etwas und fauchte: »Was soll der Sch...«

Mit einem Knopfdruck stoppte ich ihn erneut. Die Kugeln an ihm baumelten noch hin und her, er selbst aber stand still. Die Spitze löste sich an seinem Kopf und verrutschte etwas, so dass sie jetzt über seinem rechten Auge hing.

Mama wusste noch nicht ganz, ob sie einen Lachkrampf kriegen sollte oder einen Tobsuchtsanfall. Unschlüssig sah sie mich an. Ich hielt ihr noch einmal die Fernbedienung hin. Sie nahm sie, drückte auf den Knopf und noch bevor Papa sich auch nur zehn Zentimeter vorbewegt hatte, stoppte sie ihn. Dann entschied sie sich für den Lachkrampf.

Ich habe meine Mutter in den letzten zwölf Jahren nicht oft lachen sehen. So sah ich sie noch nie. Und wenn ich die schlimmste Prügel meines Lebens dafür beziehen sollte, allein für diesen Augenblick hat es sich gelohnt.

»Mein Gott«, gibbelte sie, »davon habe ich mein Leben lang geträumt! Ihn einfach ausschalten zu können! Das ist ja köstlich! Wie machst du das, mein Junge, wie?«

»Keine Ahnung«, sagte ich. »Aber es funktioniert.«

Mama zeigte auf die Fernbedienung und lachte: »Die Dinger sind gut. Die sind wirklich großartig. Wenn wir etwas Geld hätten, sollten wir Aktien von der Firma kaufen. Diese Fernbedienungen werden sich bald äußerster Beliebtheit erfreuen.«

Kurze Zeit später kam ihre Angst zurück. »Was wird er machen, wenn der Zauber nachlässt? Wenn das alte Programm wieder läuft? Er wird noch wütender sein. Wir werden noch mehr aushalten müssen.«

Für mich war das in diesem Moment anders. Ich glaubte nicht daran, dass er jemals wieder Macht über uns haben würde. Sie war gebrochen. Durch eine kleine Fernbedienung, nicht größer als eine Zigarettenschachtel.

»Wenn er das nächste Mal versucht, zur Flasche zu greifen, stoppe ich ihn mitten in der Bewegung«, lachte ich und versuchte, meiner Mutter Hoffnungen zu machen.

»Ich weiß jetzt, wie ich meine Geburtstagsfeier gebe, Mama. Ich schalte ihn aus, wir stellen ihn in den Schrank, du backst einen Kuchen, und wir feiern ganz friedlich hier bei uns in der Wohnung.«

»Und wenn er aus dem Schrank kommt?«

»Er wird nicht kommen, Mama. Er kann sich nicht bewegen. Schau ihn doch an.«

Ich merkte, dass sie nicht mit mir reden konnte, während er wie ein Weihnachtsbaum im Zimmer stand. Immer wieder schielte sie ängstlich zu ihm herüber. Also machte ich ihr den Vorschlag: »Komm, wir tragen ihn ins Bett.«

Es war leicht, ihn umzukippen. Ich fasste an seinen Beinen an und drückte meinen Kopf gegen seinen Bauch. Er fiel nach hinten wie eine Stehlampe. Mama hielt ihn an den Schultern, und wir trugen ihn ins Bett. Er war leicht. Das hätte ich nie gedacht. Er sah auch nicht mehr so groß und furchterregend aus wie vorher. Er war irgendwie klein, leicht, handhabbar geworden.

Ich hätte ihn mit allem Christbaumschmuck einfach so liegen lassen. Doch Mama befreite ihn vorsichtig davon und deckte ihn dann zu.

Als wir später nach ihm sahen, hatte er die Augen nicht mehr geöffnet, sondern geschlossen. Er atmete gleichmäßig und schnarchte leise. Ich hielt das für einen Trick. Das konnte ich aber leicht überprüfen. Ich richtete die Fernbedienung auf ihn, drückte den roten Knopf und siehe da, er blieb schnarchend liegen. Er bewegte sich ein wenig, reckte die Knochen, bis sie knirschten, schlief aber weiter.

Danach lagen Mama und ich wie so oft zusammen im Fenster und sahen auf die Straße hinunter. Sie legte uns dabei ein Kissen auf die Fensterbank, auf dem wir unsere Arme abstützten. So hatten wir oft auf ihn gewartet. Stunde um Stunde verstrich, wir saßen da und sahen aus dem Fenster. Andere gingen mit ihren Familien fein herausgeputzt zum Sonntagsbesuch, fuhren zum Tennis oder zum Schwimmen – wir saßen da und warteten auf ihn, damit wir endlich die Prügel beziehen konnten, die uns zugedacht waren. Ich ließ die Fernbedienung nicht aus der Hand. Die Zeit war endgültig vorbei.

Gegenüber war ein Kiosk. Dahin schickte Papa mich manchmal Bier kaufen, wenn er selber zu faul war, sich etwas zu holen, und er nicht mehr in die Kneipe konnte, weil er dort zu viel hatte anschreiben lassen. Nie habe ich die Beine von dem Mann im Kiosk gesehen. Er saß den ganzen Tag und wurde immer fetter. Alle nannten ihn nur den dicken Pit. Ich glaube, er redete selbst von sich so.

Er reichte gerade einem Kind eine Flasche Zitronensprudel

heraus und eine Tüte Bonbons. Ich weiß nicht warum, ich musste es einfach ausprobieren: Ich richtete die Fernbedienung nach unten und drückte ab. Die beiden stoppten mitten in der Bewegung.

Mama sah mich an und tippte mit ihrem Zeigefinger rasch auf meinen Daumen, so dass der rote Knopf sich sofort wieder senkte. Unten machten sie weiter, als ob nichts geschehen wäre. »Lass das!«, sagte sie.

»Mama, es funktioniert bei allen Leuten. Hast du das mitgekriegt?! Bei echt allen Leuten!«

»Trotzdem. Lass das. Man tut so was nicht. Das bringt Unglück.«

»Wo steht, dass das Unglück bringt, Mama? Endlich haben wir eine Waffe. Zum ersten Mal im Leben können wir uns wehren. Jetzt stehen wir nicht mehr alleine da in der Welt, und da sagst du, so was gehört sich nicht? Das bringt Unglück? Ich glaub, ich spinne!«

Wir waren wohl zu laut. Mein Vater muss wach geworden sein, denn die Schlafzimmertür flog auf, er stand da wie ein Stier, der gleich losging, und brüllte uns an: »Was ist hier eigentlich los?«

Er fasste sich an den Kopf und taumelte. »Ich ... ich hatte einen Albtraum. Ich konnte mich nicht mehr bewegen. Ihr seid um mich herumgetanzt, habt einen Tannenbaum aus mir gemacht ...«

»Das ist der Suff, Alter«, sagte ich. »Der zerfrisst deinen Verstand. Du wirst langsam blöde. So enden sie alle. Bald wirst du wie ein sabberndes Häufchen Elend hier auf den Knien herumrutschen und unser Fernsehgerät nicht vom Kleiderschrank unterscheiden können. Hoffentlich hast du es dir dann nicht mit allen Leuten verdorben, damit noch einer da ist, der dich füttert. Ich glaube nämlich kaum, dass du den Löffel dann noch alleine zum Mund kriegst.«

Der Arm meiner Mutter wurde kalt. Nur ein Stückchen von ihrem Oberarm berührte mich an der Schulter. Es war, als sei dort jetzt ein Eiswürfel.

Sie atmete nicht mehr. Ihr Körper begann zu zittern. »Junge«, stammelte sie, »um Himmels willen!«

»Einer muss es dir mal sagen, Alter. Du benimmst dich hier wie die letzte Drecksau. Schämst du dich eigentlich gar nicht? Weißt du, was dich von einem Stück Scheiße unterscheidet?«

Er schüttelte ungläubig den Kopf.

»Scheiße atmet nicht.«

Er griff Richtung Tisch, nahm den schweren Aschenbecher und wog ihn in der Hand. Gleich würde er damit werfen. Ich wusste es. Es war mir egal. Ich würde mir nichts mehr gefallen lassen. Einer musste ihm irgendwann mal die Wahrheit sagen.

»Es ist die Hölle, bei dir aufzuwachsen!«, schrie ich. »Die Hölle! Ich will leben, wie andere Kinder auch! Ich will eine Geburtstagsparty, auf der mein Papa als Clown herumläuft. Aber mit einer roten Pappnase. Eine, auf der wir uns amüsieren, statt Angst vor ihm zu haben. Weißt du überhaupt, wie das ist, Vater zu sein? Wenn du mich oder meine Mutter noch einmal anfasst, weißt du, was ich dann mit dir mache?«

Er hob den Aschenbecher hoch.

»Ja! Komm! Erschlag mich doch! Mach endlich ein Ende!«, brüllte ich. »Ich kann es sowieso nicht mehr ertragen! Die Hölle muss sehr angenehm sein, wenn man aus dieser Familie kommt! Zumindest, solange du noch nicht da bist!«

»Er ... er meint das nicht so«, sagte Mama, »bitte, bitte tu dem Jungen nichts!«

»Ich werde euch beide …«, er holte weit mit dem Aschenbecher aus. Ich schoss mit der Fernbedienung wie ein Cowboy aus der Hüfte. Wieder stand er starr.

»Ob er abnimmt, wenn wir ihn eine Woche lang so stehen lassen?«, fragte ich Mama.

Jetzt kam sie doch nah an den Nervenzusammenbruch. »Was hast du Papa bloß alles gesagt!? So was kann man nicht machen. So redet man nicht mit seinem Vater.«

»Vater? Ich hör hier immer Vater. Der will vielleicht mal einer werden, aber er ist noch lange keiner.«

»Doch«, sagte sie, »er ist dein Vater. Völlig egal, ob es dir passt oder nicht.«

Sie trat an ihn heran, löste den Aschenbecher aus seiner Hand und stellte ihn so weit wie möglich von Papa weg. Dann nahm sie die Fernbedienung und knipste Papa wieder an. Ich verstand ihre Handlung nicht. Erwachsene sind eben völlig verblödet. Falls sie nicht doof, gemein, hinterlistig oder bösartig sind.

»Hör auf damit«, sagte mein Vater. »Hör sofort auf damit! Wehe, du machst das noch mal mit mir!«

»Ich werd dich zu Salz erstarren lassen, Papa. Und dann stelle ich dich in den Keller, wo dich keiner mehr sieht. Meinetwegen können die Ratten dich da anknabbern. Du wirst mir und meiner Mama nie wieder etwas tun. Nie wieder! Falls ich einen Schutzengel habe, so hat der mir diese Waffe in die Hand gegeben, weil er endlich kapiert hat, dass ich etwas brauche, womit ich mich wehren kann. Hier ist es. Damit bist du machtlos geworden!«

Ich nahm meiner Mutter die Fernbedienung ab und richtete sie wieder auf ihn.

Plötzlich veränderte sich seine Körperhaltung. Er begann

zu flehen. Er kniete vor mir nieder: »Nicht! Nicht! Hör auf! Was tust du? Ich bitte dich um Verzeihung! Ich ...!«

»Ja, los, sag es!«

»Ich werd nie wieder einen Tropfen Alkohol anfassen! Ich werde euch nie wieder schlagen! Ich werde mich bessern. Ich will versuchen, alles wiedergutzumachen. Ich ...«

»Das haben wir schon oft gehört, Papa. Schon sehr oft. Meistens hatte ich gebrochene Knochen oder ein blaues Auge, wenn du diese Worte gesagt hast. Ich glaube dir nicht mehr.«

»Diesmal kannst du mir glauben. Diesmal wirklich. Bitte las mich nicht noch einmal erstarren. Bitte!«

Plötzlich spürte ich etwas ganz Komisches. Kinder lieben ihre Väter, und wenn es noch solche Schweinehunde sind. Und es gab auch in meinem Herzen eine Ecke, in der ich ihn liebte. Eine ungestillte Sehnsucht. Immer, immer wieder hoffte ich, endlich einen richtigen Vater zu kriegen. Vielleicht war es diesmal soweit. Jetzt, da ich endlich Macht hatte, musste ich ihm zeigen, dass ich, im Gegensatz zu ihm, großzügig sein konnte.

Ich ließ die Fernbedienung in die Tasche gleiten. Er atmete erleichtert auf.

»Gib sie mir«, bat er.

Ich kannte seine Tricks. Ich fiel auf so etwas nicht mehr herein. Er hat so viele Fernsehgeräte zerdeppert, wir haben mehr unbrauchbare Fernbedienungen als volle Flaschen im Haus.

Ich warf ihm eine davon zu. Er schnappte sie.

»Mein Gott,« sagte er, »war das ein Albtraum.« Er erhob sich schwerfällig, setzte sich in den Sessel und betrachtete die Fernbedienung zwischen seinen Händen. Er versank. Es war völlig ruhig im Raum. Mama verkroch sich wieder in ihre Ecke hinter dem Sofa und das, obwohl er sie noch gar nicht verhauen hatte. Sie weinte still vor sich hin. Anders als sonst. Nicht so jammernd. Es war ein Schluchzen, das aus der Tiefe ihrer Seele kam.

Manchmal, wenn sie mich aus ihren verheulten Augen ansah, spürte ich, dass sie mich mit ihrem Blick um Verzeihung bat. Verzeihung für all das, was ich erleiden musste. Verzeihung dafür, dass sie diesen Mann nicht längst verlassen hatte.

Ich stand ziemlich locker und sah mir die beiden an. Ich hatte die Fernbedienung weiter in der Tasche. Ich konnte sie schneller ziehen als er aufstehen. Darauf verließ ich mich.

Dann sah mein Vater mich an, zeigte mit dem Finger auf mich und sagte: »Weißt du was, Kleiner? Ich habe wirklich geglaubt, du könntest mich mit deiner Fernbedienung steif machen. Irgendwie einfrieren. Und du kleines Miststück hast deine Macht über mich natürlich sofort ausgenutzt.«

»Papa – das ist wirklich passiert. Ich hab's gemacht. Mit der Fernbedienung. Es stimmt. Und ich werd's wieder tun.«

Er lachte bitter. »Das wirst du nicht. Ich hab sie, Kleiner. Das war alles nur Humbug. Dieser selbstgebrannte Schnaps ist schlecht verschnitten. Aber in diesem Scheißladen gibt's ja nichts Anständiges. Wenn ich richtigen Klaren hätte, dann …«

»Papa, du hast versprochen, nichts mehr zu …«

Er winkte ab. »Jaja, aber auf den Schreck muss ich einen heben. Los, geh zur Bude und hol mir was.«

»Nein.«

»Ich hab gesagt, du sollst zum dicken Pit gehen und …«

»Nein.«

»Du wagst es, dich mir zu widersetzen?«

Er stützte sich auf den Tisch und beugte sich zu mir rüber.

»Ja, genau. Das wage ich. Du hast versprochen, nichts mehr zu trinken. Dies ist deine letzte Chance. Lass es sein, Papa.«

Er holte aus und schlug nach mir, aber ich wich aus. Es war ein plumper, langsamer, viel zu besoffener Schlag, als dass er mich hätte treffen können.

Er wankte zur Tür und spuckte aus. »Dann gehe ich eben selber.«

Er schlurfte die Treppen herunter. Mit einer Hand hielt er sich am Geländer fest. An dem, das ich so gerne angesägt hätte, damit er sich endlich die Knochen bricht.

Ich ging zum Fenster und sah ihn über die Straße auf den Kiosk vom dicken Pit zustolpern. Er sah nicht nach links oder rechts. Er wollte nur seinen Schnaps.

Mama stand aus ihrer Traurigkeitsecke auf und kam zu mir ans Fenster.

Ein Auto kam um die Ecke gesaust. Ein dunkelgrüner Volvo. Der Volvo-Fahrer hupte und ging voll in die Bremse. Der Wagen schleuderte auf meinen Vater zu. Ich riss die Fernbedienung aus der Tasche, drückte ab, und die Szene erstarrte auf der Straße.

Kreischend stand Mama neben mir. Sie legte mir die Hand auf die Schulter und drückte so fest zu, dass es wehtat.

»Dirk, was machst du?«

»Er hat gerade einen schweren Autounfall. Ich könnte ihn retten«, sagte ich, und mein Finger schwebte über der roten Taste.

Die Seele des Ford Sierra

Als mein Vater in der Adventszeit starb, hat er mir nicht viel hinterlassen. Ich dachte zunächst, das Haus und die kleine Autowerkstatt würden uns gehören und ich könnte darin wohnen bleiben. Das war aber ein Irrtum. Das Haus gehörte im Grunde der Bank, und die wollte es zurückhaben, weil ich die Hypothekenzinsen natürlich nicht zahlen konnte. Von wegen Fest der Liebe! Die haben mich eiskalt vor die Tür gesetzt. Ich war dreizehn und fühlte mich verdammt alleine. In den Straßen hing abends die Weihnachtsbeleuchtung, und überall spielten sie wie zum Spott für mich diese süßen »Wir haben uns alle lieb«-Lieder.

Meine Mutter war immer noch mit diesem Schleimer zusammen, für den sie uns verlassen hatte. Sie glaubte, ich würde jetzt in der Weihnachtszeit zu ihr ziehen, aber ein Schlafplatz unter einer Brücke am Rhein-Herne-Kanal wäre mir lieber gewesen.

Wenn ich sah, wie ihr Typ seine Spaghettini mit weißen Trüffeln aß, hätte ich ihm eine reinhauen können. Ich hasste es, wie er ein Weinglas in die Hand nahm und zum Mund führte. Sein Rasierwasser verursachte bei mir Atemnot.

Meine Mutter bestand zwar offiziell darauf, dass ich ab jetzt bei ihnen wohnen müsste, doch ihre Körperhaltung signalisierte mir das Gegenteil. Der Torte vom Jugendamt habe ich – um nicht ins Heim zu müssen – erzählt, ich würde zu meiner Mutter gehen. Meiner Mutter habe ich stattdessen vorgelogen, das Jugendamt hätte einen tollen Heimplatz für mich. Überall wimmelte es von Engelchen aus Zucker und Marzipan. Ich hätte einen guten Schutzengel gebrauchen können, aber für mich war keiner da.

In Wirklichkeit wohnte ich dann in Papas altem weißen Ford Sierra. Es machte mir nichts aus, auf den Sitzen zu pennen. Ich hatte eine Wolldecke, ein Kissen, und meine Sachen passten in einen kleinen Koffer und eine Sporttasche. Zum Glück war es ein milder Winter. Niemand fürchtete weiße Weihnacht mehr als ich.

Im Auto fühlte ich mich nachts sicher, ja, geborgen. Es war, als ob mein Vater bei mir wäre. Er hatte immer mit sehr viel Liebe an dieser Kiste herumgeschraubt. Der Ford war für ihn nicht irgendein Auto, sondern er nannte ihn: »Meine absolute Lieblingskutsche«. Wenn er ihn startete, streichelte er vorher liebevoll übers Armaturenbrett und sprach mit dem Wagen. Ja, viele hielten meinen Vater für einen Schwachsinnigen, das war er aber nicht. Er war ein guter Kerl, einer, der Autos nicht nur reparierte, sondern mit ihnen sprach und zu ihnen eine geradezu persönliche Beziehung pflegte.

So hat er sich einmal geweigert, an einem Renault Mégane herumzuschrauben. Er behauptete, der Wagen hätte was gegen ihn.

Während bei uns im Haus bereits eine neue Familie einzog, wohnte ich also an der Straßenecke unter der Linde im Sierra. Ich konnte abends am Haus vorbeigehen und zu ihnen reinschauen. Wie warm das Licht darin wirkte! Nein, sie konnten es mir nicht recht machen. Einerseits ärgerte ich mich darüber, dass sie unsere alten Möbel drin stehen ließen und sie benutzten, als seien sie ihre eigenen, andererseits machte es mich rasend, wenn ich sah, dass sie eine alte Kommode aus dem Haus trugen und zum Sperrmüll brachten oder dass sie die Stühle in der Küche auswechselten.

Die Wände in meinem Zimmer waren natürlich wie die Farben von meinem Fußballverein. Und jetzt kam irgendein Idiot und strich alles weiß. Das fand ich besonders schlimm.

Ich ging jeden Morgen pünktlich zur Schule, denn natürlich war mir klar, dass kein Erwachsener den Zustand dulden würde, wenn herauskäme, wie ich wirklich lebte. Für meine Lehrer wohnte ich bei meiner Mutter.

Ich machte im Auto meine Schulaufgaben und zwar so gründlich wie noch nie zuvor. Wäsche zu waschen war kein Problem. Ich war es gewöhnt, den Waschsalon in der Josef-Büscher-Straße aufzusuchen, denn mein Papa konnte zwar Autos reparieren, aber Waschmaschinen oder Fernsehgeräte waren überhaupt nicht sein Ding. Kurz nachdem meine Mutter ausgezogen war, gab unsere Waschmaschine den Geist auf. Seitdem war es meine Aufgabe, alles in den Waschsalon zu bringen. Papa hat dann die Waschmaschine sogar an einen Kumpel verkauft, der behauptete später, lediglich das Flusensieb sei verstopft gewesen.

Die neue Familie in unserem Haus hatte eine Superwaschmaschine mit integriertem Trockner. So etwas brauchte ich nicht. Ich war mit dem Waschsalon ganz zufrieden. Ein größeres Problem war die eigene Körperpflege.

Kurz, nachdem meine Mutter sich in den blöden Typen verknallt hatte, also um meinen dreizehnten Geburtstag herum, hat mein Vater mir eine Zehnerkarte fürs Spaßbad geschenkt. Zweimal war ich dort duschen, aber ewig konnte das nicht so weitergehen. Spätestens wenn ich die Zehnerkarte verbraucht hatte, musste ich mir etwas Neues einfallen lassen.

Aber dann flog alles auf, bevor die Zehnerkarte leer war.

Irgendjemand musste mich verpfiffen haben. Entweder die Rothaarige aus der Imbissbude Zur Scharfen Ecke, die von allen nur Zur Scharfen Eva genannt wurde – die guckte immer so komisch, nur weil ich ab und zu dort zur Toilette ging, ohne etwas zu essen. Vielleicht hatte sie Verdacht geschöpft. Oder Herr Karl, der mit seinem fetten Pudel jeden Morgen Gassi ging und ihn an die Linde pinkeln ließ. Er hat zweimal an meine Fensterscheibe geklopft und mich gefragt, was ich denn da im Auto mache. Einmal hab ich geantwortet: »Sehen Sie doch. Ich brate mir hier einen Bären mit Senf.« Er hat das sowieso nicht verstanden, weil er schwerhörig ist ...

Beim zweiten Mal hab ich ihn gefragt, ob er als Kind auch schon so dämlich ausgesehen hat. Er nickte freundlich, winkte und sagte: »Na, dann ist ja alles gut, junger Freund.«

Vielleicht tat er ja nur so, als ob er nichts verstehen würde und hatte sich jetzt grausam gerächt. Jedenfalls standen plötzlich zwei Polizisten vor meinem Sierra. Sie sahen aus wie Dick und Doof, waren aber nicht ganz so lustig. Als Erstes nahmen sie mir den Schlüssel vom Ford ab.

Dick und Doof brachten mich zum Jugendamt. Ich wehrte mich mit Händen und Füßen. Ich wollte zur Schule, um die Mathearbeit nicht zu verpassen. Aber nein, alle Hinweise auf die Schulpflicht nutzten nichts. Die beiden schleppten mich in den dritten Stock von einem städtischen Bau. So stelle ich mir einen Atombunker vor, kurz nachdem der dritte Weltkrieg vorbei ist. Grau, menschenleer, unheimlich und trostlos.

Die Torte vom Jugendamt trug ihren Spitznamen zu Recht.

In Wirklichkeit hieß sie Kirsch. Draußen an ihrer Bürotür auf diesem tristen Flur, gegenüber von dem Sitzbänkchen, klebte eine dreistöckige Plastikhochzeitstorte, wobei ich mir nicht sicher war, wovon sie mehr träumte – einer Hochzeit oder der Marzipantorte.

Auf ihrem Schreibtisch standen zwischen Akten drei Kuchenteller. Einer war leer, und nur die Schokostreusel darauf verrieten, dass sie vor kurzem davon gegessen hatte. Auf dem zweiten Teller stützte sich die Ruine einer Schwarzwälder Kirschtorte an einen vertrockneten Apfelkuchen. Von dem dritten musste sie Milchreis oder Grießbrei gegessen haben. Genau konnte ich diese Pampe nicht mehr identifizieren, denn sie hatte zwei Filterzigaretten darin ausgedrückt.

Sie sah mich kritisch an, als Dick und Doof mich in ihr Zimmer schoben. Sie nickte den beiden freundlich zu, stützte sich mit beiden Händen auf ihrem Schreibtisch auf und stemmte sich hoch. Sie kam zu mir, um mich zu begrüßen. Dann bat sie mich ganz kumpelhaft, doch bei ihr auf dem Sofa Platz zu nehmen. Sie hatte sich gerade einen Tee gekocht und fragte mich, ob ich auch gerne einen hätte. Aber ich konnte mich beherrschen.

Dann begann sie das Gespräch mit einem Blick auf die Uhr und der klugen Bemerkung, ich müsste ja jetzt eigentlich in der Schule sein.

»Das habe ich den beiden Komikern vom Trachtenverein auch gesagt«, konterte ich, kam aber nicht gut damit an. Frau Kirsch unterschrieb einen Zettel, und Dick und Doof verzogen sich.

Und dann hatte Frau Kirsch jede Menge Fragen an mich. Wie lange ich schon in dem Auto leben würde. Warum ich nicht zu meiner Mutter wollte und all diesen Mist, der sie nichts anging. Sie meinte, ich könnte ihr vertrauen, denn sie sei sozusagen rein berufsmäßig so etwas wie meine Freundin.

Ich suche mir, genau wie mein Vater, meine Freundinnen gerne selbst aus, und das sagte ich ihr auch.

Ich glaube, ich habe mich bei diesem Gespräch nicht sehr klug verhalten, denn als Ergebnis davon landete ich kurz vor Heilig Abend in einem Heim am Stadtrand. Es war ziemlich neu. Es sollte alles ganz normal aussehen. Hier gab es keine riesigen Schlafsäle, wie ich befürchtet hatte, sondern kleine Wohngruppen. Jeder hatte ein eigenes Zimmer. Es gab sogar einen Kicker, einen Fernsehraum, eine Tischtennisplatte, aber ich hatte trotzdem keine Lust zu bleiben.

In meinem Haus, dem Haus Strandläufer, wohnten acht Jungen. Der älteste war neunzehn, der jüngste elf. Schräg gegenüber im Haus Pelikan war die Mädchengruppe untergebracht. Gleich am ersten Abend erfuhr ich, hinter welchem Fenster die Jacqueline wohnte, die bot nämlich das beste Fernsehprogramm. Sie öffnete das Fenster, spielte laute Musik und tanzte. Sie wollte später mal Stripperin werden, und sie wusste, dass nur Übung eine Meisterin macht.

Vor ihrem Fenster standen, so erzählten die anderen, früher Jungengruppen und klatschten Beifall, aber das wurde von den Erziehern unterbunden. Zweimal riefen sie sogar die Polizei, um die Jungs vom Gelände zu jagen. Wir vom Haus Strandläufer dagegen waren im Vorteil. Wir konnten uns ganz gemütlich auf die Terrasse setzen und ihr zuschauen.

Trotzdem wünschte ich mir abends im Bett, als ich allein war und die Wand anstarrte, meinen Ford Sierra zurück. Ja, ich gebe es zu, ich heulte sogar am ersten Abend, und am liebsten wäre ich wieder abgehauen, um in meinem Auto zu schlafen. Das roch nach meinem Vater, und ich hatte das Gefühl, der Wagen passte auf mich auf. Ich weiß, das klingt bescheuert, aber so war es. Keine Sekunde hatte ich mich in diesem Auto so schutzlos gefühlt, wie jetzt hier in meinem Bett. Es war für mich wie der Panzer, der eine Schildkröte umgibt.

Ich schlief erst gegen Morgen ein und wurde kurze Zeit später durch einen Gong geweckt, den unser Betreuer, Herbert mit der Glatze, dem fröhlichen Gesicht und dem Kugelbauch schlug. »Aufstehen!«, frohlockte er, »aufstehen, Karriere machen!«

Na, wenn das keine schöne Art ist, geweckt zu werden, dachte ich.

Ich ging immer noch in die gleiche Schule, und auf dem Weg kam ich auch an unserem alten Haus vorbei. Darin stritt sich ein Pärchen. So ähnlich hatte es sich bei meinen Eltern angehört, kurz bevor meine Mutter auszog.

Als ich nach der Schule zum Strandläufer zurückkam, waren Dick und Doof schon wieder da. Angeblich hatte ich nämlich den Ford geklaut.

Tatsächlich parkte der Wagen direkt am Strandläufer, praktisch unter meinem Fenster. Aber trotzdem fand ich den Gedanken, ich hätte den Wagen gestohlen, etwas merkwürdig, denn erstens gehörte er mir und zweitens wusste ich selber nicht, wie er zum Strandläufer gekommen war.

Unser Betreuer, Herbert Kugelbauch, redete mir ins Gewissen. Ich könne mir mit so einer Aktion das ganze Leben versauen, immerhin hätte ich keinen Führerschein. Zum Glück sei ja nichts passiert, aber wenn ich einen Unfall bauen würde, seien weder ich noch der Wagen versichert. Vermutlich war das alles pädagogisch sehr wertvoll, aber eben trotzdem schwachsinnig, denn ich hatte den Wagen keinen Meter gefahren.

Herbert griff sich mit beiden Händen in den Hosenbund und zog die Hose über den Bauch, dann beruhigte er Dick und Doof, man müsse das Ganze verstehen. Immerhin hätte ich einen schweren Verlust erlitten, zuerst dadurch, dass meine Mutter mich und meinen Vater verlassen hätte und dann auch noch durch den Tod meines Vaters. Mein Elternhaus sei in fremden Besitz übergegangen, und dieses Auto sei nun schließlich das Letzte, was ich von meinem Vater hätte. Trotzdem sei es natürlich undenkbar, dass ich den Wagen behalten würde. Er müsse verkauft werden. Von dem Geld sollte ein Teil der Schulden meines Vaters beglichen werden.

Ich ließ das alles über mich ergehen und widersprach so wenig wie möglich, denn ich sah ein, dass meine Position unhaltbar war. Niemand wollte mir glauben.

Erst als Herbert mich mit seinen treuen Hundeaugen ansah, die Hände über seinem Bauch faltete und mich bat, den Schlüssel herauszugeben, musste ich passen.

»Ich habe den Schlüssel nicht.«

»Aber wie hast du den Wagen dann hierhingefahren?«, fragte er. »Er wurde nicht kurzgeschlossen.«

»Keine Ahnung«, sagte ich.

Da ich den Zweitschlüssel, den ich nicht besaß, nicht herausrücken konnte, wurde mein Zimmer durchsucht und meine Wäsche umgegraben. Aber sie fanden nichts. Wie denn auch?

Jacqueline übte am Abend fast zwei Stunden, aber das heiterte mich nicht auf. Ich hatte andere Sorgen. Ich stellte mir die Frage, wie zum Teufel der Sierra vor mein Fenster gekommen war. Ich erinnerte mich an meinen Vater. Er hatte immer gesagt, ein Wagen hätte eine Seele, und man müsse die Seele verstehen. Für ihn gab es auch seelenlose Autos, die mochte er überhaupt nicht. Er spürte es schon, wenn er sich einem Fahrzeug näherte. »Lass die Finger von der Kiste«, sagte er dann, »die hat keine Seele.«

Es kam mir fast so vor, als ob mein Vater in der Nacht zurückgekommen wäre und mir den Sierra vors Fenster gefahren hätte, um mir zu sagen, ich solle das Auto in Ehren halten. Es war so etwas wie sein letztes Vermächtnis.

Aber dreizehnjährige Jungen dürfen keine Autos besitzen. Zumindest nicht, wenn ihre Väter Schulden hinterlassen haben. Irgendjemand musste den Wagen hierhergebracht haben und zwar jemand, der wusste, dass ich im Strandläufer wohnte. Einer von meinen Mitinsassen? Hatten sie sich einen Scherz mit mir gemacht? Erkan war immerhin schon neunzehn und war hier, weil man ihn dreimal mit geknackten Autos erwischt hatte. Er wurde Mister 200 PS genannt, weil er sich immer nur an die wirklich schnellen Schlitten herangemacht hatte.

Ich fragte Erkan, aber er lächelte nur müde. Der Sierra war für ihn eine Schrottkiste. »Nur Idioten vergreifen sich an so etwas, da kann ich ja gleich auf der Müllhalde einbrechen und Abfall stehlen.«

Wenn Erkan nicht so groß gewesen wäre, hätte ich ihm vermutlich einfach eine aufs Maul gehauen. Aber ich wollte nicht noch mehr Schwierigkeiten, als ich ohnehin schon hatte.

Gegen meinen Willen sollte der Wagen verkauft werden. Er wurde für knapp tausend Euro annonciert, aber als Dick und Doof den Wagen wegfahren wollten, stellten sie fest, dass dies gar nicht so einfach war. Zunächst bekamen sie die Tür nicht auf. Sie beschuldigten mich, Kaugummi oder »irgendeinen anderen Mist« ins Schlüsselloch gesteckt zu haben, aber daran war ich unschuldig.

Doof zerrte grob an der Autotür herum und schlug sogar zweimal dagegen. Ich nahm ihm den Schlüssel ab. Es machte mich richtig zornig zu sehen, wie sie mit dem Wagen umgingen.

Ich schob den Schlüssel ins Schloss. Er glitt völlig problemlos hinein, und mit einem leichten Plopp sprang die Tür auf. Dick und Doof sahen sich an. Herbert lächelte und lobte mich: »Wer weiß, vielleicht wird aus unserem Felix ja mal ein begnadeter Automechaniker, so wie sein Vater einer war.«

»Ja«, zischte Dick zurück, ohne die Zähne dabei auseinander zu nehmen, »oder ein Autodieb. Schlösser kriegt er jedenfalls schon auf.«

Doof setzte sich hinters Steuer und wollte den alten Ford starten. Der sprang auch kurz an. Der Motor heulte gequält auf, der Wagen machte einen Satz, und aus dem Auspuff knallte eine gelbgraue Wolke. Dann war der Motor aus.

So sehr sie sich auch abmühten, der Wagen sprang nicht mehr an. Erkan stand grinsend dabei. »Hab ich doch gleich gesagt. Eine alte Schrottkiste.«

Sie beschlossen, den Wagen stehen zu lassen. Wer immer ihn kaufen wollte, sollte ihn eben abholen.

So parkte der Ford Sierra weiterhin vor meinem Fenster, und ich konnte jeden Kunden sehen, der ankam, um mein Auto zu begutachten.

Mein Betreuer Herbert übernahm die Verhandlungen mit den Interessenten. Er war zweifellos ein Spinner, aber eine ehrliche Haut. Nie hätte der mich übers Ohr gehauen, das war mir klar. Er erlaubte mir sogar noch ein paarmal, im Sierra zu sitzen und Radio zu hören. Aber ich hatte trotzdem ein ungutes Gefühl bei der Sache.

Dann kam ein Pärchen. Die Frau war hochschwanger, und er machte auf cooler Durchblicker.

Sie klemmte sich mit ihrem dicken Bauch hinter das Lenkrad und spielte an der Zündung herum. Sie tat, als würde sie den Wagen von innen genau inspizieren, in Wirklichkeit betrachtete sie ihre trockene Haut im Rückspiegel.

Er trat zweimal gegen jedes Hinterrad und bückte sich dann, um zu gucken, ob Rost heruntergefallen war.

Herbert sagte nichts, aber ich protestierte: »He, warum treten Sie gegen mein Auto?«

Er schüttelte seine Mähne. »Ich lass mich nicht reinlegen.«

»Und ich mag es nicht, wenn man gegen meinen Wagen tritt.«

»Hör mal, Kleiner, ich hab zwei Jahre bei einem Gebrauchtwagenhändler gearbeitet. Ich kenne alle Tricks.«

»Ach, und um zu zeigen, wie fachkundig Sie sind, treten Sie dann gegen mein Auto?«

»Ich hab nicht gegen das Blech getreten, sondern gegen die Reifen, um zu gucken, ob die Hinterachse …«

Er machte einen Schritt zurück, blieb mit seiner Jeans an einer herausstehenden Ecke der hinteren Stoßstange hängen und strauchelte. Es hört sich komisch an, aber ich wäre bereit, es zu beschwören: Der Sierra machte einen Sprung nach vorne.

Er riss den werdenden Vater um. Er lag auf dem Boden und stöhnte, weil er sich den Rücken wehgetan hatte. Sie stieg aus, hob die Hände und entschuldigte sich: »Ich habe nichts gemacht!«

Er pflaumte sie an, sie hätte den Wagen abgewürgt, aber sie wehrte ab: »Nein, nein, hab ich nicht. Ich hab ihn doch gar nicht angelassen. Ich weiß auch nicht, was passiert ist. Er ist plötzlich nach vorn gesprungen.«

Jetzt stand der werdende Vater wieder aufrecht. Er drückte sich beide Handflächen in den Rücken und bog sich durch. »Na klar. Nach vorn gesprungen. Das ist doch kein Känguru, das ist ein Ford! Frauen und Autos«, sagte er und schüttelte den Kopf.

Herbert fragte: »Wollen Sie vielleicht eine Probefahrt machen?«

Das Pärchen funkelte sich an. Die werden bestimmt mal eine glückliche Familie, dachte ich.

Er stieg ein, sie verschränkte trotzig die Arme vor der Brust. Er wollte »nur mal eine Runde drehen«, aber der Wagen sprang nicht an.

»Ich kauf die Kiste nicht. Die kann man ja gleich verschrotten«, schimpfte er. »Wie lange hat die eigentlich noch TÜV?«

Herbert beeilte sich, mit der frohen Botschaft herauszukommen: »Anderthalb Jahre.«

»Wie haben Sie das denn geschafft, die Kiste heil über den TÜV zu kriegen? Trotzdem, mehr als Fünfhundert zahle ich dafür auf keinen Fall.«

»Das ist ein gutes Auto«, sagte ich. »Es ist nur sauer auf Sie, weil Sie es so mies behandeln.«

»Sauer auf mich, was?« Er tippte sich mit dem Zeigefinger gegen die Stirn.

»Ja«, fuhr die Schwangere dazwischen, »es will einfach besser von dir behandelt werden, genauso wie ich auch. Der Junge hat schon recht! Du benimmst dich immer wie der letzte Rüpel.«

Er sah echt wütend aus, streichelte aber das Lenkrad demonstrativ und grinste: »Braves Auto, liebes Auto. Bitte sei doch so nett und fahr eine kleine Proberunde mit mir.« Dann sah er zu seiner Frau. »Meinst du etwa so?«

Sie nickte. »Ja, so ähnlich.«

Dann wollte er zu seiner Proberunde losfahren. Ich fragte, ob ich mit dabei sein dürfte. Es passte ihm zwar nicht, aber er stimmte – mit Blick auf seine Frau – trotzdem zu. Schon sprang die Beifahrertür auf. Ich setzte mich neben ihn. Er war ein lausiger Autofahrer und hätte an der Kreuzung fast einen Auffahrunfall gebaut, weil er den Außenspiegel so einstellte, dass er den Mädchen im Minirock auf der anderen Straßenseite besonders lange hinterhergucken konnte.

»Vorsicht!«, schrie ich. »Passen Sie doch auf! Wir …«

Vielleicht irre ich mich ja, aber ich hatte das Gefühl, der Ford Sierra bremste bereits ab, bevor der Typ seinen Fuß vom Gas genommen hatte. Danach wollte er von mir wissen, wie schnell der Wagen denn sei.

»Uns hat's immer gereicht«, sagte ich.

Er fuhr dann noch auf die Autobahn und staunte nicht schlecht, als unser Sierra 196 auf die Piste brachte. Als wir zurück beim Strandläufer waren, guckte seine schwangere Freundin Herbert so merkwürdig an, als ob sie sich in ihn verliebt hätte. Ich dachte, es fehlt nicht viel, und sie wird ihrem Typen sagen, dass sie bei Herbert bleibt.

Sie nahmen den Wagen für achthundert Euro. Es brach mir fast das Herz. Ja, es fiel mir richtig schwer, von ihm Abschied zu nehmen. Ich schäme mich nicht, es zu sagen, ich winkte sogar hinterher.

Herbert sagte, er habe mit seinem Chef gesprochen. Die Hälfte des Geldes stünde mir zu, der Rest der Bank. Mein Anteil könne mir allerdings nicht ausgezahlt werden, denn mein Aufenthalt im Heim verursache natürlich Kosten, aber er wolle sich dafür einsetzen, dass ich nicht ganz leer ausgehen würde.

In der Nacht hörte ich draußen wildes Hupen. So ähnlich hatte sich immer unser Sierra angehört, wenn mein Vater versuchte, einen von diesen Pennern zu wecken, die gern an roten Ampeln einschlafen und dann, wenn es grün wird, den Verkehr aufhalten.

Am anderen Morgen, als ich zur Schule ging, stand der Sierra wieder bei mir vor dem Fenster. Ich ahnte, dass es Ärger geben würde.

Dick und Doof erschienen gemeinsam mit Herbert auf dem Pausenhof. Ich hätte kein Recht gehabt, den Wagen zurückzuholen, das sei jetzt richtiger Diebstahl und wie ich nur so unvernünftig sein könnte …

»Ich habe den Wagen nicht gestohlen«, sagte ich.

»Ach, und wie kommt er dann wieder zum Haus Strandläufer?«

»Ich weiß nicht. Vielleicht gefiel es ihm bei dem Pärchen nicht so gut. Ich wäre an seiner Stelle auch abgehauen.«

»Willst du mich verarschen, Kleiner? Glaubst du, nur weil dein Vater gestorben ist, könntest du dir alles erlauben?«

»Danke«, sagte Herbert, »Sie sind wirklich sehr feinfühlig. Mancher Baseballschläger hat mehr pädagogisches Talent als Sie.«

Dick schrie ihn an: »An Ihrer Stelle hätte ich nicht so ein großes Maul! Uns ist er nicht weggelaufen, um nachts Autos zu klauen, sondern Ihnen! Sie haben Ihre Aufsichtspflicht verletzt und …«

Ich fuhr hart dazwischen: »Nein, das ist alles nicht wahr! Ich habe den Strandläufer überhaupt nicht verlassen. Wenn Sie behaupten, dass ich den Wagen gestohlen habe, dann müssen Sie Beweise bringen. Sie können mir nicht einfach ein Verbrechen unterschieben!«

Herbert gab mir recht. Die Schule war für mich gelaufen. Herbert nahm mich mit zurück und telefonierte in meinem Beisein mindestens eine halbe Stunde mit meiner Mutter. Schließlich kam sie und, ich sage es nicht gern, aber sie sah wunderschön aus. Sie hatte abgenommen, die Haare waren gefärbt, sie trug einen engen, pinkfarbenen Rock und einen weißen Kaschmirpullover. Während sie sprach, stöhnte sie immer wieder gequält auf. Es sei einiges schiefgelaufen, sagte sie. Ich hätte ihren neuen Lebensgefährten, Kurt Brocken, dafür verantwortlich gemacht, dass die Familie auseinandergefallen wäre. Das sei aber gar nicht so gewesen. Sie und Papa hätten sich schon lange auseinandergelebt, und dann sei irgendwann Kurt gekommen. Ich hätte ihn von Anfang an nur Kotzbrocken statt Kurt Brocken genannt.

»Das stimmt gar nicht, meistens hab ich ›der blöde Schleimer‹ gesagt«, warf ich ein. Jedenfalls wollte meine Mutter mich zu sich und Brocken holen. Die zwei hatten sogar vor, zu heiraten und mit mir eine ganz neue kleine Familie zu gründen. Herbert war geradezu begeistert von der Idee.

Der neue Besitzer holte den Sierra wieder ab und verzichtete großzügig auf eine Anzeige gegen mich. Natürlich glaubte auch er, dass ich den Wagen gestohlen hatte.

Meine Mutter nahm mich mit nach Hause in ihre neue Wohnung, und der erste Abend verlief sogar recht harmonisch. Sie zeigten mir mein neues Zimmer. Das sah zwar aus, als sei es für ein achtjähriges Mädchen eingerichtet, aber meine Mutter erklärte mir, wir könnten das alles selbstverständlich umbauen. Bis vor kurzem hätte hier noch die kleine Katrin gewohnt.

Ich sah sie groß an. Es war ihr ein bisschen peinlich: »Aus

einer vorherigen Beziehung von Kurt. Aber sie ist nicht seine leibliche Tochter.«

Kotzbrocken hatte in einem französischen Kochbuch ein Rezept für Vollidioten gefunden und irgendeinen völlig ungenießbaren Müll zusammengerührt. Meine Mutter und er redeten eine halbe Stunde lang über die Gewürze und Geschmacksrichtungen. Er sagte immer wieder: »Im Abgang fehlt die Spitze!«

Das ist der Feinschmeckerausdruck für Spülwasser mit Haferschleim zum Weihnachtsfest.

Sie würzten nach, und ich stocherte nur ein bisschen in dem Schmand herum und entschied mich dann für eine Tüte Chips. Er nahm es mir nicht übel, sondern lächelte milde. Ich fragte, ob ich bei ihm ein bisschen ins Internet könnte. Er willigte ein. Die beiden waren wohl froh, mich für eine Weile los zu sein.

An Kurts Computer drückte ich auf »Verlauf«, um festzustellen, welche Websites er in letzter Zeit besucht hatte. Es waren erstaunlich viele Pornoseiten dabei. Die Peinlichkeit wollte ich ihm nicht ersparen, und ich sprach ihn im Beisein meiner Mutter darauf an.

Er rastete völlig aus und schrie herum, ich sei genauso ein Versager wie mein Vater, außerdem ein Lügner und ein Autodieb. Ich erwartete, dass meine Mutter mich beschützte, aber sie stand nur unschlüssig herum und wusste nicht, wem sie glauben sollte.

Kurt beschuldigte mich, ich hätte diese Seiten selbst aufgerufen, nur um ihn bei meiner Mutter vorzuführen. »Der Junge wird versuchen, uns auseinanderzubringen«, sagte er und beschwor sie, mich wieder ins Heim zurückzugeben. »Auf Dauer wird alles auf die Frage hinauslaufen: Er oder ich!«

Er knallte die Tür und verließ das Haus. Meine Mutter weinte und fragte mich: »Warum willst du mir das kaputtmachen? Er ist ein guter Kerl. Sei ehrlich. Du hast die Pornoseiten bei ihm installiert, um ihn bei mir schlechtzumachen, stimmts?«

Ich wohnte noch drei Tage bei ihnen. Die bereiteten echt die Hochzeit vor. Aber dann wurde Kurt Brocken, als er angetrunken nach einem Herrenabend aus der Kneipe nach Hause wollte, von einem weißen Ford Sierra überfahren. Er wurde ein Stückchen mitgeschleift und dann an einer Mauer praktisch zerquetscht.

Der Wagen wurde nicht weit von unserem Haus gefunden. Es war der alte Ford meines Vaters. Am Kühler klebte noch Brockens Blut. Der Wagen war angeblich wenige Stunden vorher gestohlen worden.

Es gab zwei Zeugen, die den Unfall beobachtet hatten. Niemand sah einen Fahrer vom Auto weglaufen. Aber der Wagen selbst war leer, als die Polizei ankam.

Meine Mutter gab mir ein Alibi und sagte, ich sei die ganze Nacht in meinem Zimmer gewesen. Ich bin mir nicht sicher, ob sie das wirklich glaubte, aber sie wollte mir helfen. Wahrscheinlich vermutete sie, wie alle anderen auch, dass ich dahinter steckte und als eifersüchtiger Sohn den neuen Lebensgefährten meiner Mutter umgebracht hatte.

Ich denke, sogar der Richter vermutete, dass ich immer noch einen Zweitschlüssel besaß. Aber da ich noch keine vierzehn Jahre alt und damit strafunmündig war, wurde ich nur unter Aufsicht des Jugendamtes gestellt.

Der alte Ford Sierra wurde verschrottet. Ich war selber dabei, als er in die Metallpresse geworfen wurde. Als er zu einem bierkastengroßen Klumpen zerquetscht wurde, hörte ich das Metall kreischen wie ein Mensch in höchster Not. Dieser Schrei wird mich immer verfolgen.

Ich verließ den Schrottplatz, als hätte ich einen guten Freund beerdigt. Einen sehr guten Freund.

Die Internethexe

Ich konnte es nicht glauben, aber es funktionierte wirklich! Es war wie ein Traum. Plötzlich klappte alles praktisch wie von selbst. Aber ich ahnte gleich, dass die Sache einen Haken hatte. Nur – ich fand ihn nicht.

Es begann eigentlich alles ganz harmlos. Wir bekamen einen neuen Deutschlehrer. Herrn Weiß. Manfred Weiß. Ein echt toller Typ. Der Name Manfred passte überhaupt nicht zu ihm. Solche Männer heißen Brad oder Maikel oder Pete. Aber doch nicht Manfred.

Er trug immer passend zu seinem Namen ein weißes T-Shirt und eine verwaschene Jeans, die hauteng an seinem süßen Po klebte. Unter seinem T-Shirt bildeten sich echte Muskeln ab. Er hatte eisblaue Augen und naturblonde Locken. Er hätte Model werden können, aber nein, er wurde Deutschlehrer. Unser Deutschlehrer.

Die meisten meiner Freundinnen waren gleich verknallt in ihn, nur ein paar Jungs konnten ihn nicht leiden, weil er ihnen die Schau stahl.

Ich war nicht so anfällig für Manfred Weiß, denn ich war immer noch unglücklich in Kevin verliebt, den coolsten Jungen der Schule. Aber der war zwei Klassen über mir und beachtete mich nicht. Doch dann kam alles ganz anders.

Manfred gab uns einen Aufsatz auf. Jeder sollte über etwas anderes schreiben. Er hatte ein Kartenspiel gemischt. Es gab rote und blaue Karten.

Die roten Karten waren für die Jungen, die blauen Karten für die Mädchen.

Jeder Schüler zog eine Karte und fand darauf sein Thema.

Auf meiner Karte stand: Hexen.

Im ersten Moment fand ich das albern und völlig blöde und hätte beinahe mit meiner Banknachbarin Marina getauscht, aber ihr Thema war noch bescheuerter: Schicksal.

Zu Hause habe ich ein bisschen gegoogelt und im Internet herumgesurft. Früher sind Hexen ja vielleicht auf dem Besen durch die Lüfte geflogen oder von übereifrigen Christen verbrannt worden. Heute tummeln sie sich im World Wide Web.

Und dann fand ich diese merkwürdige Hexenseite: www.hexe-hedwig-jannyschewski.de

Auf ihrer Homepage war ein Bild von ihr. Sie sah überhaupt nicht wie eine Hexe aus, sondern eher wie meine Mutter nach einer längeren Fastenkur, mit blauschwarzen Haaren, schwarzlackierten Fingernägeln mit Sternchen darauf und einem nachtblauen Minikleid. Es wirkte wie ein unbearbeitetes Foto, mit einer billigen Digicam gemacht. Der Rote-Augen-Effekt war noch voll da. Aber dann zwinkerte sie mir plötzlich zu, und das gefiel mir.

Es erklang eine Musik, als würde Glassplitter von der Decke rieseln.

Ich wollte schon weitersurfen, aber dann fand ich die Sätze, die mein Leben veränderten:

Du glaubst nicht an Hexen und ihre Macht? Nun, ich werde dir beweisen, was ich bewirken kann. Wenn du dir diese Seite

ausdruckst und drei Tage lang mit dir führst, wirst du die ganze Zeit über nur Glück haben.

Darunter waren ein paar merkwürdige Zeichen gekritzelt. Eine auf dem Kopf stehende Vier, eine besoffene Acht, eine umgefallene Sechs oder Neun, ein paar Schlangenlinien und ineinander verschränkte Kreise.

Ich dachte, das ist bestimmt eine miese Falle, und wenn du jetzt deinen Drucker betätigst, kostet das ein Schweinegeld. Ich scrollte mit dem Cursor weiter nach unten und las zu meiner Verblüffung:

Natürlich glaubst du jetzt, dass ich dich hereinlegen will, aber keine Sorge. Dies kostet nichts. Ich will deine Kontonummer nicht wissen und auch nicht deinen Namen. Dies hier ist eine Demonstration meiner Macht. Mehr nicht.

Ich konnte nicht anders. Ich druckte mir die Seite aus. Während mein Farblaserdrucker ratterte, erschien plötzlich, diesmal viel größer, das Gesicht von Hexe Hedwig Jannyschewski, jetzt ohne Rote-Augen-Effekt und wesentlich brillanter. Wieder zwinkerte sie mir zu und lächelte. Dann verschwand die Homepage.

Das Ganze ist jetzt drei Tage her. Ja. Und was soll ich sagen – ich hatte Glück. Ich hatte unglaubliches Glück. Ich hatte saumäßiges Glück.

Als ich am ersten Morgen zur Schule ging, regnete es in Strömen. Meine Mutter wollte mich wegen des Unwetters eigentlich zur Schule fahren (was sie wirklich selten macht), aber unser zehn Jahre alter BMW verreckte noch in der Garage. Zunächst heulte der Motor ganz vielversprechend auf, doch dann war es, als wären sämtliche Ventile verstopft, und der Wagen erstickte regelrecht mit einem Pfffttt.

Ich rannte wie eine Bekloppte zur Straßenbahnhaltestelle, aber die Sieben fuhr mir vor der Nase weg.

Dieser Straßenbahnfahrer ist ein Sadist. Wenn der im Rückspiegel sieht, dass noch ein Schüler angerannt kommt, dann startet der absichtlich sofort und grinst über beide Schweinebacken.

Er ließ mich im Regen stehen. Er zeigte mir nicht den Stinkefinger, aber er grinste breit und beugte sich so vor, dass er mich möglichst lange im Rückspiegel sehen konnte.

Der Regen peitschte über die Straße wie die Ankündigung der biblischen Sintflut. Ich wusste, dass ich zu spät kommen würde, und das bedeutete, ich müsste die Mathearbeit nachschreiben, denn ich hatte sie schon mal versäumt, weil ich zu spät kam. Ich bin in Mathe nicht gerade eine Leuchte, und für unsere Mathe- und Physiklehrerin sind Menschen, die mit Mathe nicht klarkommen, auf der Entwicklungsstufe von Neandertalern. Freundlich ausgedrückt. Im Grunde hält sie uns für Tiere. Gar nicht wirklich der menschlichen Rasse zugehörig.

Ich hatte diesen blöden Zettel von Hexe Hedwig Jannyschewski schon vergessen, aber dann passierte es: Mit einem Affentempo kam Kevin – ja, der Kevin, Mittelstürmer in unserer Schul-Elf, stellvertretender Schulsprecher und Bassist bei den Hot Angels, angesaust. Der Vorderreifen von seinem Rennrad rutschte in die Straßenbahnschienen, und Kevin überschlug sich. Er flog mir praktisch direkt vor die Füße.

Ein Renault-Fahrer fand es wohl witzig, eine riesige Schmutzwasserfontäne genau neben uns hochspritzen zu lassen, um uns damit den Rest zu geben.

Kevin blieb reglos liegen, den Oberkörper auf dem Bürgersteig, die Beine auf der Straße. Bei dem Wetter konnten die Autofahrer nicht gut bremsen und sahen wohl auch nicht allzu viel.

Der Renault-Fahrer überrollte das Rad und schleifte es ein paar Meter mit. Ich hörte die Stoßstange an seinem Kühler mit metallischer Stimme schreien, als sei das Rad lebendig.

Ich bekam vor Angst eine Gänsehaut. Schon schoss der nächste Wagen heran.

»Hilf mir! Hilf mir! Hilfe!«, brüllte Kevin. »Ich kann mich nicht bewegen!«

Ich packte Kevin unter den Achseln und zerrte seine Beine von der Fahrbahn. Er hatte beim Unfall einen Turnschuh verloren, der wurde mit der nächsten Wasserfontäne auf den Bürgersteig gespült. Ich schaffte es, Kevin in einen Häusereingang zu zerren. Seine linke Gesichtshälfte war aufgeschrammt, als hätte er sich mit einer Nagelbürste abgeschrubbt. Seine Nase blutete, und seine Lippe war aufgesprungen.

Ich legte seinen Kopf auf meinen Oberschenkel und tupfte mit einem durchnässten Papiertaschentuch das Blut von seinem Gesicht.

»Du hast mir das Leben gerettet, Julia«, sagte er.

Mir blieb die Luft weg. Er wusste sogar meinen Namen. Und er sah mich an.

»Du weißt, wie ich heiße?«

Obwohl er Schmerzen hatte, lächelte er. »Natürlich. Du hast mir Liebesbriefe geschrieben. Mindestens ein Dutzend.«

Trotz der Kälte schoss mir die Hitze ins Gesicht. Ich werde alles versauen, dachte ich. Ich blöde Kuh! Ich hab einfach nicht damit gerechnet. Die Situation überforderte mich vollkommen.

»Aber ich hab doch die Briefe gar nicht unterschrieben!«, sagte ich blöderweise und gab damit zu, dass sie von mir waren.

Er verzog seine blutigen Lippen zu einem Lächeln. »Nein, aber immer wenn ich einen Brief bekommen habe, hast du vor dem Schultor gestanden und bist puterrot geworden, wenn ich vorbeikam. So wie jetzt.«

Eine Frau öffnete die Haustür. Sie hielt uns sofort für ein Liebespaar, fragte, was denn geschehen sei und ob wir nicht reinkommen wollten bei dem Wetter. Ich half Kevin beim Aufstehen. Er erbrach sich über meine Jeans.

Auf mich gestützt wollte er ins Haus, aber da kam auch schon der Renault-Fahrer angerannt und behauptete, Kevin sei ihm vors Auto gefahren, und er müsse für den ganzen Schaden aufkommen. Der Mann war völlig außer sich und gestikulierte mit den Armen wie ein Vogel, der versucht abzuheben.

Die Polizei wurde gerufen, und ich musste als Zeugin mit aufs Präsidium.

Ein Arzt untersuchte Kevin und stellte neben einer Gehirnerschütterung ein gebrochenes Fußgelenk fest.

Kevins Vater holte uns ab. Er brachte gleich seinen Anwalt mit und zog eine Riesenshow ab. Er behauptete, Kevin hätte nächste Woche ein sehr wichtiges Fußballspiel in der A-Regionalliga. Zwei Profivereine interessierten sich für ihn, Schalke und Werder Bremen. Mit gebrochenem Fußgelenk könne er natürlich nicht spielen, damit sei seine Karriere wahrscheinlich beendet, bevor sie überhaupt angefangen hätte. Der Anwalt von Kevins Vater kündigte eine Schadensersatzklage in Millionenhöhe an.

Sie nahmen mich mit zu sich nach Hause, und mir wurde

ganz anders. Mir war das nicht klar – das sind wirklich wohlhabende Leute! So mit Villa am Stadtrand, Doppelgarage, altem Baumbestand und einem Gärtner, der die Rosen pflegt.

Ich durfte bei ihnen duschen. Ihr Badezimmer war etwa so groß wie unser Wohnzimmer. Da gab es keine Dusche mit Plastikvorhang, der einem am Hintern kleben bleibt, sondern ein romantisches Wasserspielparadies. Die Wände bestanden nicht aus popeligen, leicht abwaschbaren Kacheln, sondern das Ganze sah aus wie eine Grotte in einer Höhle. Statt einem Duschkopf gab es eine Quelle, die ganz oben entsprang und in mehreren Flussläufen zu einem Wasserfall wurde, unter den man sich dann stellen konnte. Dabei erklang Musik. Nicht irgendeine Musik, sondern Vogelgezwitscher und Meeresrauschen. Durch die vielen Pflanzen hatte alles auch etwas von Urwald. Die Badehandtücher waren so flauschig, dass ich sie am liebsten gar nicht mehr hergegeben hätte, aber der Gästebademantel war auch nicht schlecht.

Dann musste Kevins Vater wieder ins Büro zurück und bat mich, doch bei seinem Sohn zu bleiben, er wollte ihn in der Situation nicht gern alleinelassen.

Ich blieb, und Kevin verknallte sich in mich.

Mit seinem Gipsverband konnte Kevin natürlich nicht viel rumrennen. Er machte es sich in dem Ohrensessel vor dem riesigen Meerwasseraquarium bequem und erklärte mir, das sei das gemeinsame Hobby von ihm und seinem Vater. Natürlich interessierte ich mich brennend für sein Hobby, und fast zwei Stunden lang erfuhr ich aus seinem süßen Mund alles über die Lebensweise von Korallen und die symbiotische Beziehung, die sie mit verschiedenen Fischen haben.

Sein Vater und er züchteten sogar gemeinsam Korallen. Kevin zeigte mir Acropora und Montipora.

»Siehst du, sie werden immer blasser und dünngewebiger. Wenn man nicht aufpasst, stirbt das gesamte Gewebe ab. Sprudelwürmer und Montischnecken sind nämlich gefährliche Feinde für unsere Korallen.«

»Oje, was machst du denn dagegen?«

»Jodbäder sind ziemlich zeitaufwändig und müssen ständig wiederholt werden. Außerdem machen sie den Korallen Stress. Aber da drüben im Aquarium haben wir unsere Putzstation für Korallen! Siehst du da die Tanzgarnelen? Die fressen die Korallen völlig sauber. Die putzen sogar die Monti-Schnecken samt Eigelege weg.«

»Warum sind sie denn dann nicht im Korallenbecken?«, fragte ich.

Kevin lachte trotz seiner Schmerzen im Fuß. »Das Problem mit den Tanzgarnelen ist, sobald sie sich die Sprudelwürmer und Schnecken reingehauen haben, machen sie sich über die Korallen her.«

»Erzähl mir mehr«, sagte ich.

Irgendwann hörte dann der Regen auf. Eine Putzfrau hatte meine nasse Kleidung gewaschen und in den Trockner gesteckt. Ich bekam sie wundervoll duftend und luftig zurück. Dafür musste ich leider den flauschigen Gästebademantel hergeben.

Dann kam Kevins Mutter nach Hause. Ich aß noch mit den beiden. Später schwebte ich nach Hause zurück und sang dabei immer wieder seinen Namen vor mich hin. Kevin, Kevin, Kevin.

Die Mathearbeit musste ich gar nicht nachschreiben. Meine Glückssträhne hielt an. Unsere Mathelehrerin hatte sich nämlich am Abend vorher in eine Glasscherbe gesetzt, die jetzt aus ihrem Hintern operiert werden musste, und wer auf dem OP-Tisch liegt, kann keine Klassenarbeit beaufsichtigen.

Am nächsten Tag wurde ich in Bio geprüft. Mündlich. Und wenn ich von etwas keine Ahnung habe, dann von Bio.

Na ja gut, in Mathe und Physik bin ich auch nicht gerade ein Genie. Offen gestanden habe ich mein Biologiebuch am Anfang des Jahres irgendwo verlegt und nie wieder gefunden.

Jetzt stand ich vorn an der Tafel, und mein Wissen sollte überprüft werden. Ich rechnete schon mit einer dieser blödsinnigen Fragen wie: »Erkläre mir den Magen der Kuh« oder »Was weißt du über das Brunstverhalten von afrikanischen Säbelzahntigern?«

Ein Lieblingsthema von unserem Biologielehrer war auch, warum die Bienenvölker aussterben und dass am Ende auch der Tod aller Menschen stehen wird. Er entwarf gern schreckliche Horrorszenarien, sobald es irgendeiner Mikrobenart, von deren Existenz man vorher keine Ahnung hatte, an den Kragen geht.

Aber ich hatte Glück. Unglaubliches Glück. Er fragte mich nach Korallen.

Ich schloss für einen Moment die Augen und atmete tief durch. »Können Sie Ihre Frage bitte noch einmal wiederholen, Herr Mannack?«

Er grinste schon, weil er glaubte, ich wollte nur Zeit herausschinden und hätte mal wieder keine Ahnung.

»Es geht um Seite 43 bis 49 im Biologiebuch. Was weißt du über Korallen, Julia?«

Das war die Stunde meines großen Triumphs in Biologie.

Ich begann mit fester Stimme: »Als Korallen werden Kolonien bildende Nesseltiere bezeichnet. Am bekanntesten sind die Steinkorallen, die den Hauptanteil bei der Entstehung der Korallenriffe haben ...«

Herr Mannack staunte mit offenem Mund. Er sah aus, als würde er keine Luft mehr kriegen.

»Was soll das?«, fragte er. »Hast du dich immer nur blöd gestellt und bist in Wirklichkeit schlau oder hast du das ganze Biologiebuch auswendig gelernt oder ...«

»Unser Biobuch?« Ich grinste spöttisch. »Nein, Herr Mannack, das ist mir dann doch nicht genug. Da werden die Dinge ja nur kurz angerissen. Wenn man wirklich in die Tiefe gehen will, muss man richtige Fachliteratur lesen.«

Die Klasse staunte noch mehr als unser Lehrer. Innerlich brüllte ich vor Lachen und dankte der Hexe Jannyschewski für mein Glück.

Aber das mit weitem Abstand Beste geschah am dritten Tag. Rasend vor Eifersucht kippte mir Kevins Freundin Marilyn einen Eimer Ochsenblut über den Kopf. Ihre Eltern haben in der Stadt die größte Metzgerei. Kevin machte sofort nach unserem Zusammenprall Schluss mit ihr. Jetzt ist sie nicht mehr seine Freundin, sondern nur noch seine Exfreundin.

Ich trug den ausgedruckten Zettel von Hexe Hedwig Jannyschewski direkt am Körper, als Kevin mich zum ersten Mal küsste und fragte, ob wir miteinander gehen wollen. Er lud mich ins Kino ein, aber das ging nicht, denn ich stand in der Mädchenfußballmannschaft im Tor, und jede, die nicht einmal pro Woche beim Training erschien, flog da raus.

Kevin begleitete mich. War das nicht süß von ihm? Der Stürmer aus der A-Jugend saß die ganze Zeit auf der Bank und sah mir zu. Ich hab noch nie so gut gehalten wie an dem Tag. Eigentlich war ich nur in der Reserve und wartete bei jedem Spiel darauf, dass sich unsere Star-Torwartin Marilyn bei einer Parade die Hand brach, damit ich dann endlich für sie einspringen konnte. Wir übten das Halten von Elfmetern, Freistößen und Ecken. Zehn Bälle wurden auf mein Tor abgeschossen. Ich hielt alle!

Nach jedem neuen Versuch griff ich noch einmal zu dem Blatt Papier unter meinem Hemd. Dann sah ich zu Kevin. Der hob den Daumen, und ich hielt den nächsten Ball. Ich fiel auf keine noch so geschickte Täuschung herein. Ich sprang immer in die richtige Ecke. Ich packte den Ball und verlor ihn nicht ein einziges Mal.

Marilyn dagegen ließ die ersten drei Bälle durchgehen und bekam einen Schreikrampf. Es endete damit, dass sie lauthals rief, Fußball sei der schrecklichste Sport der Welt, und nur richtige Idiotinnen würden den ganzen Tag hinter einem Ball herlaufen, um damit Jungs zu beeindrucken. Sie hätte jedenfalls endgültig genug davon.

Unser Trainer hatte gar keine andere Wahl. Er stellte mich fürs nächste Spiel auf.

Danach wurden noch zweiundzwanzig Bälle aufs Tor geknallt. Davon hielt ich zwanzig. Ein Ball verfehlte das Tor und ein anderer traf nur den Pfosten.

Ich war klatschnass geschwitzt. In der Umkleidekabine erhielt ich von allen großes Lob. Diese Bälle hätte Marilyn nie gehalten. Ich sei im Tor eine zweite Nadine Angerer, ein weiblicher Jens Lehmann oder Olli Kahn.

Als ich frisch geduscht, mit noch nassen Haaren wieder aus der Umkleidekabine herauskam, wartete Kevin noch immer auf mich. Er sagte, er habe noch nie ein Mädchen so gut Fußball spielen sehen. Karsten, der legendäre Keeper unserer Schulfußballmannschaft sei gegen mich ein Schweizer Käse.

Ich hatte keine Ahnung, was er damit meinte, aber ich nahm es als Kompliment.

Doch zu Hause angekommen, verflogen meine Glücksgefühle langsam. Ich lag in meinem Bett und starrte die Decke an. Ich hatte den Zettel von Hexe Hedwig Jannyschewski in meine Pyjamahose gesteckt. Doch jetzt wurde mir eins klar: Die drei Tage waren um. Wie würde es weitergehen? Wäre ab morgen wieder alles wie immer? Würde ich wieder zur kleinen grauen Maus werden, die keiner beachtet? Die keine Ahnung hat von Mathe, Physik und Biologie?

Und überhaupt, der Aufsatz für Manfred Weiß musste langsam fertig werden. Die nächste Mathearbeit stand bevor. Unsere Mathelehrerin konnte zwar noch nicht sitzen, aber sie unterrichtete sowieso lieber im Stehen. Und dann war da noch das große Fußballspiel am Samstag.

Ich fühlte mich klein und mies, und ich wollte nur eins: Meine Glückssträhne musste anhalten. Koste es, was es wolle.

Ich ging ins Internet auf die Seite von Hexe Hedwig Jannyschewski. Sie erschien sofort, diesmal aber mit einer anderen Musik. Ich hörte den Wind rauschen, als würde er durch Fischernetze zerfetzt werden. Da war auch ein fernes Meeresrauschen und ein Vogel, wie ich ihn noch nie gehört hatte.

Wieder zwinkerte sie mir zu. Den Zettel gab es nicht mehr auf der Homepage. Dafür stand dort eine Botschaft – extra für mich!? Ich wurde zwar nicht namentlich erwähnt, doch um wen sollte es sonst gehen?

Ich las mit trockenem Mund laut vor:

Na, jetzt hast du gespürt, wie wahre Magie aussieht. Es ist alles ganz einfach. Wir Hexen können die Dinge mit unseren Gedanken beeinflussen.

Wenn du weitere Fragen hast, kannst du mir schreiben. Meine E-Mail-Adresse ist: hexehedwigjannyschewski@web.de.

Ich glaube, ich habe noch nie so schnell getippt.

Liebe Hexe Hedwig, was muss ich tun, damit mein Glück anhält?

Du hast Angst, dass jetzt alles vorbei ist?

Ja. Es war wunderbar. Ich hoffe, dass es nie aufhört. Ich will nicht mehr in mein altes Leben zurück.

Das musst du auch nicht.

Ich dachte, spätestens jetzt erscheint eine Kontonummer, auf die ich einen Betrag überweisen soll, und ich spürte die innere Bereitschaft, dafür klauen zu gehen. Natürlich würde ich sofort mein Sparbuch räumen.

Ich hatte im Laufe der Zeit fast vierhundert Euro zusammengespart. Außerdem konnte ich meine CDs verkaufen. Meinen Eltern konnte ich schlecht erzählen, wofür ich das Geld brauchte, aber es gab bestimmt Möglichkeiten, etwas zu beschaffen.

Die Buchstaben erschienen ganz langsam und waren etwas größer als vorher. Sie sahen alt aus.

Du musst mir lediglich einen kleinen Gefallen tun.

Welchen?

Du darfst in der ersten Halbzeit jeden Ball halten. Du kannst spielen wie eine Göttin. Aber nach der Pause hältst du keinen einzigen mehr … Es ist nur ein kleiner Gefallen. Ich hoffe, du machst mir diese Freude.

Ich schluckte. Ich war nass geschwitzt. Ich lauschte. Ich hatte Angst, meine Mutter könnte ins Zimmer kommen. Auf keinen Fall wollte ich von irgendjemandem bei dem erwischt werden, was ich hier tat.

Ich tippte: *Aber warum? Das ergibt keinen Sinn!*

Du hast kein Recht, mir Fragen zu stellen. Frage ich, warum ausgerechnet du Glück haben sollst? Warum niemand anders? Zum Beispiel Marilyn?
Das Glück des einen ist oft das Unglück des anderen.
Natürlich ergibt das alles keinen Sinn. Warum auch?

Ich versuche doch nur, es zu verstehen.

Da ist nichts zu verstehen. Wenn du keine Lust hast, lass es einfach sein.

Und dann? Hab ich ab dann nur noch Pech?

Was hältst du von mir? Was glaubst du, wer ich bin?
Ich drohe dir doch nicht. Das Glück ist eine sehr launische Freundin. Pech dagegen kann sehr schnell zu einer treuen Begleiterin werden.
Ich weiß nicht, was später aus dir werden wird. Es interessiert mich auch nicht, wenn du nicht mal bereit bist, mir so einen kleinen Gefallen zu tun …

Keine Sorge, keine Sorge, ich tu es ja.

Prima. Wenn ich mich auf dich verlassen kann, kannst du dich auch auf mich verlassen.

Zunächst hörte ich nur ihr Lachen, dann erschien links unten ihr Bild, nicht größer als ein Punkt. Ihr Kopf, der rasch größer wurde, bis er den ganzen Bildschirm einnahm und schließlich nur noch ihre Lippen da waren, ihre Zähne, ihr weitaufgerissener, lachender Mund. Dann nur noch das Schwarze.

Es war, als würde ich hineingezogen werden, als wollte sie mich verschlucken.

Plötzlich erschienen, aus dem schwarzen Schlund aufsteigend, rote Buchstaben, die sich zu dem Satz formten:

Du darfst mit niemandem über unsere Abmachung reden, sonst ist sie ungültig und ….

Die letzten drei roten Punkte wurden zu Tropfen. Blutstropfen. Sie fielen herunter auf den unteren Rand des Bildschirms und bildeten dort eine Pfütze, die rasch wuchs, bis auf dem Bildschirm nur noch Rot zu sehen war.

Eine Weile saß ich noch fasziniert und ein bisschen erschrocken am Computer. Als plötzlich hinter mir meine Mutter in mein Zimmer trat, schaffte ich es noch in der letzten Sekunde, den Elternknopf zu drücken – so eine Nottaste mit Kurzbefehl hat jeder bei uns in der Klasse. Ein kurzes Anklicken und egal, wo man gerade noch herumgesurft ist, ein harmloser Bildschirmschoner verdeckt alles. In meinem Fall ein paar Matheaufgaben. So sieht es für meine Mutter immer aus, als ob ich lernen würde.

Das Fußballspiel fand bei Superwetter statt. Zu den Zuschauern, die uns heftig anfeuerten, zählten nicht nur Kevin mit mehr als der Hälfte seiner Mannschaft, sondern auch Manfred Weiß, praktisch die gesamte Unterstufe und der gemischte Chor. Wir hatten gut dreihundert Zuschauer.

Noch nie hatten wir vor so einem großen Publikum gespielt. Der Sportreporter Franzen von der Lokalpresse war dabei. Wir hatten die Ehre, gegen die Mannschaft der Landesmeisterinnen anzutreten. Ein Freundschaftsspiel nur, aber von hoher Bedeutung.

Ich sah Marilyn mit grimmigem Gesicht am Würstchenstand Limo trinken. Ein paar Mädchen aus meiner Klasse sahen gar nicht glücklich aus, denn Manfred Weiß war nicht alleine gekommen. Er hatte seine Lebensgefährtin mitgebracht. Sie sah aus, wie jedes Mädchen sich einen Albtraum vorstellt. Schlank, lange Beine, großer Busen, tiefschwarze Locken bis zum Hintern, große, braune Kulleraugen, breite Lippen und ein ständiges Lachen, mit dem sie ihre strahlend weißen Zähne zeigte.

Natürlich war die andere Mannschaft spieltechnisch unvergleichlich viel besser als wir. Sie ließen nur zwei Verteidigerinnen zurück, die aber gar nicht nötig gewesen wären, weil wir in den ersten fünfzehn Minuten mit keinem Angriff auch nur an den Rand ihres Strafraums kamen. Wir verloren den Ball immer schon im Mittelfeld.

Sie hatten vier Stürmerinnen, aber die meisten Angriffe kamen von Linksaußen. Ich hielt die ersten drei Bälle, obwohl ich bei keinem einzigen, als er abgeschossen wurde, auch nur eine Ahnung hatte, wo ich hinspringen sollte. Wir spielten gegen die Sonne. Einmal hechtete ich fast blind nach oben. Der Ball traf mich mit einer Wucht im Bauch, dass ich Angst hatte, mich übergeben zu müssen. Ich landete auf dem Boden, hielt den Ball fest wie eine Kängurumutter ihr Kleines.

Kevin rief »Bravo!« Auch Manfred Weiß klatschte mir Beifall, und unser Sportlehrer Hülsken staunte.

Ich versuchte, den Ball bis über die Mittellinie zu schießen, damit er wenigstens mal ins gegnerische Feld gelangte, dabei muss ich praktisch unserer Mittelstürmerin Susie den Ball vor die Füße gekickt haben. Sie rannte ganz alleine, die anderen blieben zurück, weil sie wahrscheinlich nicht damit rechneten, dass Susie durchkommen würde. Beide Verteidigerinnen rannten auf sie zu, Susie schoss zwischen den beiden durch, und wir gingen 1:0 in Führung.

Es war das einzige Tor, das wir in der ersten Halbzeit schossen. Doch es versetzte die Schüler unserer Schule in einen rauschartigen Jubeltaumel. Die anderen waren kurzfristig demoralisiert, aber dann fingen sie sich wieder und stürmten jetzt noch entschlossener nach vorn. Es fanden praktisch alle Aktionen direkt vor unserem Strafraum statt. Wenn ich nicht hoch in die Luft hechtete, um eine Parade auszuführen, lag ich irgendwo und umklammerte den Ball.

Ich hielt weitere fünf Bälle. Ich bin noch nie in meinem Leben so beklatscht und bejubelt worden.

In der Halbzeit kam ich gar nicht dazu, mich zu besinnen. Der Lokalreporter Franzen wollte unbedingt ein Bild von mir und dem Trainer machen, der mich »entdeckt« hatte. Er meinte damit meinen Sportlehrer, für den ich bis dahin immer nur eine lahme Ente gewesen war, die im Tor stehen musste, weil sie zum Rennen zu langsam war.

Ohne jede Frage war ich laut Sportreporter »die beste Frau am Platz« und gehörte in eine ganz andere Liga. »Das«, sagte er, »ist erstklassiger Fußball!«

Kevin stellte sich als mein Freund vor. Er erwähnte seine Angebote von Schalke und Werder Bremen, aber der Reporter interessierte sich viel mehr für mich.

Ich schloss nur einmal kurz die Augen und dankte der Hexe Hedwig Jannyschewski.

Die andere Mannschaft trat mit einer neuen Strategie zur zweiten Halbzeit an. Sie hatten die Seiten gewechselt, das Mittelfeld verstärkt, und sie machten von der ersten Sekunde an unheimlichen Druck nach vorne. Sie wollten das Ausgleichstor. Um jeden Preis. Aber aufgestachelt von dem Hochgefühl waren unsere Mädels jetzt anders als vorher. Sie wollten gewinnen und einige hatten auch nur einfach vor, genauso gut dazustehen wie ich.

Beseelt von einem merkwürdigen Siegeswillen gewann Susie ein Laufduell gegen zwei langbeinige Rothaarige und schickte einen kurzen Pass zu Jana. Die verwandelte ihn zum 2:0.

Der Jubel war unbeschreiblich.

Unsere Gegenmannschaft wechselte gleich zwei Spielerinnen aus. Die eine knallte mir eifrig gleich zweimal einen Ball gegen die Latte. Ich wusste, ab jetzt durfte ich keinen Ball mehr halten.

In der 54. und 71. Minute ließ ich jeweils einen Ball durch. Es stand 2:2. Auf dem Feld kämpften die Mädels. Sie brüllten sich an. So hitzköpfig hatte ich unsere Truppe noch nie erlebt. Susie beging ein übles Foul und bekam die Rote Karte.

Sie schafften es noch sechsmal, aufs Tor zu schießen. Inzwischen stand es 8:2 für die anderen. Unser Sportlehrer Hülsken sah aus, als hätte er eine tote Katze verspeist, und brüllte vom Spielfeldrand: »Was ist los mit dir, Julia? Werd jetzt nicht zickig! Reiß dich zusammen! Wir wissen doch alle, dass du es kannst!«

Ich warf mich auch jedes Mal mit großer Show zum Ball, verfehlte ihn aber knapp.

Ich wollte mein Versprechen der Hexe Hedwig Jannyschewski gegenüber bestimmt nicht brechen. Aber dann kullerte ein Ball so langsam auf mich zu, ich hätte zur Seite gehen müssen, um ihn ins Tor zu lassen. Ich machte gar nichts, ich blieb einfach stehen und dann lag er vor meinen Füßen und ich schoss ihn im hohen Bogen weg.

Kevin wurde von einem Chauffeur abgeholt oder einem Mitarbeiter seines Vaters, das weiß ich nicht mehr genau. Jedenfalls nahmen die beiden mich mit. Ich war froh, jetzt nicht bei den anderen sein zu müssen, denn so sehr ich am Anfang ihre Heldin war und von ihnen gefeiert wurde, so sauer waren sie jetzt auf mich.

Während der ganzen Fahrt schwieg Kevin. Seine Kiefer mahlten, als ob er etwas sagen wollte, die Worte aber vorher zerkauen und runterschlucken würde.

Wir tranken bei ihm zu Hause frisch gepressten Orangensaft. Als wir endlich alleine miteinander waren, schwieg er immer noch. Ich musste mich ihm irgendwie erklären. Ich kam mir so schrecklich dämlich vor. Ich zeigte ihm den Ausdruck und erzählte ihm von der Seite im Internet.

»Ich durfte keine Bälle mehr halten, verstehst du?«

Er schüttelte den Kopf. »Nein, das verstehe ich nicht. Du hast irgendeiner blöden Torte, die du im Internet kennengelernt hast, versprochen, in der zweiten Halbzeit keinen Ball mehr zu halten? Ich werd die Mädchen nie verstehen. Was stimmt mit dir nicht?« Er meinte, da hätte mich nur jemand verarschen wollen. »Und du bist dem ganz schon auf den Leim gekrochen. Wahrscheinlich hat das der Trainer der gegnerischen Mannschaft organisiert! Mir haben sie mal bei einem Spiel um die Stadtmeisterschaft fünfhundert Euro versprochen, wenn ich das Tor nicht treffe.«

Er wollte noch mit mir ins Internet, um sich die Sache selbst anzugucken, aber ich fand seine Worte so verletzend.

Es ist aus zwischen uns, dachte ich. Ich habe es vergeigt.

Ich konnte es nicht länger ertragen, bei ihm zu sein. Ich rannte heulend raus. Ich gebe zu, ich hatte ein bisschen die Hoffnung, er würde hinter mir herlaufen, aber das tat er nicht.

Ich hatte noch nie so schlecht geschlafen wie in dieser Nacht. Am nächsten Morgen kam Kevin nicht zur Schule. Er hatte in der Nacht hohes Fieber bekommen und zu phantasieren begonnen. Seine Mutter hatte ihm kalte Wadenwickel gemacht, schließlich aber dann gegen zwei Uhr morgens den Notarzt gerufen.

Nachdem ich davon erfahren hatte, schwänzte ich die letzte Stunde. Ich rannte nach Hause und klemmte mich hinter meinen Computer. Ich hatte einen schrecklichen Verdacht.

Ich schrieb an die Hexe Hedwig Jannyschewski:

Hast du damit zu tun?

Ich musste gar nicht erklären, was ich meinte. Sie wusste sofort Bescheid und antwortete augenblicklich:

Natürlich.

Warum tust du das?

Weil du bestraft werden musst. Du hast mich reingelegt.

Ich habe dich nicht reingelegt! Ich habe mich zur Idiotin gemacht! Wir haben das Spiel 8:2 verloren!

Erstens hast du einen Ball gehalten, das ist gegen unsere Absprachen, und zweitens, was viel schlimmer ist, du hast ihm davon erzählt.

Ja, das habe ich. Ist doch nicht schlimm. Er hat mir sowieso nicht geglaubt. Was macht es, dass er es weiß?

Nichts. Weil er sterben wird.

Du willst ihn töten?

Aber natürlich. Jeder, dem du von unserem Kontakt erzählst, muss sterben.

Aber warum?

So sind die Regeln.

Wütend schaltete ich die Hexe einfach ab, indem ich den Computer abstürzen ließ. Verzweifelt ging ich in meinem Zimmer auf und ab. Ich trat gegen meinen Lieblingssessel. Der Schmerz schoss mir vom Schienbein hoch durch die Wirbelsäule bis in die Haarspitzen. Einen Moment glaubte ich, mir jetzt das Bein gebrochen zu haben, aber ich bekam nur einen blauen Fleck.

Ich lief ins Badezimmer und klatschte mir eine Portion kaltes Wasser ins Gesicht. Dann rannte ich an den Computer zurück und versuchte noch einmal, Kontakt zu Hexe Hedwig Jannyschewski aufzunehmen.

Bitte, tu es nicht! Was kann ich machen, damit er wieder gesund wird?

Gar nichts. Die Hitze wird ihn auffressen. Er wird sterben wie jemand, der ohne Wasser durch die Wüste läuft und eine Fata Morgana für eine Oase hält.

Bitte, das kannst du nicht tun!

Warum nicht?

Du kannst ihn doch nicht einfach töten!

Menschen sterben. Das ist ganz natürlich. So ist die Welt. Hier kommt nun mal keiner lebend raus.

Ich schrie es zunächst, aber natürlich konnte sie mich nicht hören. Ich musste es noch mal eintippen:

Bitte nicht! Was muss ich tun, damit du ihn leben lässt?

Die Internethexe Hedwig Jannyschewski ließ lange auf ihre Antwort warten. Vielleicht musste sie nachdenken oder sie genoss es, mich in der Ungewissheit zu lassen.

Bring mir jemand anderen.

Was meinst du damit, jemand anderen?

Meine Macht erwächst nur aus meinen Anhängern. Je mehr Menschen an mich glauben, umso mächtiger werde ich. Bring mir einen, der mir für immer gehört, dann kannst du gehen und dein Freund darf weiterleben.

Aber wie? Wer soll das sein? Wen willst du? Wenn ich nicht darüber reden darf, wie soll ich es dann machen?

Tu, was du willst. Aber bring mir einen, der an mich glaubt! Ich gebe dir sieben Tage Zeit. Täglich wird das Fieber von deinem Freund stärker werden. Aber du musst dir keine Sorgen machen. Sobald du mir eine andere Seele bringst, ist er gerettet. Nach sieben Tagen verbrennt er von innen. Sei erfolgreich! Viel Glück …

Ein Lachen erklang, und mein Computer stürzte ab.

Ich lief zum Krankenhaus. Sie ließen mich nicht zu Kevin. Er lag auf der Intensivstation. Ich konnte ihn durch eine Glasscheibe sehen. Eine Ärztin erklärte mir, sie hätten keine Ahnung, was mit ihm los sei. Möglicherweise eine unbekannte Viruskrankheit. Man habe ihn isoliert, um eine weitere Ausbreitung zu verhindern.

Ich musste nicht lange darüber nachdenken, wen ich opfern wollte. Noch nie zuvor hatte mir jemand einen Eimer Blut über den Kopf geschüttet. Seine Ex, die falsche Zicke Marilyn. Der war ich bereit, es anzutun, und mich plagten nicht mal große Gewissensbisse dabei. Immerhin ging es darum, Kevin zu retten.

Ich schrieb ihr einen anonymen Brief, so wie ich vorher Liebesbriefe an Kevin verfasst hatte:

»Wenn du drei Tage nur Glück haben willst, dann besuche diese Website: www.hexe-hedwig-jannyschewski.de. Ich habe es ausprobiert.
Es funktioniert.
Jemand, der es gut mit dir meint.«

Ich wusste nicht, was ich falsch gemacht hatte. Vielleicht sah man mir die Lügen wirklich immer schon am Gesicht an. Jedenfalls wartete morgens Marilyn vor der Schule auf mich. Am Eingangstor sah sie mich höhnisch an und zischte. »Du glaubst wohl, ich fall auf jeden Mist rein, was?«

»Ich weiß gar nicht, wovon du redest«, antwortete ich, aber damit machte ich sie nur noch wütender.

»Der dämliche Brief ist auf dem gleichen Papier geschrieben, auf dem du auch Kevin immer deine grauenhaften Liebesbriefe geschickt hast! Er hat sie mir jedes Mal gezeigt! Er hat mich nämlich wirklich geliebt, hast du das immer noch nicht kapiert, du gemeines Biest?«

Ich schämte mich. Fast wäre ich mit der Wahrheit herausgeplatzt und hätte ihr erzählt, dass es doch nur darum ging, Kevin zu retten. Im letzten Moment beherrschte ich mich.

Unser Deutschlehrer Manfred Weiß sprach mich auf meinen Aufsatz an. Ich versprach, ihn am nächsten Tag zu liefern. Er lächelte gütig, kündigte aber an, einen weiteren Aufschub gäbe es leider nicht.

Nach der Schule besuchte ich noch einmal Kevin. Immerhin konnte ich mit seiner Mutter sprechen. Sie saß verheult vor mir. Es sei alles so unbegreiflich. Man müsse mit dem Schlimmsten rechnen, sagte sie.

Zu Hause versuchte ich, mir einen Aufsatz aus den Fingern zu saugen. Ich fing dreimal von vorne an. Der erste Versuch über Hexenverbrennungen und weise alte Frauen im frühen Mittelalter ging völlig daneben. Der zweite Versuch über Romane, in denen Hexen die Hauptrolle spielten, wie »Die Hexe und die Heilige«, scheiterte schon daran, dass ich nur zwei Romane mit diesem Thema gelesen hatte, und an den einen konnte ich mich nicht mehr genau erinnern.

Ich entschied mich für einen anderen Weg. Ich schrieb einfach auf, was mir wirklich passiert war. Wie ich die Seite www.hexe-hedwig-jannyschewski.de fand und was dann geschah.

Ich schwitzte beim Schreiben meine Sachen durch. Als ich am Ende des dritten Glückstages angekommen war, zitterten meine Hände. Ich musste erst einmal heiß duschen, dann schrieb ich den Schluss. Es wurde der ehrlichste Aufsatz meines Lebens. Ich verschwieg nichts, ich beschönigte nichts. Ich schrieb einfach nur die Wahrheit.

Am Freitag übergab ich den Aufsatz Herrn Weiß.

Danach schrieb ich an die Hexe:

Ich kann meine Aufgabe nicht erfüllen. Ich habe versucht, Marilyn auf deine Seite zu locken, aber sie traut mir nicht … Bitte lass Kevin leben. Gib mir eine andere Aufgabe. Ich werde alles tun, was du willst.

Die Hexe antwortete nicht.

Doch am Samstag ging es Kevin plötzlich viel besser. Die Mutter rief mich an, er wolle mich sprechen. Am Sonntag durfte ich tatsächlich zu ihm. Das Fieber war weg. Die Ärzte sprachen von einem Wunder, einer Spontanheilung. Sie wussten nicht, was geschehen war, freuten sich aber alle mit uns. Sie wollten ihn noch ein paar Tage zur Beobachtung dabehalten, aber Kevin schwebte nicht mehr in Lebensgefahr. Er hatte enormen Hunger und Durst. Er konnte Eisportionen verschlingen, davon wäre mir schlecht geworden.

Ich begriff nicht, warum die Internethexe ihn losgelassen hatte, aber ich war glücklich.

Am Montag in der Schule gab Herr Weiß mir meinen Aufsatz zurück. Er zwinkerte mir dabei zu. Ich hatte eine Eins Plus.

Normalerweise wird jede Eins vorgelesen, aber in dem Fall verzichtete er darauf. Stattdessen kam Marina dran und las ihren Aufsatz über das Schicksal vor.

Am Ende der Stunde verkündete Herr Weiß, er würde nicht mehr länger unser Lehrer sein. Es sei eine tolle Zeit mit uns gewesen, aber er hätte sich entschieden, den Schuldienst zu verlassen und den Rest seines Lebens auf einer kleinen Insel in der Karibik zu verbringen, in die er sich bereits als Student verliebt hatte.

»Ich hätte nie geglaubt«, sagte er, »dass ich mir diesen Traum einmal erfüllen könnte. Aber es ist geschehen. Ich habe am Samstag einen Lottoschein ausgefüllt, und es gehört wirklich nicht zu meinen Gewohnheiten, Lotto zu spielen. Ich habe sechs Richtige mit Zusatzzahl. Vier Komma zwei Millionen Euro. Da kann niemand von mir erwarten, dass ich länger unterrichte! Ihr seid meine Lieblingsklasse, deshalb lade ich euch heute Nachmittag alle ins Eiscafé Lido ein.«

Als ich nach Hause ging, fühlte ich mich erleichtert wie beim letzten Staffellauf, als ich endlich den Stab an den nächsten Läufer übergeben hatte.

Der magische Ort

Manche Menschen brauchen Regeln und Gesetze, um sich in engen Grenzen sicher zu fühlen. Andere bekommen darin kaum Luft und spüren sich nur, wenn sie eben diese Mauern einreißen oder wenigstens verletzen. So einer bin ich.

Manche Orte sind ungemütlich und kalt, andere warm und einladend. Manche Orte lassen einen die Leere in sich selbst spüren, andere machen einen froh. Manche Orte stoßen einen ab, andere ziehen einen an. Und dann gibt es noch Orte, die sind magisch.

Die schlimmste Strafe für mich war, wenn ich nicht auf den Spielplatz durfte. Dort war ich frei. Das Klettergerüst mit seinen roten, blauen und gelben Stangen schien bis in den Himmel zu reichen, wenn ich auf dem Rücken im Sandkasten lag und von dort der Nathalie unter den Rock sah. Die war schon zwölf oder dreizehn und kam zum Rauchen hierher.

Sie thronte immer ganz oben auf der letzten blauen Stange, wie die Königin des Spielplatzes, und ließ ihre Beine runterbaumeln. Sie wusste genau, dass die großen Jungs ihr zusahen, sie liebte es, angeglotzt zu werden. Die Farbe ihrer Slips flüsterten die Mitglieder der Gang sich heimlich zu wie Piraten die Entdeckung eines fernen Kontinents.

Meine Mutter konnte Nathalie nicht leiden. Es würde noch schlimm mit ihr enden, prophezeite meine Ma, und sie schärfte mir ein, ich solle mich von ihr fernhalten. Manchmal bekam ich wegen Nathalie Spielplatzverbot und Hausarrest.

Wir wohnten im fünften Stock unter dem Dach. Nur in der Mitte der Wohnung konnte meine Mutter aufrecht stehen, aber sie ging immer leicht gebückt, den Blick nach unten gerichtet, als würde sie etwas auf dem Boden suchen. Als ich älter wurde, kam sie mir manchmal vor wie ein Pinguin, und ich erschrak bei dem Gedanken, dass ein Pinguin ein Vogel ist, der nicht fliegen kann.

Mein Bett stand unter der Schräge. Direkt über mir war das Dachfenster. Wenn der Regen darauf prasselte, schlief ich besonders gut und träumte vom Nachtangeln am Fluss. Einmal, im Dauerregen, habe ich dort mit dem Heinz einen Aal gefangen. Das war eine triumphale Nacht! Ich habe mit den Männern Bier getrunken. Überhaupt, der Heinz war ein guter Kerl. Ich durfte sogar Papa zu ihm sagen, obwohl natürlich jeder wusste, dass er nicht wirklich mein Vater war.

Einen Besseren hat meine Mutter nie gefunden. Die anderen waren schlecht, haben sie nur ausgenutzt und am Ende verlassen. Erst hat sie geheult und immer wieder fast panisch einen Neuen gesucht, so als könnten wir nicht ohne einen Typen leben. Irgendwann hat sie dann aufgehört, sich anzumalen und auszugehen und stattdessen gesagt, wir bräuchten keinen Mann, wir hätten ja uns.

Sie begann, mich zärtlich »mein Männlein« zu nennen. Zu Hause machte mir das nichts aus, und wir gingen nicht viel unter Leute. Besuch bekamen wir praktisch nie. Erst war ich ziemlich stolz, fühlte mich irgendwie aufgewertet. Ich bekam auch sofort mehr Rechte. Zum Beispiel durfte ich jetzt in dem

Fernsehsessel sitzen, den sonst immer ihr aktueller Typ beschlagnahmt hatte, und immer öfter bekam ich auch die Hoheit über die Fernbedienung. Aber gleichzeitig kam fast so etwas wie Eifersucht in ihr auf. Ich meine nicht unbedingt auf eine Frau oder ein Mädchen, sondern es war mehr so eine generelle Eifersucht auf alles, was ich allein machte und was außerhalb unserer Wohnung stattfand.

Wenn ich auf dem Spielplatz mit den anderen abhing, dann beobachtete sie mich von meinem Bett aus durch ein altes Opernglas, ein Familienerbstück aus besseren Tagen. Wenn ich in die Wohnung zurückkam, sah ich das sofort. Ihre Knie hinterließen immer Dellen in meiner Bettdecke.

Sie wusste, dass ich geraucht hatte, und schimpfte auf die Gang, weil die ihre Kippen einfach in den Sandkasten schnippten, und manchmal gingen Bierflaschen kaputt. Aber sie tat immer so, als hätte sie es von Nachbarn gehört, dabei war das Opernglas noch feucht vom Schweiß ihrer Hände.

Später dann, als ich mit gebrochenen Knochen im Bett lag, war das Opernglas mein Ausblick in die Welt, es half mir dabei, nicht verrückt zu werden in meinem Dachgeschoss-Gefängnis.

Jeden Abend spielte ich mit meiner Mutter Canasta oder Rommé oder wir legten Patiencen. Sie liebte das Kartenspiel, aber sie hätte es nie öffentlich getan. Das war viel zu verrucht. Sie spielte heimlich, in den eigenen vier Wänden, so wie sie sich mit ihren Typen, damals, als sie noch welche hatte, stumm und verbissen unter der Bettdecke liebte. Im Dunkeln, versteht sich, weil ich nichts davon mitkriegen sollte. Habe ich aber immer, weil ihre jeweiligen Lover keuchten wie Langstreckenläufer und das alte Bett bei jedem Stoß knarrte.

Nathalie hatte viele Verehrer, aber sie ging mit keinem richtig. Sie nahm Zigaretten von jedem. Es kursierte der Witz, ihre Lieblingsmarke sei »van Anderen«. Da ich mich mit Zigaretten nicht auskannte, was ich natürlich unmöglich zugeben konnte, kapierte ich den Witz zunächst nicht und versuchte sogar, am Kiosk eine Packung »van Anderen« zu kaufen. Die dicke Marga lachte nur und schickte mich weg.

Ingvar, der meistens nur »der Schwede« genannt wurde, galt als King der Gang. Er war schon zweimal sitzen geblieben und der Älteste von uns. Er hatte immer Geld. Bei ihm konnte man »Shit« kaufen und ein Zeug, das er »Knallstoff« nannte und das man sich in die Nase zog. Irgendetwas hatte er immer mit.

Manchmal gab er eine Runde aus. Wer etwas kaufen wollte, verschwand mit ihm in den Schutz der Büsche, die den Spielplatz umgaben wie ein grüner Festungswall. Ich glaube, er versteckte sein Zeug auch dort, in einer Astgabel, in die ein Specht ein fast kreisrundes Loch gehackt hatte. Jedenfalls trug er es nie bei sich.

Ich wurde Zeuge, wie er von zwei Daimlers gefilzt wurde. Sie stellten sich plötzlich mit ihrem Auto quer und keilten uns richtig ein. Ich hatte eine Scheißangst. Der eine packte Ingvar, der andere mich. Ich fing mir das erste blaue Auge meines Lebens ein. Weil Ingvar nicht herausrückte, was sie haben wollten, mussten wir uns ausziehen. Komplett. Sogar die Socken und die Schuhe. Sie haben mit einem Butterflymesser Ingvars Absätze aufgeschnitten, aber auch da war nichts. Meine Schuhe waren flach.

Ingvar hat, selbst als die Daimlers weg waren, noch gezittert, aber er tönte groß herum, wie er es denen gezeigt hätte, und die sollten nicht glauben, dass er blöd genug sei, den

Stoff am Körper zu tragen. Er wolle doch nicht von den Bullen gepackt werden.

Wir flüchteten zum Spielplatz. Ich konnte fast nichts sehen. Mein Gesicht war wie zugeschwollen. Es tut noch heute weh, wenn ich daran denke. Ich bin einfach hinter Ingvar hergelaufen. Ein Autofahrer musste scharf bremsen, um mich nicht zu überfahren. Er schimpfte lauthals hinter uns her.

Aber dann stieg Nathalie vom Spielgerüst, und wir wurden wie Helden bewundert. Sie berührte mich mit ihren Fingern und überall, wo sie mich anfasste, hinterließen ihre Fingerkuppen glühende Stellen. Sie hielt meinen rechten Arm, ordnete meine Frisur, und ich glaube, ab dem Tag nahmen sie und die anderen von der Gang mich zum ersten Mal zur Kenntnis.

Auch wenn ich ihm gar nicht geholfen hatte, schweißte die Sache Ingvar und mich irgendwie zusammen, auf eine merkwürdige Art waren wir so etwas wie Komplizen geworden.

Ich kiffte mit ihnen, und obwohl ich längst hätte zu Hause sein müssen – es war inzwischen dunkel geworden –, blieb ich. Ich setzte mich auf eine Wippe, die von unserer Wohnung aus nicht einsehbar war. Nathalie stieg hinter mir auf und hielt sich an mir fest. Sie umklammerte mich richtig. Auf dem anderen Ende hockte die pummelige Marie Mayer mit y. Gemeinsam waren Nathalie und ich schwer genug, um sie oben verhungern zu lassen. Immer wieder hopsten wir hoch und ließen Marie Mayer mit y rauf und runter tanzen, bis sie heulte und schrie, wir sollten sie endlich runterlassen. Aber Nathalie, die irgendeine Rechnung mit Marie offen hatte, fand Gefallen daran, das dicke Mädchen zu quälen. Jeder andere wäre einfach von oben runtergesprungen, aber die Mayer mit y schrie wie am Spieß, als ob wir sie zehn Meter hochgebeamt hätten.

Mich hatte der Joint gibbelig gemacht. Ich fand alles nur lustig und konnte gar nicht aufhören zu lachen, selbst als Ingvar verlangte, sie müsse sich ausziehen und uns allen ihre Körbchengröße zeigen, lachte ich Tränen.

Am anderen Tag schämte ich mich, aber als es geschah, fand ich es großartig komisch. Sie heulte Rotz und Wasser und zog sich zu unserer Verblüffung wirklich aus. Tommy filmte sie mit seinem Handy, und Ingvar wollte wissen, ob »die echt sind« und unbedingt mal anfassen.

Mein Gesicht tat kaum noch weh, und ich fand lustig, wie ich aussah. Ingvar knipste mich und zeigte es mir. Ich hatte viel mehr abgekriegt als er, zumindest im Gesicht.

Und dann erschien meine Mutter auf dem Spielplatz. Das hatte sie noch nie getan. Abends ließen sich hier nie Erwachsene sehen. Tagsüber kamen manchmal Mamis mit ihren Krabbelkindern, aber abends gehörte der Spielplatz uns.

Die dicke Marie Mayer mit y versuchte, an meiner Mutter vorbei zu entkommen, aber meine Ma hielt sie fest und verpasste ihr mit zwei schallenden Ohrfeigen einen Satz heiße Ohren. Meine Mutter schrie, wir hätten wohl eine Orgie gefeiert. Ich verstand Orchidee, vielleicht hatte sie es in der Aufregung sogar gesagt, jedenfalls hatte ich nie vorher das Wort Orgie aus ihrem Mund gehört.

Sie zerrte mich nach Hause und jammerte die ganze Zeit, was sie denn nur bei meiner Erziehung falsch gemacht hätte, und ich sei früher so ein anständiger Junge gewesen, und das läge alles nur an dem schlechten Umgang. Und ich lachte und lachte und lachte.

Am anderen Morgen, als mein Gesicht grün und blau war und mein Kopf brummte wie eine defekte Klimaanlage, da saß sie grübelnd am Frühstückstisch und faselte etwas davon, ich solle bloß nicht so werden wie mein Vater, und der Apfel falle bekanntlich nicht weit vom Stamm.

Ich fuhr sie zum ersten Mal im Leben an. Ich schrie gar nicht laut, aber trotzdem platzte eine Wunde an meiner Lippe auf und Blut tropfte auf mein Hemd, als ich das Maul wohl ein Stückchen zu weit aufriss und spottete: »Ich habe meinen Vater nicht einmal kennengelernt. Schon vergessen? Er hat sich vor meiner Geburt verpisst! Erzähl mir bloß nicht, ich würde ihn nachahmen. Ich hatte nie die Gelegenheit, ihm etwas abzugucken.«

»So spricht man nicht mit seiner Mutter!«, zischte sie und rannte raus. Sie schloss sich im Bad ein und ging in die Wanne. Sie liebte es, im eigenen Dreck zu plantschen. Ich duschte lieber. Die Wohnung roch jetzt nach irgend so einem Beruhigungsbad mit Melisse und so.

Ich beschloss, mir ab jetzt die Haare zu gelen und stylische Klamotten zu tragen, genau wie Ingvar, der Schwede. Nie wieder würde ich mir von meiner Mutter die Haare schneiden lassen. Nie wieder sollte sie mir Hemden im Sonderangebot kaufen. Nie wieder würde ich einfach anziehen, was sie für mich ausgesucht hatte.

Die Lederjacke bekam ich von Daniel, der mal bei den Daimlers war und den sie rausgeschmissen hatten, angeblich weil der Boss auf ihn eifersüchtig war, aber in Wirklichkeit war Daniel einfach nur ein Weichei, das mit Papis Kohle eine Menge Wind machte. Ohne die Daimlers stand er ganz alleine und suchte Anschluss. Mit ein paar Porno-DVDs und einem Sixpack Bier wollte er sich bei uns einschleimen.

Ich habe gesagt: »Gib mir die Jacke, Papi kauft dir bestimmt eine neue, wenn du brav bist.«

Er hat sie mir wortlos überlassen. Aufgenommen haben wir ihn aber trotzdem nicht. Warum auch?

Ich war inzwischen vierzehn und mehr auf dem Spielplatz, den wir nur noch »den Platz« nannten, als in unserer Dachwohnung.

Das mit dem Dealen stellt sich jeder einfacher vor, als es ist. Man rennt ständig hinter dem Stoff her, wird belogen und beklaut, am Ende verbraucht man mehr als man verkauft und zahlt noch drauf.

Klar hat meine Mutter gemerkt, dass ich ihr Geld geklaut habe. Aber sie tat dann so, als hätte sie es nicht bemerkt. Es ging doch nicht an, dass ihr Sohn ein Dieb war.

Ich habe immer mehr genommen, ich konnte ja nicht alle Klamotten von Daniel erpressen und mit dem Schweden mitzuhalten, war nicht so einfach. Bei einem Pakistani, der auf dem Flohmarkt Silberschmuck selber gemacht und verkauft hat, da haben der Schwede und ich richtig abgeräumt. Wir haben Streit angefangen und seinen Stand umgekippt, und wir haben uns die Taschen vollgestopft mit Halsketten und Ohrringen für Nathalie. Sogar die Mayer mit y hat etwas abgekriegt, so viel hatten wir. Die ging inzwischen mit Tommy, knutschte aber auch mit dem Schweden in den Büschen rum. Die machte es mit jedem, Hauptsache, keiner schickte sie weg.

In meinen Träumen habe ich Nathalie in allen Stellungen geliebt. In meiner Vorstellung war es genau wie in den Pornos, die wir auf dem Rechner guckten, im Klettergerüst, nah aneinander gedrängt, um auf dem kleinen Bildschirm etwas zu erkennen. Wir waren alle scharf auf diese Filme und logen uns vor, so etwas auch schon zigmal gemacht zu haben, so oder so und natürlich auch so, und jeder ahnte vom anderen, dass es nicht stimmte, aber irgendwie gerieten wir ganz schön unter Druck, das nachzumachen und dabei mitzuhalten.

Marie Mayer mit y war besonders fleißig im Gegensatz zu Nathalie, von der es eigentlich alle erwartet hatten. Als wir es dann zum ersten Mal richtig gemacht haben, die Nathalie und ich, im Stehen hinter dem Busch bei der Schaukel, da bin ich im Dunkeln in einen Hundeköttel getreten, in so richtig breiige Scheiße, und es ging alles ganz schnell und sie war enttäuscht. Sie sagte zwar, es sei »großartig gewesen«, aber ihr Gesicht zeigte etwas anderes. Ich konnte mit den Pornodarstellern nicht mithalten und offen gestanden, sie war auch nicht gerade gelenkig wie Dolly Buster oder Gina Wild.

Sie war zwei Jahre älter als ich, träumte von einer eigenen Wohnung und wollte später mal »das ganze Haus voller Kinder haben« und »einen Mann, der richtig Asche macht, damit es uns allen gutgeht«.

Ich hoffte, dieser Mann zu werden, und das sagte ich ihr auch, und sie lachte mich nicht aus, sondern küsste mich und meinte, ich sei süß.

Alles lief eigentlich prächtig, und Heinz besuchte ab und zu mal wieder meine Mutter. So hatte sie weniger Zeit, sich um mich zu kümmern, was mich echt entlastet hat. Aber dann kam dieser doofe Unfall. Es klingt so lächerlich! Aber ich bin, natürlich vollgekifft, auf dem Klettergerüst eingepennt und abgestürzt. Ich hatte das rechte Bein viermal gebrochen und den rechten Arm zweimal, dazu kam irgendetwas mit der Schulter und natürlich eine Gehirnerschütterung.

Ich musste operiert werden. Drei Wochen verbrachte ich im Krankenhaus, sie hatten mir Edelmetall in die Knochen geschoben und meine Gelenke mit Schrauben neu zusammengebaut.

Tommy und die dicke Marie Mayer mit y kamen mich besuchen. Die andern nicht, nur meine Mutter natürlich. Die kam jeden Tag. Ohne Heinz. Der war da schon wieder nicht mehr aktuell.

Tommy saß grinsend an meinem Bett und fand es unheimlich komisch, Sprüche loszulassen wie: »Andere fallen vom Pferd, werden in einer Schlägerei zusammengedroschen oder brechen sich die Knochen beim Skilaufen, nur du knallst vom Klettergerüst. Das ist echt voll peinlich. Die ganze Siedlung lacht darüber.«

»Ich nicht«, sagte ich. Aber Tommy gluckste laut und bekam demonstrativ einen Lachkrampf an meinem Krankenbett, der Arsch.

Dann holte meine Mutter mich im Rollstuhl, Kassenmodell, nach Hause. Die Treppe konnte ich alleine auch mit Krücken kaum schaffen. Einen Fahrstuhl gab es nicht, und dann saß ich oben bei ihr im vierten Stock praktisch fest. Ich zog mir noch eine Scheiß-Lungenentzündung zu, musste Antibiotika nehmen, die ich nicht vertrug, und war den ganzen Tag ihrem Gejammere ausgesetzt.

Jetzt tischte sie mir alles auf, plötzlich war ich an ihrem ganzen Leben schuld. Selbst, dass Heinz sie ein zweites Mal verlassen hatte, lag an mir. Ohne mich wäre von Anfang an alles anders, eben besser, verlaufen. Sie hatte sich für mich geopfert und statt dankbar zu sein, war ich ein missratener Sohn geworden, der Drogen nahm. Wegen eines bisschen Haschisch machte sie gleich einen Rauschgiftsüchtigen aus mir, und ich hätte meine eigene Mutter beklaut.

Also doch! Sie hatte es bemerkt, gleich beim ersten Mal.

Sie versprach, für mich zu beten und ab jetzt »andere Saiten aufzuziehen«. Sie sei einfach zu gutmütig gewesen.

Meine schwachsinnigen Lehrer hatten mit ihr bereits einen Plan geschmiedet, wie aus mir ein besserer Mensch und natürlich auch ein besserer Schüler werden sollte. Die Details hörten sich gruselig an. Zum Kotzen gruselig und alles sprach sie in »wenn nicht, dann«-Sätzen.

Meine Erziehung begann sofort. Mein Haargel landete im Klo, und zweimal pro Woche kam Schlüter zu mir, echt der bescheuertste Mathelehrer, den man sich denken kann. Er hasste mich im Grunde, seit er sich mal auf ein Furzkissen gesetzt hatte, das ich auf seinen Stuhl gelegt hatte.

Aber er kam trotzdem zweimal pro Woche und gab mir kostenlos Nachhilfestunden. Wahrscheinlich war er scharf auf meine Mutter. Die vermutlich auch auf ihn, denn immer, wenn er kam, bretzelte sie sich extra auf. Nix Hauslatschen und Kittel. Nein, Schuhe mit Absatz, Nylons und jedes Mal eine frische Bluse. Für ihn drückte sie sogar die Brust raus und machte das Kreuz gerade. Von wegen, Pinguin!

Sie unterhielten sich in meinem Beisein über mich, als sei ich ein defektes Elektrogerät, das zur Reparatur musste. Das war alles oberpeinlich. Und die ganze Zeit hatte sie mich voll unter Kontrolle, während die anderen Thrill and Chill auf dem Platz spielten. Sie waren nicht weit von mir. Keine fünfzig Meter Luftlinie von mir entfernt und doch so gut wie unerreichbar.

Ich sah die Gang durch das Opernglas, wie sie auf dem Klettergerüst abhingen, Bierflaschenweitwurf auf den Abfalleimer veranstalteten, kifften und knutschten und Geschäfte machten. Dieser Ex-Daimler Daniel schmierte immer um Nathalie herum. Manchmal beobachtete ich von meinem Bett aus den Platz sogar, wenn keiner von meinen Freunden da war. Die flackernde lila Getränkewerbung beleuchtete den

Platz im Stakkato. An – Aus – An – Aus. Ich wünschte mir nichts mehr, als wieder dort zu sein. Der Spielplatz erschien mir als Ort der Freiheit.

Wenn ich Glück hatte, konnte ich Nathalie in der Spitze des Klettergerüsts sitzen sehen. Je länger ich sie nicht gesprochen hatte, je weiter sie von mir weg war, umso wundervoller erschien sie mir.

Ich schrieb ihr sogar Liebesbriefe. Also, per SMS. Einmal hat sie mir als Antwort ein Foto mit Kussmund geschickt. Schreiben war nicht so ihr Ding. Oft hat sie mir sogar zugewinkt, wenn sie mich mit dem Opernglas am Fenster sah, und einmal hat sie nur für mich ihr T-Shirt hochgehoben und die Brüste wackeln lassen. Ich dachte, ich flipp aus.

Aber dann, zwei, drei Tage später, mein Scheiß-Mathelehrer führte meine Mutter zum ersten Mal zum Essen aus, da sah ich Nathalie mit dem Schweden knutschen. Ich war toll vor Eifersucht. Ich habe in der Wohnung herumgebrüllt wie ein Schwein, das zur Schlachtbank geführt wird.

Dann sind die beiden in den Büschen verschwunden, und was dann passiert ist, war noch schlimmer. Ich glaube nicht, dass sie es absichtlich gemacht haben, aber vielleicht doch ... er hatte dieses libanesische Zeug, das einen völlig verrückt macht und die Welt zu einem riesigen Witz werden lässt. Vielleicht fanden sie es auch lustig und wollten sich einen Scherz machen. Jedenfalls rief ihr Handy mein Handy an, und dann konnte ich mir ihr Gestöhne anhören. Sie sprachen nicht mit mir. Ich hörte nur seine schweinischen Sprüche und wie er sie zu immer neuen Turnübungen anspornte.

Ich hielt es nicht aus. Ich dachte, ich krepier. Ich brüllte ins Telefon, aber entweder haben sie mich gar nicht gehört, oder es hat ihnen sogar den entscheidenden Kick gegeben. Jedenfalls machten sie tierisch rum und waren laut und schamlos wie die Pornodarsteller in den Filmen, die ich kannte.

Ich packte meine Krücken und humpelte die Treppen runter. Im zweiten Stock bin ich gestolpert und lang hingeknallt. Es hat ewig gedauert, bis ich wieder hoch war.

Ich bin rüber zum Platz, und sie waren noch voll dabei, als ich ankam. Ich habe den Schweden mit meiner Krücke gehauen. Erst als ihn mein Stock traf, hat er mich bemerkt. Ich sollte mich nicht so anstellen, hat er gesagt, und ich sei genauso ein blöder Spießer wie meine Mutter.

»Der heult ja richtig«, hat Nathalie gesagt.

Der Schwede rammelte immer weiter, Nathalie hatte Mühe, ihn abzuschütteln.

»Der pfeift sich immer Viagra rein«, sagte sie, »damit er länger kann.« Es klang wie eine Entschuldigung, und der Schwede lachte.

Ich habe ihm die Krücke noch zweimal ins Kreuz gehauen. Dann zog er sich die Hose hoch, brummte irgendetwas wie »Spielverderber« und trollte sich.

Ja, so war der. Er ging einfach. Der hatte seinen Spaß, und das reichte ihm. Vom Tor aus rief er noch: »Ich hab keinen Bock auf so einen Stress!«

Nathalie fuhr mich an, ich sei ja wohl total ausgeflippt. Sie könne machen, was sie wolle, und ich solle mir ja nicht einbilden, sie würde mir gehören, so wie ich meiner Mutter gehörte. Das sei nämlich keine Liebe, sondern alles nur völlig kranker Mist. Ich habe sie dann geschüttelt und geschrien, sie solle endlich aufhören und ruhig sein.

Viel mehr weiß ich eigentlich nicht. Meine Erinnerung ist wie zerfetzt. Es gibt keinen zusammenhängenden Film mehr. Nur Bilder.

Ich habe sie gewürgt, und sie hat den Mund aufgerissen. Ihre Zunge reckte sich ganz steif zu mir hoch, und ihr Zungen-Piercing zitterte. Irgendwann hörte sie dann auf, unter mir zu strampeln, und dann bewegte sie sich gar nicht mehr, auch nicht, als ich ihr ins Gesicht schlug und sie anbettelte: »Bitte, Nathalie, sag doch etwas!«

Ich weiß nicht, wie lange ich heulend neben ihr lag, bis ich kapiert hatte, dass sie tot war. Ich hatte sie umgebracht. Meine Nathalie.

Ich schleppte mich ins Haus zurück. Die Nacht war sternenklar und der Mond eine dünne Sichel. Irgendwo stritten sich Katzen, und an der Ecke der Straße lief eine Fete. Sie spielten »Ich & Ich«.

Im dritten Stock machte ich schlapp. Die Stufen schienen mir unüberwindbar. Meine Beine wurden steinschwer und unbeweglich. Die Muskeln gehorchten mir nicht mehr. Und dann ging zu allem Überfluss unten die Haustür auf. Es war nicht die Polizei. Es war meine Mutter. Sie hatte sich mit meinem blöden Mathematiklehrer gestritten, kein Wunder, mit dem kriegt jeder Krach, und sie stürmte die Treppen wutentbrannt hoch. Ich hatte keine Chance, schneller in unsere Wohnung zu kommen oder mich zu verstecken. Sie stand schon hinter mir, und sie wusste sofort, dass etwas Schreckliches geschehen war.

Aus Angst, die Nachbarn könnten etwas mitbekommen, half sie mir, immer wieder »psst, psst« flüsternd in unsere Wohnung. Dort brach ich heulend zusammen. Ich lag in embryonaler Haltung auf dem Bett unter der Schräge und weinte nur noch.

Meine Mutter brühte uns einen Tee auf, und dann hielt sie mir ein Taschentuch hin. Sie verlangte, dass ich ihr alles genau erzählen müsste, und das tat ich auch. Ich ließ es aus mir raussprudeln, und es tat gut.

Sie hörte mir zu, ohne mich zu unterbrechen. Sie putzte mir mehrfach die Nase, wie sie es getan hatte, als ich ganz klein war. Dann, als ich ihr die ganze schreckliche Wahrheit gebeichtet hatte, dass ich das Mädchen, das ich liebte, ermordet hatte, da wurde sie sehr streng: »Ich wusste, dass sie dir Unglück bringen und dir irgendwann sehr wehtun würde. So sind diese kleinen Luder. Aber du wolltest ja nicht hören.«

»Du hast ja recht, aber …«

Sie unterbrach mich barsch: »Aber ab jetzt hörst du auf mich. Wir werden jetzt alles genau so machen, wie ich sage. Sonst wird man uns trennen. Sie nehmen dich mir weg, wenn rauskommt, was geschehen ist.«

Sie forderte mich auf, mich zu waschen. Sie selbst lief mit einer Taschenlampe wieder nach draußen. Sie holte Nathalies Handy und wollte alle Spuren beseitigen, die ich möglicherweise hinterlassen hatte. Zum Beispiel die Abdrücke meiner Krücken.

Dann legten wir uns hin. Ich schlief nicht in meinem Bett, sondern bei ihr, ganz nah an sie gedrückt. Das Kopfkissen roch noch nach Heinz.

Sie streichelte meinen Kopf mit nervösen Fingern. Ich glaube, sie schlief überhaupt nicht. Ich nickte irgendwann ein. Vielleicht hatte sie mir etwas in den Tee getan. Zuzutrauen war ihr das.

Als ich gegen drei Uhr wach wurde, lag sie nicht mehr neben mir. Sie kniete auf meinem Bett und sah aus dem Fenster. Sie hatte mich bemerkt, drehte sich aber nicht zu mir um.

»Geh wieder ins Bett«, sagte sie. »Das kleine Biest hat noch keiner gefunden. Es ist Sonntag. Die ersten Kirchgänger, die ihre kleinen Kinder noch ein bisschen schaukeln wollen, werden sie entdecken. Uns bleibt noch viel Zeit.«

»Und wenn der Schwede die Polizei ruft ...«

»Dann hätte er es längst getan, mein Männlein. Leg dich wieder hin. Du bist gar nicht dort unten gewesen. Du warst die ganze Zeit hier bei mir, und wir haben Rommé gespielt.«

Genau das sagte meine Mutter dann auch aus. Die Polizei glaubte ihr. Ich war ein schwerverletzter Junge mit Gipsbein und Gehhilfen. Niemand verdächtigte mich.

Trotzdem musste ich, wie alle geschlechtsreifen männlichen Bewohner unserer Straße, eine Speichelprobe abliefern.

Dann wurde der Schwede festgenommen. Sein Samen hatte ihn verraten. Die Polizei fand auch das Baumversteck mit fast einem Pfund Shit und vielen Trips.

Bei uns mag man keine Drogendealer. Der Schwede hatte vor Gericht keine Chance. Seine Geschichte, ich hätte mit meinen Krücken auf ihn eingedroschen, glaubte ihm niemand, zumal meine Mutter und irrerweise auch mein Mathelehrer aussagten, wir hätten gemeinsam gegessen und dann Rommé gespielt.

So war ich zwar scheinbar frei, doch in Wirklichkeit begann eine lebenslange Gefangenschaft. Nicht nur für mich, sondern auch für meine Mutter. Für meinen Pauker war sie ab jetzt seine »einmal-die-Woche-Hure«.

Ich musste immer gehen, wenn er kam. Komischerweise war das die einzige Zeit, in der ich wirklich frei war und mich nicht der strengen Herrschaft meiner Mutter fügen musste. Ich ging dann immer zum Spielplatz und rauchte dort stumm vor mich hin.

Jede Nacht erschien mir Nathalie. Ich sah sie auf dem Klettergerüst thronen und mit den langen Beinen baumeln. Dann ihre gepiercte Zunge flattern, während sie mit weitaufgerissenen Augen nach Luft rang.

Ich beschloss, Nathalie zu folgen, wo immer sie jetzt sein mochte. Es war, als würde sie mich rufen. Ich besorgte mir eine Wäscheleine. Ich sah mich schon im Klettergerüst hängen. Das Bild hatte etwas Tröstliches an sich.

Manche Menschen brauchen Regeln und Gesetze, um sich in engen Grenzen sicher zu fühlen. Andere bekommen darin kaum Luft und spüren sich nur, wenn sie eben diese Mauern einreißen oder wenigstens verletzen. So einer bin ich.

Manche Orte sind ungemütlich und kalt, andere warm und einladend. Manche Orte lassen einen die Leere in sich selbst spüren, andere machen einen froh. Manche Orte stoßen einen ab, andere ziehen einen an. Und dann gibt es noch Orte, die sind magisch.

Und manche Menschen bringen sich an solchen Orten um. Ich zum Beispiel.

Interview mit Holger Bloem, Chefredakteur des »Ostfriesland-Magazins«

HB: Sie zählen zu den erfolgreichsten Schriftstellern deutscher Sprache. Ihre Romane stürmen regelmäßig die SPIEGEL-Bestsellerliste, Tausende Fans fiebern dem Erscheinen des nächsten Romans entgegen ... Erzählen Sie uns doch mal von den Anfängen. Wie begann das alles?

K-PW: Meine erste Geschichte veröffentlichte ich mit vierzehn Jahren. Es war eine Geschichte über meinen saufenden Vater. Ich war verzweifelt und habe meinen Frust runtergeschrieben.

Schreiben als Therapie?

Wenn Sie so wollen, war es das damals bestimmt. Es traf aber offensichtlich den Nerv vieler Menschen, denn so pervers war ich ja nicht, dass meine Sorgen und Probleme nur meine Sorgen und Probleme gewesen wären. Viele meiner Generation kannten das auch. Wir hatten mit einer rollenunsicheren Vätergeneration zu tun. Der Krieg war vorbei, sie hatten die Erlebnisse natürlich nicht verarbeiten können, und viele betäubten sich mit Alkohol.

Die Geschichte wurde vielfach nachgedruckt. Ich trug sie

immer wieder bei Veranstaltungen vor. Ich ging damals in Gelsenkirchen zum Grillo-Gymnasium, machte bei einer Schülerzeitung mit, die verboten wurde. Schließlich gab ich ein eigenes Blatt heraus, das außerhalb der Schule verteilt wurde und von Anzeigen lebte. Ich war zwar Schüler, fühlte mich aber als Berichterstatter.

Hatten Sie nie einen anderen Plan als den, Schriftsteller zu werden?

Ich ging ohne Plan B ins Leben. Ich hatte aber nicht das Gefühl, Schriftsteller werden zu wollen, sondern einfach, einer zu sein. Es kommt darauf an, im Leben herauszufinden, wer man ist und das dann mit allen Konsequenzen zu leben. Ich glaube, ich wäre in jedem anderen Beruf unglücklich geworden. Ich hatte nie eine Alternative. Ich wollte nicht Schriftsteller werden, um reich zu sein oder gar berühmt. Ich wollte meine Geschichten erzählen.

Mein erstes Buch erschien dann, als ich siebzehn war. Der Maler und Holzschneider Horst Dieter Gölzenleuchter hatte Bilder zu meinem Buch gemacht und es in seinem kleinen Verlag herausgebracht. Alles mit der Hand gedruckt und dann selbst zusammengeheftet.

In der FAZ erntete das Buch einen furchtbaren Verriss. Meine Lehrer lasen das und auch meine Klassenkameraden. Mein größter Triumph wurde schnell zu meiner größten Niederlage. Ich wurde verspottet und verlacht.

Gölzenleuchter und ich sind immer noch Freunde. Wir treffen uns regelmäßig, und heute lachen wir über die Dinge, die uns damals gewürgt haben.

Hatten Sie Vorbilder?

Ich geriet sehr schnell unter den Einfluss schreibender Arbeiter im Ruhrgebiet. Max von der Grün, Josef Büscher, Richard Limpert. Für uns alle sehr wichtig war damals der Lyriker Hugo Ernst Käufer, der uns immer wieder in die Literarische Werkstatt einlud, wo wir unsere Texte miteinander diskutierten. Da ging es oft hoch her. Ich fand das total spannend und stellte meine Texte gern dort zur Diskussion.

Ich verdanke diesen Künstlern sehr viel. Ich habe unendlich viel von ihnen gelernt.

Phillip Wiebe und seine Frau hatten damals eine kleine Agentur, die Kurzgeschichten verkaufte und auch Heinrich Böll und Siegfried Lenz vertraten. Die haben damals meine Geschichten aufgenommen und den Zeitungen und Radiosendern angeboten. Ich war vierzehn oder fünfzehn Jahre alt und wurde von diesen Menschen ernst genommen.

Damals gab es unter den Bergarbeiterschriftstellern einen festen Satz: Wer schreibt sich als Erstes frei?

Die haben ja tagsüber unter Tage gearbeitet und ihre Texte in der Freizeit verfasst. Ein Leben als freier Autor, danach strebten sie alle. Nur einige wenige wie Max von der Grün haben es geschafft.

Und Sie ebenfalls.

Ja, das stimmt. Ich habe rechtzeitig nichts Anständiges gelernt und alles auf diese eine Karte gesetzt.

Konnten Sie gleich vom Bücher Schreiben leben?

Nein, natürlich nicht. Die besten Honorare bekam ich damals vom Fernsehen. Ich bin, glaube ich, verantwortlich für mehr als hundert Stunden Fernsehen. Es waren sicherlich nicht die schlechtesten Fernsehstunden. Lange Zeit liefen meine Stücke um 20.15 Uhr. Viele »Tatorte«, »Polizeiruf 110« oder auch einzelne Fernsehfilme wie »Svens Geheimnis«, »Weil ich gut bin« oder der Thriller »Ein tödliches Wochenende«.

Typisch für Ihre Kriminalromane ist der rasante Wechsel zwischen Lachen und Grusel, Situationskomik und Gänsehaut.

Beim Film lernte ich Dinge, die auch in meinen Romanen wichtig sind: schnelle Szenenwechsel, Bilder im Kopf des Lesers entstehen zu lassen und eine klare Dialogführung. Ich nutze das Grauen als Fallhöhe fürs Lachen und das Lachen dann als Fallhöhe fürs Grauen. So entsteht eine Achterbahnfahrt der Gefühle.

Man sagt, Ihre Ostfriesenkrimis seien ›characterdriven‹. Können Sie damit etwas anfangen?

Ja, ich denke, das stimmt. Eine spannende Handlung mit langweiligen Figuren ist für mich nicht denkbar. Nur aus spannenden Figuren entstehen spannende Geschichten. Jeder trägt die Hölle in sich, und wenn sie ausbricht, ist sie eben da.

Ich muss meine Figuren ganz genau kennen. Sie bewegen sich zwischen ihrer größten Angst und ihrer größten Sehnsucht. Und ich weiß immer, wo sie gerade stehen und wohin sie weitergehen.

Deswegen möchte man beim Lesen Ihrer Bücher manchmal eine der Figuren anrufen und sagen: Tu das nicht, das ist ein Fehler!

Ja, bei mir weiß der Leser immer ein bisschen mehr als die handelnden Figuren. Er ahnt also, dass sie ins Verderben laufen.

Hat Ihre Hauptfigur Ann Kathrin Klaasen mit Ihnen viel gemeinsam?

Sie ist jünger als ich und eine Frau. Aber es gibt viele Gemeinsamkeiten. Genau wie ich wurde sie in Gelsenkirchen geboren und ging dort zum Grillo-Gymnasium. Dann hatte sie eine Zeit in Köln und im Westerwald, bevor sie an die Küste kam. Sie ist mir von der Mentalität nah, das Bodenständige aus dem Revier, die rheinische Leichtigkeit – nie würde sie nach unten treten, aber dafür kann sie gnadenlos mit denen da oben umgehen.

Sie hat wie ich den Blick von außen auf die Ostfriesen, kann also über Dinge staunen, die ein Ur-Ostfriese selbstverständlich findet. Sie ist die Verhörspezialistin der ostfriesischen Polizei und hat einige Serientäter zur Strecke gebracht. In ihrer Freizeit sammelt und liest sie Kinderbücher, und auf Flohmärkten ist sie hinter signierten Exemplaren ihrer Lieblingsautoren her. Ich finde, das erzählt viel über sie.

Sie spricht auch mit ihrem Auto, wenn es nicht anspringt, oder redet einem Bankautomaten gut zu, wenn er nicht funktioniert.

Ja, sie hat schon eine besondere Sicht auf die Welt.

In »Ostfriesenfeuer« haben Kommissar Weller und Ann Kathrin Klaasen geheiratet. Ist auch das eine Parallele zwischen Ihnen und Ihrer Figur?

Ja. Meine Frau, die Kinderliedermacherin Bettina Göschl und ich, wir haben im Teemuseum in Norden mit einer Teezeremonie geheiratet und genau das tun Weller und Ann Kathrin Klaasen in »Ostfriesenfeuer« auch.

Ist das Leben eine Art Steinbruch für Ihre Romane?

Das kann man so sagen. Ich wollte von Anfang an ein großes Gesellschaftspanorama schreiben, angelegt auf viele tausend Seiten, in dem unsere Ängste, unsere Sehnsüchte, unsere Sorgen, der ganze Wahnsinn, der uns umgibt, nicht erklärt wird, wohl aber erzählt.

Und für dieses Gesellschaftspanorama wählten Sie ausgerechnet den Kriminalroman?

Ja. Keine Literatur ist so wirklichkeitshaltig wie die Kriminalliteratur. Sie erzählt von den Abgründen der menschlichen Seele, von dem Riss, der durch die Gesellschaft geht. Ich selbst habe über fremde Länder, zum Beispiel über Schweden oder die USA, mehr durch Kriminalromane gelernt, die dort geschrieben wurden, als durch soziologische Studien. Außerdem waren die Kriminalromane im Regelfall auch unterhaltsamer und visionärer.

Krimileser sind ein sehr kritisches Publikum. Die glauben ja erst mal gar nichts, sondern wollen einen Sachverhalt überprüfen, eine Motivlage erkennen, einen Täter überführen. So habe ich die erzählerische Möglichkeit, ein Kaleidoskop von Personen und Persönlichkeiten auszubreiten.

Wenn man alle Ihre Romane nebeneinander legt, hat man dann am Ende eine Art Spiegelbild unserer Gesellschaft?

Im Glücksfall eher eine Röntgenaufnahme.

Viele Ihrer Figuren gibt es wirklich. Den Maurer Peter Grendel, Monika Tapper vom Café ten Cate und …

Sie selbst sind ja auch eine Figur in meinen Büchern.

Ja, und ich werde immer häufiger darauf angesprochen.

Wenn man Kriminalromane liest oder Krimis schaut, kann man feststellen, dass neue Klischees entstanden sind. Handwerker sind entweder Betrüger oder sie kommen gar nicht oder sie machen nur Mist. Und Journalisten sind eine geifernde Meute, die jeder Polizist am liebsten nur loswerden will. Das ist längst zum Klischee geworden. Damit wollte ich brechen, denn es gibt ja auch den guten, ehrlichen Handwerker, der stolz auf seine Arbeit ist und damit seine Familie ernährt. Den wollte ich erzählen. Und den Journalisten, der einen guten, ehrlichen Job macht.

Zum Glück kenne ich solche Menschen wie Sie und Peter Grendel.

Ich ging also zu Peter Grendel hin und fragte: Darf ich dein Leben fiktionalisieren und aus dir eine literarische Figur machen?

Er war einverstanden. Wie schön!

Wenn ich mich nicht irre, ist diese Mischung aus Fiktion und Wirklichkeit einzigartig in der deutschen Literatur.

Mag sein. Bei mir stimmt ja alles. Es gibt alles wirklich: Die Orte, die meisten Menschen, jedes Restaurant, jedes kleine Geschäft. Aber den Mordfall habe ich immer erfunden, denn ich glaube, dass die Leser sich besser unterhalten fühlen, wenn sie wissen, dass das Opfer nicht wirklich leiden musste.

Sie schreiben Ihre Bücher mit einem Füller in ein Heft. Warum?

Nun, ich liebe, was ich tue, und ich mache es so, wie es mir am meisten Spaß macht. Ich schreibe mit schwarzer Tinte in ein Heft und wenn es gut läuft, habe ich das Gefühl, dem Füller beim Schreiben zuzugucken, und ich lese voller Aufregung die spannende Geschichte, die mir erzählt wird. Das ist ein wunderschöner Prozess, ja, man kann hier auch von Glücksmomenten reden. Ich esse dabei viel Schokolade, trinke Kaffee oder Tee, esse manchmal ein Stück Apfelkuchen. Alkohol oder irgendwelche Drogen nehme ich nicht, wenn man Kaffee und Tee mal nicht unter Drogen subsummiert. Ein klarer Kopf ist mir beim Schreiben sehr wichtig.

Wo schreiben Sie am liebsten?

Gern bei mir zu Hause im Strandkorb auf der Terrasse. Aber weil ich viel unterwegs bin oft auch in Intercityzügen, in Hotelbetten und gern in Cafés. Bei ten Cate in Norden gibt es zum Beispiel eine Ecke, in die ziehe ich mich gerne zurück und schreibe. Am Schreibtisch sitze ich praktisch nur, wenn ich meine Steuererklärung machen muss oder Korrespondenzen beantworte.

Sie lesen alle Ihre Romane selbst als Hörbücher ein.

Ich liebe es, das zu tun. Am Anfang dachte ich, vielleicht sollte es ein »Tatort«-Kommissar machen oder so. Aber dann hat mein Produzent Ulrich Maske einige öffentliche Veranstaltungen von mir miterlebt. Er sagte: »Du musst das selber einlesen, Klaus-Peter. Du lieferst eine ganz eigene Interpretation deiner Figuren.«

Sie verleugnen dabei nicht, dass Sie aus dem Ruhrgebiet kommen.

Nein, natürlich nicht. In der Straße, in der ich wohne, sind überhaupt nur noch Peter und Rita Grendel aus Ostfriesland. Die anderen sind Zugereiste aus dem Ruhrgebiet. Das ist hier ein Sehnsuchtsort für viele Menschen. Manchmal geht der Riss durch die Person. Kommissar Rupert zum Beispiel hat eine Mutter aus dem Ruhrgebiet und einen Vater aus Ostfriesland. Wenn er sich seiner Mutter näher fühlt, spricht er fast wie Jürgen von Manger. Wenn er innerlich näher bei seinem Vater ist, kommt das Norddeutsche mehr zum Ausdruck. Ann Kathrin Klaasen spricht halt wie jemand, der im Ruhrgebiet zur Schule gegangen ist und dann lange im Rheinland gelebt hat. Die Sprachmuster der Menschen sind vielschichtig. Nur, weil ich Ostfriesenkrimis schreibe, müssen nicht alle reden wie Otto Waalkes.

Warum haben Sie ausgerechnet Ostfriesland als Spielraum für Ihre Romane gewählt?

Ich suche das Unverwechselbare. In der globalisierten Welt, in der es so viele Ketten gibt von Kaufhäusern, Schnellrestaurants und – ach ... Da sehen doch langsam die Innenstädte gleich aus. Ich weiß gar nicht, bin ich jetzt in Frankfurt, in München oder in Zürich? In der ältesten ostfriesischen Stadt, Norden, gibt es wundervolle Cafés. Ten Cate, Remmers, Grünhoff oder das Kehre wieder. Überall riecht es anders, schmeckt es anders und genau das beschreibe ich.

Außerdem hat die Gegend hier etwas sehr Mystisches. Viele sind ja noch Nachfahren alter Piraten.

Es gibt den Wechsel der Gezeiten, Ebbe und Flut, und es gibt eine klare Trennungslinie, an der man sich orientieren kann: den Deich. Wenn er gut und fest gebaut ist, bist du dahinter sicher. Und auf der anderen Seite des Deiches, da beginnt die Gefahr, da lauert unter Umständen sogar der Tod.

Die Landschaft ist in meinen Büchern wie ein Protagonist der Handlung.

Deshalb sagen manche Leute, Ihre Romane seien Regio-Krimis. Ärgert Sie das?

Nein, obwohl ich natürlich die Tendenz darin erkenne, etwas abzuwerten. Aber gute Kriminalliteratur ist immer ganz klar in Zeit und Raum verortet. Alle internationalen Kriminalschriftsteller, die sich durchgesetzt haben, arbeiten so. Henning Mankells Bücher spielen in Ystad, Ian Rankins Bestseller spielen im Grunde alle in Edinburgh und da noch in einem bestimmten Stadtteil. Trotzdem würde denen niemand vorwerfen, Regionalkrimis zu schreiben.

Der Spielraum meiner Kommissare ist viel größer. »Ostfriesenfalle« beginnt zum Beispiel in New York, endet dann aber auf Borkum. Vielleicht ist das auch ein typisch deutsches Problem. Ich erinnere mich gerade an einen Buchhändler in Baden-Württemberg, der mir erklärte, er könne meine Krimis unmöglich in seinem Laden gut verkaufen, schließlich stünde da Ostfriesland drauf, und viele seiner Kunden seien ja noch nie dort gewesen. Er erzählte das vor einem großen Plakat, auf dem für Islandkrimis geworben wurde, die zu einer Pyramide in der Mitte des Ladens aufgebaut waren. Er musste dann selber grinsen, als ich darauf zeigte.

Inzwischen habe ich in seiner Buchhandlung einen eigenen Tisch.

Man sagt Ihnen ein sehr intensives, ja komplizenhaftes Verhältnis zu Ihren Lesern nach. Viele sind sogar mit Ihnen auf Facebook befreundet und nehmen zum Teil lange Anreisen auf sich, um Ihre Veranstaltungen zu erleben. Wie erklären Sie sich das?

Ich bin ein glücklicher Autor, der wirkliche Stammleser hat, richtige Fans, die jedes Buch gelesen haben und sich bereits auf das nächste freuen. Ich fühle mich mit ihnen tief verbunden. Die haben einige tausend Seiten meines Werkes gelesen. Jedes Buch ist so etwas wie ein langer Brief, den ich an meine Leser schreibe. Meine größte Angst ist es immer, mit dem nächsten Roman könnte ich sie enttäuschen. Ich wurde als Autor ja nicht von der Literaturkritik in den großen Feuilletons entdeckt. Ich wurde auch nicht mit Werbekampagnen

»gemacht«, sondern ich wurde von den Lesern im Land entdeckt. Die gibt es wirklich. In meinem Fall hat so eine Flüsterpropaganda funktioniert. Der eine erzählt es dem anderen, und plötzlich ist aus einer kleinen, fast verschworenen Lesergemeinde ein großer, lebendiger Zusammenhalt geworden.

Wann wird die große Literaturkritik Sie entdecken?

Wenn die Kritiker ihre Kinder, Putzfrauen und Schreibkräfte mal fragen, was die denn so in ihrer Freizeit lesen ... Ich sehe das sehr gelassen. Bei Simmel war es genauso. Wenn sein neuer Roman erschien, standen die Leute vor den Buchhandlungen Schlange und ich mit ihnen in einer Reihe. Je mehr Leser er hatte, umso mehr hat die Kritik über ihn gespottet, bestenfalls hat sie ihn ignoriert. Als Simmel dann achtzig wurde, haben sie sich im Grunde bei ihm entschuldigt – bis dahin habe ich ja noch ein paar Jahre Zeit.

Ihre Bücher sind Bestseller. Ihre Veranstaltungen oft Monate vorher ausverkauft. Viele Popstars würden sich freuen, wenn sie so von ihrem Publikum gefeiert würden wie Sie. Wie fühlt man sich als Autor in so einer Situation?

Das geschieht ja nicht von heute auf morgen, so, als würde die Welt um einen herum explodieren, sondern das alles ist langsam gewachsen. Bei meiner ersten Veranstaltung in Leer hat die Stadt ihrem Namen alle Ehre gemacht ... Heute ist das anders. Als die Bücher plötzlich wie aus dem Nichts in den Bestsellerlisten auftauchten und sich dann nach oben gearbeitet haben, da hatte ich zunächst das komische Gefühl, nicht zu genügen und ständig zu versagen.

Wie das denn?

Klaus-Peter Wolf: Na ja, plötzlich erhielt ich hundertzwanzig bis hundertfünfzig E-Mails pro Tag. In Spitzenzeiten auch mal doppelt so viele. Das kann man gar nicht mehr alles lesen, geschweige denn beantworten. Ich versuche es natürlich, aber ich gehe dann jeden Abend mit dem Gefühl schlafen, es wieder nicht geschafft zu haben. Dabei ist das ganz wertvolle Post von Lesern, Einladungen zu Veranstaltungen und – ach … Wenn ich zu Hause für meine Nachbarn und Freunde koche, dann bin ich kein Star, sondern nur der Depp, der gerade den Fisch versalzen hat …

Ich danke Ihnen für das Gespräch.